Wybranka
NAUCZYCIELA

KATHLEEN FULLER

Wybranka NAUCZYCIELA

Przełożyła
Xenia Wiśniewska

Prószyński i S-ka

Tytuł oryginału
THE TEACHER'S BRIDE

Projekt okładki
Studio Gearbox

Zdjęcia na okładce
© Shutterstock and Pixelworks

Oryginalny projekt
© 2021 Zondervan

Opracowanie wersji polskiej
Ewa Wójcik

Redaktor inicjująca
Magdalena Gołdanowska

Redakcja
Anna Płaskoń-Sokołowska

Korekta
Katarzyna Kusojć
Bożena Hulewicz

Łamanie
Ewa Wójcik

ISBN 978-83-8234-027-3

Warszawa 2021

Wydawca
Prószyński Media Sp. z o.o.
02-697 Warszawa, ul. Rzymowskiego 28
www.proszynski.pl

Druk i oprawa
ALKOR

Dla Jamesa. Kocham cię.

Słownik

ab im kopp – szalony, zwariowany

aenti – ciotka

appeditlich – pyszny

boppli/bopplin – niemowlę/niemowlęta

bruder – brat

bu/buwe – chłopiec/chłopcy

daed – ojciec

danki – dziękuję

dietsch – język amiszów

dochder – córka

familye – rodzina

Frau – pani

geh – iść

grossvatter – dziadek

gut – dobrze

gute morgen – dzień dobry

gute nacht – dobranoc

haus – dom

Herr – pan

kaffee – kawa

kapp – biały czepek noszony przez amiszki
kin/kinner – dziecko/dzieci
lieb – miłość
maedel – dziewczyna/młoda kobieta
mamm – mama
mann – amiski mężczyzna
mei – moje
morgen – ranek
mudder – matka
nee – nie
nix – nic
onkel – wuj
shee – ładny/przystojny
schoolhaus – budynek szkolny
schwester/schwesters – siostra/siostry
sehr – bardzo
seltsam – dziwny
sohn/sohns – syn/synowie
vatter – ojciec
ya – tak
yer/yers – twoje
yerself – się/siebie/sobie/sobą

Rozdział pierwszy

Nie mogę uwierzyć, że przyjechała bez uprzedzenia. Ruby Glick chodziła w tę i z powrotem po ganku. Nie sądziła, żeby jej starszy brat Timothy i jego żona Patience zdawali sobie sprawę, że słyszy ich rozmowę przez siatkowe okna – rozmowę o niej. Może brat nie powinien był jej nakazywać, uprzejmym, ale stanowczym tonem, żeby poczekała na zewnątrz, aby mógł naradzić się z Patience.

– Timothy – powiedziała Patience* łagodnie. Jej ton w stu procentach odzwierciedlał jej imię. – To, co mówisz, nie ma większego sensu. Nie rozumiem, dlaczego nie chcesz, żeby twoja *schwester* z nami zamieszkała.

– Ulubiona *schwester* – wyszeptała Ruby. I jedyna *schwester*, ale to już był szczegół techniczny.

Timothy zamilkł na wystarczająco długo, aby Ruby usłyszała dzięcioła pukającego w oddali.

– Patience, kocham Ruby, ale ona jest chodzącą katastrofą. Co oznacza dla nas masę kłopotów.

Uch. Ruby rozpoznawała stanowcze nuty w jego głosie. Oto Timothy, który upiera się przy swoim. Przygryzła wargę

* *Patience* (ang.) – „cierpliwość" (przyp. tłum.).

i czubkiem czarnego adidasa odsunęła na bok opadły liść. To nie był dobry znak. Absolutnie nie. Nie wspominając już o tym, że poczuła się lekko urażona. Tak, już wcześniej nazywano ją chodzącą katastrofą. I tak, to określenie nie było zbyt odległe od prawdy. Co nie oznaczało, że lubiła słyszeć je wymawiane za swoimi plecami.

– Nie wierzę, że naprawdę tak myślisz, Timothy – orzekła Patience z zaskoczeniem.

Ruby odsunęła się od okna. Może powinna była napisać do Timothy'ego, zanim bez uprzedzenia pojawiła się na jego progu dziesięć minut temu. Tak byłoby uprzejmie. Ale ponieważ podjęła decyzję o przyjeździe do Birch Creek dopiero wczoraj, nie zdążyłby odebrać listu wysłanego z Lancaster. A ona nie mogła doczekać się przyjazdu tutaj.

Ruby pociągnęła się za palec wskazujący. Jeśli Timothy nie pozwoli jej tu zostać, cały plan legnie w gruzach. A według jej oceny był to plan idealny. Niestety, nie przebywała w Birch Creek zbyt długo, a brat już wsadził jej kij w szprychy.

Westchnęła. Nie chciała sprawiać nikomu kłopotu, chociaż „kłopoty" to było jej drugie imię zdaniem rodziców, brata i więcej niż kilku osób z rodzinnych stron. Ale koniec z tym. Wyprostowała ramiona, słysząc, jak mleczne krowy Timothy'ego muczą na pastwisku za domem. Ruby się zmieniła. Dwanaście godzin temu rozpoczęła nowe życie. W jakiś sposób przekona brata, że to prawda.

Gdy drzwi się otworzyły, obróciła się gwałtownie, pełna nadziei. Timothy spojrzał na nią spode łba, zatknął kapelusz na głowę i ruszył do stajni. Ruby zwiesiła ramiona.

Patience wyszła na ganek i położyła jej dłoń na ramieniu.

– To niepodobne do Timothy'ego.

Ruby na nią spojrzała.

– Jeśli chodzi o mnie, to owszem.

Bratowa posłała jej pełen otuchy uśmiech.

– *Geh* z nim jeszcze porozmawiać. A ty w tym czasie możesz zanieść swoje rzeczy do wolnej sypialni.

– Jesteś pewna? – zapytała Ruby, rozjaśniając się. Jednak była jakaś nadzieja.

– Absolutnie. – W łagodnych brązowych oczach Patience zamigotał zdecydowany błysk. – Jesteś naszą *familye* i zostajesz tutaj, w naszym domu. To ostateczna decyzja.

Ruby uśmiechnęła się szeroko. Nie uważała Patience za żonę, która mogłaby sprzeciwić się woli męża. Sama nie do końca pochwalała takie zachowanie, ale ponieważ Timothy zachowywał się nierozsądnie, cieszyła się, że Patience ma na ten temat własne zdanie.

Złapała bratową w objęcia.

– *Danki*, Patience. Obiecuję, nie będę sprawiała żadnych kłopotów.

Patience się uśmiechnęła.

– Oczywiście, że nie. – Zerknęła na stodołę, a potem na Ruby. – Spojrzysz na *kinner*, kiedy ja *geh* z nim porozmawiać? Teraz śpią, ale Tobias może się za kilka minut obudzić.

– Naturalnie. – Ruby otworzyła siatkowe drzwi, dbając, żeby nie zamknęły się za nią z trzaskiem, i weszła do środka. Kochała swoich bratanków, a nie widziała ich od kilku miesięcy, od ostatniej wizyty Timothy'ego z rodziną w Lancaster. Jedną z zalet przyjazdu tutaj był fakt, że będzie mogła spędzać czas z chłopcami.

Zaniosła walizkę na górę. Dom Timothy'ego nie był zbyt duży, wizytowała tu już kilka razy, ale ostatnio trzy lata temu. Już miała położyć walizkę na łóżku w wolnym pokoju, ale się rozmyśliła. Czy powinna się teraz rozpakowywać? Pomimo zapewnień Patience nie była pewna, czy brat ustąpi. Boże, proszę, spraw, żeby zmienił zdanie.

Postawiła walizkę na podłodze, uważając, by nie narobić hałasu. Zsunęła buty i wyszła na korytarz. Kilka chwil wcześniej mijała pokój Tobiasa i Luke'a. Może powinna do nich zajrzeć. Jeśli chodziło o dzieci, czuła się pewnie; w wieku dwudziestu lat miała ogromne doświadczenie jako niania.

Zerknęła do pokoju i uśmiechnęła się. Och, jej bratankowie byli tacy słodcy. Luke, oczywiście, sypiał jeszcze w niemowlęcym łóżeczku, Tobias na małym łóżku. Wejście zagradzała drewniana bramka, bardzo podobna do tej, jaką mieli z Timothym w pokoju, kiedy byli mali. Oczywiście Timothy nigdy nie próbował uciekać ani ze swojego łóżeczka, ani z sypialni – w przeciwieństwie do Ruby. To przez nią zamontowano bramkę. Jak ich matka powtarzała niezliczoną ilość razy, Ruby była *trudnym* dzieckiem.

Przygryzła wargę i wycofała się z sypialni, nie chcąc obudzić śpiących bratanków. Poczuła ukłucie w sercu, ale zignorowała znajome uczucie, tak jak robiła to wiele razy przez te wszystkie lata. Nie żeby jej rodzice nie mieli racji. Kłopoty wydawały się ją prześladować bez względu na to, co robiła, i pomimo jej najlepszych intencji. Ale teraz była dorosła i coś musiało się zmienić. A raczej *ktoś*. Musiała się nauczyć, jak stać się lepszą. Łatwiejszą do zaakceptowania. Żeby być jak

Timothy i wszyscy inni, których znała. A sposobem na rozpoczęcie tej zmiany było zamążpójście.

W każdym razie tak Ruby postanowiła. Jednak był jeden mały szkopuł. Chociaż ona była gotowa na znalezienie męża, samotni mężczyźni z jej społeczności jakoś nie ustawiali się w kolejce do jej ręki. Trochę raniło to jej uczucia, ale w rodzinnych stronach miała pewną reputację. Nie żeby wątpliwą – na samą myśl o *takiej* jej twarz płonęła – ale wystarczająco często wpadała w tarapaty i powodowała wystarczająco dużo problemów, by mężczyźni trzymali się od niej z daleka.

Brak pretendentów do ręki podsunął jej pomysł przyjazdu do Birch Creek. Tutejsza społeczność kwitła. Poza tym pełno w niej było młodych mężczyzn, którzy znali ją jedynie jako młodszą siostrę Timothy'ego. I Ruby zamierzała wykorzystać ich brak świadomości na swoją korzyść.

Osunęła się po ścianie obok pokoju dziecięcego i usiadła na podłodze. Podciągnęła kolana do piersi i oparła na nich brodę. Jadąc tutaj autobusem z Lancaster, miała mnóstwo czasu na rozważania. Mnóstwo czasu, by wymyślić, jak znajdzie sobie męża. I mnóstwo czasu na wątpliwości, że może to nie jest najlepszy sposób. Jednak nigdy nie była osobą, która siedziała i czekała. Może takie podejście również wymagało głębszego namysłu, lecz w tej chwili była zbyt podekscytowana swoim planem. Bo w końcu, po raz pierwszy w życiu, miała jakikolwiek plan. Była pewna, że jeśli będzie się go trzymać, do Bożego Narodzenia znajdzie potencjalnego kandydata na męża. Albo przynajmniej zacznie umawiać się na randki. Może powinnam skoncentrować się na pierwszej opcji, stwierdziła.

Uśmiechnęła się. Tak, udowodni sobie i wszystkim innym, że w końcu stała się dorosłą, odpowiedzialną, rozsądną osobą. Już nikt nie będzie jej uważał za chodzącą katastrofę, która zostawia za sobą jedynie chaos. Nadeszła pora, by przedstawić światu nową Ruby Glick.

Timothy nabrał pełne widły i wrzucił słomę do pustego boksu. Konie wyszły na pastwisko. I dobrze, ponieważ czekałby je niespodziewany słomiany deszcz. Nieważne, że dzisiaj rano położył im świeżą podściółkę i właśnie robił bałagan, który będzie musiał posprzątać.

Weszła Patience, ale ją zignorował. W końcu to ona się odezwała:

– Timothy, nie możesz odesłać Ruby.

Wbił widły w stertę słomy. Patience mogła mieć rację, ale on nie chciał przyjąć tego do wiadomości. Nie miał dobrego powodu, żeby odesłać siostrę, i w głębi serca wcale tego nie chciał. Jednak w tej chwili miał dosyć zmartwień. Dopiero co kupił tuzin mlecznych krów, powiększając stado do trzydziestu sztuk. Miał dwoje małych dzieci i żonę, która nie narzekała na brak zajęć, ponieważ była położną, a Birch Creek właśnie przeżywało baby boom. Należał do rady szkoły, a miesiąc temu społeczność postanowiła wybrać go na pastora okręgu. Teraz miał dodatkowe obowiązki na głowie.

To wszystko były dobre rzeczy. Został pobłogosławiony i wiedział o tym. Razem z Patience znajdowali się teraz w o wiele lepszej sytuacji, niż kiedy sprowadzili się tu po ślubie. Wtedy nie był przekonany do wyprowadzki z Lancaster i zamieszkania w społeczności z nieprzyjaznym biskupem. Jednak Patience chciała zostać w Birch Creek, a ziemia tutaj była tańsza niż w Lancaster, co pozwoliło mu stać się posiadaczem własnego gospodarstwa, zamiast pracować na farmie ojca. Emmanuel Troyer, były biskup, odszedł i odkąd jego obowiązki przejął Freemont Yoder, Birch Creek i lokalne przedsiębiorstwa kwitły.

Jednak czasami Timothy czuł się przytłoczony, szarpany w różnych kierunkach. I dlatego niespodziewane pojawienie się Ruby wytrąciło go z równowagi. Nie potrzebował, żeby jego kochająca kłopoty siostra wywróciła wszystko do góry nogami.

– Przestań mnie ignorować – warknęła Patience.

To przyciągnęło jego uwagę. Cisnął wiązkę słomy i oparł widły o ściankę boksu.

– Przepraszam, *lieb*. – Podszedł do niej i strącił źdźbło, które wylądowało na jej *kapp*. – Jestem zdezorientowany, to wszystko.

– Jeśli chodzi o Ruby?

– *Ya*. – Kochał swoją młodszą siostrę, ale czasami jej nie rozumiał. Starał się przez te wszystkie lata, przypisując jej wichrzycielską naturę niedojrzałości, jednak takie wytłumaczenie już nie wystarczało. Z jakiegoś powodu przyciągała kłopoty, nawet kiedy próbowała pomagać. Zastanawiał się, co rodzice myśleli o jej przyjeździe tutaj. Może to był ich pomysł?

– Jest słodką *maedel*, Timothy. I jest *yer schwester*. Nie odwracamy się plecami do *familye*.

Spojrzał na żonę. Poznał Patience prawie siedem lat temu, kiedy przyjechała z wizytą do Lancaster, i zakochał się w niej od pierwszego wejrzenia. Teraz kochał ją mocniej niż kiedykolwiek, a jej dobroć była tylko jednym z wielu powodów tego stanu rzeczy.

– Masz rację – powiedział, dotykając wstążki od jej *kapp*. – Może zostać. Ale tylko na kilka dni.

– Prosiła, by mogła zostać, jak długo zechce, pamiętasz?

– Nie zastanawiasz się dlaczego?

– *Ya*, ale to nie nasza sprawa, nawet jeśli z nami zamieszka. Musimy szanować jej prywatność.

Wiedział, że nie ma szans wygrać.

– Dobrze. Może zostać, jak długo zechce. Ale oficjalnie oświadczam, że cię przed nią ostrzegałem.

Patience zrobiła kpiącą minę.

– Mówisz o niej, jakby była kompletną…

– Katastrofą?

– Jak możesz ją tak nazywać!

Timothy wypuścił powietrze.

– Patience, kiedy byliśmy *kinner*, Ruby spaliła stajnię.

Patience pokiwała głową.

– Pamiętam, mówiłeś mi o tym. Powiedziałeś też, że to był wypadek. Przewróciła zapaloną lampę. To może przydarzyć się każdemu.

– *Ya*, ale nie powiedziałem ci, że to był nasz drugi pożar w stajni.

Patience otworzyła szeroko usta.

– Chcesz powiedzieć, że pierwszą też spaliła?

Pokiwał głową.

– Wiem, że nie chciała, ale ona bywa nieuważna. – Timothy pamiętał, jak zrozpaczona była Ruby po obu tych wydarzeniach. Za pierwszym razem miała dziesięć lat, za drugim czternaście. Żadne ze zwierząt nie ucierpiało, a drugą stajnię dało się odbudować po pożarze. – Takie rzeczy bez przerwy się dzieją wokół niej. Kłopoty, pech, nazwij to, jak chcesz, idą za nią krok w krok jak zagłodzony bezpański pies. – W tej chwili nie był gotowy na zamęt, jaki jego młodsza siostra mogła znów wprowadzić. Zresztą nigdy nie był na niego gotowy.

Po długiej przerwie Patience powiedziała:

– Ona już nie jest *kinn* ani nastolatką.

Timothy skrzyżował ramiona.

– Zdaję sobie sprawę, że jest dorosła. Po prostu nie jestem pewien, czy mogę jej zaufać.

Patience dotknęła jego brody. Jej piękne orzechowe oczy posłały mu to miękkie spojrzenie, któremu nie mógł się oprzeć.

– A co z łaską, Timothy? Czy *yer schwester* na nią nie zasługuje?

Tym razem to nie jej oczy na niego podziałały. Tylko słowa. Ruby bywała irytująca i popełniła w życiu mnóstwo błędów. Czy nie tak jak my wszyscy? Przecież on też nie był doskonały, chociaż jego matka często mawiała, że jest bliski ideału. „Nigdy nie grymasiłeś i nie łamałeś zasad", mówiła, zwykle w zasięgu słuchu Ruby. Zmarszczył brwi. To musiał być dla siostry spory ciężar.

– *Ya* – przyznał. Brak zaufania do siostry zamienił się we współczucie. – Zasługuje.

– I to jest Timothy, którego znam. – Patience objęła go w pasie. – I kocham.

Uśmiechnął się do niej słabo.

– Ale chociaż ona ma dwadzieścia lat, będziemy musieli ustalić podstawowe zasady.

– Myślę, że to uczciwe.

– I będzie musiała znaleźć pracę. Kiedy jest zajęta, udaje jej się unikać większości kłopotów.

– Mogłaby pomagać ci tutaj. – Zesztywniał, a Patience się roześmiała. – Żartuję. Jestem pewna, że znajdzie jakąś pracę. – Pocałowała go w policzek i wysunęła się z jego objęć. – *Kinner* pewnie już wstały. Poprosiłam Ruby, żeby ich popilnowała.

– Dzięki Bogu, że nie mamy zbyt wiele łatwo tłukących się przedmiotów – mruknął Timothy.

– Słyszałam to! – zawołała Patience, wychodząc ze stajni.

Timothy uśmiechnął się i potrząsnął głową. Nie mógł się powstrzymać przed tym małym docinkiem. Pozamiatał bałagan, którego narobił, zajrzał do krów i koni na pastwisko, po czym wrócił do domu.

Kiedy wszedł do salonu, zobaczył Ruby – bawiła się na podłodze z Tobiasem i Lukiem. Luke siedział jej na kolanie, żując gryzak, a Timothy budował z drewnianych klocków krzywą wieżę. Konstrukcja się rozpadła i Ruby klasnęła w dłonie.

– Brawo, Tobias! Udało ci się.

– Zepsuła się – powiedział, wysuwając dolną wargę.

– *Ya*, ale teraz możesz zacząć budowanie *yer* wieży od nowa. Czy to nie będzie świetna zabawa?

Tobias uśmiechnął się szeroko i zaczął układać klocki, jakby przed chwilą w ogóle się nie dąsał.

Patience stanęła obok Timothy'ego.

– Jest naprawdę *gut* z *kinner* – wyszeptała.

– *Ya*. To prawda.

Ruby podniosła wzrok i uśmiechnęła się, a Timothy zastanowił się, czy ich słyszała. Miał nadzieję, że tak. Zasługiwała na komplement.

Patience podeszła do Ruby i podniosła Luke'a, który już wyciągał pulchne ramionka do matki. Posadziła go sobie na biodrze i wyciągnęła rękę do Tobiasa.

– *Geh* na przekąskę. – Tobias skinął głową i wstał niezdarnie, przewracając klocki. Zapominając o wieży i Ruby, podreptał za Patience i Lukiem do kuchni.

Ruby zaczęła chować klocki do małej drewnianej skrzynki, w której przechowywała je Patience.

– *Buwe* urośli, odkąd ich ostatnio widziałam – zauważyła, chowając ostatni klocek, po czym popchnęła skrzynkę w stronę stolika kawowego. Pojemnik uderzył w stołową nogę, aż przewróciła się stojąca na blacie szklanka mrożonej herbaty. – Och *nee* – zawołała, pospiesznie stawiając szklankę z powrotem. Rąbkiem sukni zaczęła wycierać rozlaną herbatę. – Przepraszam, Timothy.

Uśmiechnął się lekko, gdy nerwowo sprzątała, bynajmniej nie zaskoczony, że coś rozlała. W końcu była u nich już ponad godzinę.

– Nic nie szkodzi, Ruby.

Podniosła się i stanęła przed nim. Timothy był zaskoczony, że z jej sukni nie kapie herbata.

– Będę bardziej uważna.

Trzeba było jej przyznać, że kiedy coś szło nie tak, zawsze starała się naprawić szkody. Timothy zdał sobie sprawę, że był dla niej zbyt surowy, kiedy przyjechała, i powinien jej to wynagrodzić.

– Z radością będziemy cię gościć tak długo, jak zechcesz – oznajmił.

Jej oczy zalśniły.

– Jesteś pewien? Jeszcze kilka chwil temu byłeś innego zdania.

– Ponieważ mnie zaskoczyłaś – wyjaśnił, czując lekkie wyrzuty sumienia na myśl, że mógł ją urazić. – Wiesz, że nie lubię niespodzianek.

Pokiwała głową i spojrzała mu w oczy.

– Powinnam była cię uprzedzić, że przyjadę.

Podszedł do niej i niezręcznie poklepał po ramieniu. Chociaż żonie i dzieciom chętnie okazywał uczucia, w stosunku do reszty rodziny zwykle zachowywał się powściągliwie. Ich rodzice nie byli zbyt wylewni, byli cichymi ludźmi. Ruby i jej żywiołowa, niesforna osobowość zawsze stanowiły dla nich wyzwanie, coś trudnego do zrozumienia i zaakceptowania.

– Cieszę się, że tu jesteś.

Uśmiechnęła się jeszcze szerzej.

– I ja się cieszę, że tu jestem. Sam zobaczysz, Timothy. Jestem teraz lepszym człowiekiem. – Wysunęła brodę. – Nie mogę się doczekać, żeby ci to udowodnić.

– Tylko obiecaj mi jedno – powiedział poważnym tonem.

– Cokolwiek zechcesz.

– *Nee* chcę lamp w stajni. – Nie chciał poruszać tego tematu, ale musiał zacząć ustalać zasady.

W oczach Ruby zalśnił żal, zastąpiony po chwili przez determinację.

– Obiecuję. *Yer* stajnia jest bezpieczna podczas mojego pobytu.

Dobry Boże... Mam taką nadzieję.

~

– Pies zjadł *mei* pracę domową.

Christian Ropp spojrzał na stojącego przed nim siedmiolatka. Wiedział, że Malachi Chupp kłamie. Wiedział też, że jego rodzice, Jalon i Phoebe, byliby przerażeni, gdyby się dowiedzieli, że ich syn łże nauczycielowi w żywe oczy. Podobnie jak pozostali rodzice, których poznał podczas minionego miesiąca, od kiedy to rozpoczął pracę w szkole w Birch Creek, byli żywo zainteresowani edukacją swoich dzieci, zarówno pogłębianiem wiedzy, jak i szlifowaniem charakteru. A w tej chwili charakter Malachiego nie prezentował się najlepiej.

– Rozumiem. – Christian splótł dłonie na biurku. – Który pies ją zjadł?

Malachi zbladł.

– Co?

– Który z twoich psów zjadł ci pracę domową?

– Uch...

– Nie masz żadnych psów, prawda, Malachi?

Chłopiec poczerwieniał, wbijając wzrok w czubki butów.

– *Nee*. Mam tylko Błękitka. Ale on jest kotem.

Christian zerknął na resztę klasy. Z zadowoleniem odnotował, że starsi uczniowie, siedzący z tyłu, nadal byli skupieni na pracy. Jednak ci młodsi zaczęli kręcić się na krzesłach, niektórzy wychylali się do przodu i słuchali, jakby nie mogli się doczekać, żeby się dowiedzieć, jaki rodzaj kary dostanie Malachi. Jednak Christian nie szafował karami na prawo i lewo. Stosował środki wychowawcze.

Spojrzał na plan lekcji. Za mniej niż minutę Grupa Czytania B powinna przesiąść się do stołu z przodu, co oznaczało, że Malachi będzie musiał poczekać. Christian doszedł do wniosku, że czas, który chłopiec spędzi, martwiąc się o konsekwencje, będzie wystarczającą motywacją, by przestał kłamać.

– Przyjdź do mnie po lekcjach, Malachi.

Uczeń ledwo uniósł głowę. Błękitne oczy miał pełne skruchy, co również wskazywało, że takie zachowanie nie było do niego podobne. Pokiwał głową i ze zwieszonymi ramionami poczłapał na swoje miejsce.

Christian odepchnął się od biurka i wstał.

– Grupa Czytania B, zapraszam do stołu.

Troje sześciolatków zgramoliło się ze swoich krzeseł i z książkami w dłoniach podeszło do stołu. Christian nie pogrupował dzieci według umiejętności, tylko wedle wieku, co było łatwiejsze przy takiej liczbie uczniów. Wolał dzielić ich według kompetencji, jednak na razie było to niemożliwe, ponieważ sam wciąż jeszcze uczył się, co potrafią. Na tę chwilę podział na grupy według wieku był właściwym rozwiązaniem.

Reszta popołudnia przebiegła gładko, nie licząc pojedynczego epizodu z udziałem jednego z synów Bontragerów. Chłopcy stanowili jedną trzecią populacji szkoły. Na ogół zachowywali się grzecznie, ale byli chłopcami i nie wydawali się zdolni zupełnie powstrzymać się od wywoływania zamieszania. Tym razem Nelson tuż przed końcem lekcji rzucił papierową kulką w swojego brata Jessego.

Po odesłaniu reszty uczniów do domu Christian przywołał Malachiego i Nelsona do swojego biurka. Obaj chłopcy podeszli, ciągnąc nogami.

– Nelson – powiedział Christian, wręczając chłopcu ścieralny marker – napisz, proszę, na tablicy dwadzieścia razy: „Nie będę rzucał papierowymi kulkami w brata".

Nelson skrzywił się, ale pokiwał głową i wziął od Christiana pisak.

Następnie nauczyciel skierował uwagę na Malachiego.

– Chodźmy na zewnątrz.

Malachi otworzył szeroko oczy i wyszedł za Christianem ze szkoły. Zeszli po trzech stopniach i podeszli do wielkiego dębu, rosnącego w pewnej odległości od budynku. Było ciepło, ale kilka żółtych, czerwonych i pomarańczowych liści, leżących u stóp drzewa, stanowiło wyraźną zapowiedź jesieni. Przejechał powóz, po drugim pasie drogi przemknął samochód.

Upewniwszy się, że Nelson nie może ich słyszeć, Christian odwrócił się do Malachiego i zapytał:

– Dlaczego mnie okłamałeś w sprawie pracy domowej?

Malachi kopnął jeden z liści.

– Bo jej nie zrobiłem.

Christian zmarszczył brwi.

– Zawsze powinieneś mówić prawdę, Malachi...

– Ale ja nie chciałem wpaść w kłopoty.

– ...nawet jeśli to oznacza, że wpadniesz w kłopoty. Dopuściłeś się dwóch wykroczeń: po pierwsze, nie odrobiłeś pracy domowej, a po drugie, skłamałeś.

– Co to jest wykroczenie?

– Złamanie zasad. Ty złamałeś zasady – dodał nauczyciel, żeby mieć pewność, iż Malachi rozumie dokładnie, co zrobił. Nie miał zamiaru łagodzić wymowy swoich słów i chociaż uważał, że zapoznawanie uczniów z nowym słownictwem stanowi niezwykle ważny element jego komunikacji z nimi, to nie chciał też, by jego język był zbyt hermetyczny.

– Wiem. – Malachi znów wbił wzrok w ziemię. – Przepraszam.

– Jesteś bystrym uczniem. Nie rozumiem, dlaczego nie odrobiłeś pracy domowej. Wszystko zrobiłbyś dobrze.

– Nie lubię pracy domowej – mruknął chłopiec, kopiąc kolejny liść. – Jest nudna.

Christian się wzdrygnął. Chociaż wiedział, że nie powinien brać sobie do serca krytyki płynącej z ust siedmiolatka, nie potrafił zupełnie jej zignorować. Całymi godzinami przygotowywał się do lekcji, dbając, aby ćwiczenia były edukacyjnie stymulujące. Kiedy sam chodził do szkoły, i potem również, dosłownie pochłaniał wiedzę. Nawet teraz nic nie sprawiało mu większej przyjemności niż czytanie dobrej książki i poszerzanie intelektualnych horyzontów.

– Nudna – wymamrotał. – Uważasz, że moje zadania domowe są nudne.

Malachi spojrzał mu w oczy.

– Powiedział pan, że trzeba mówić prawdę.

Wpadł we własne sidła. Powinien był spodziewać się tego ze strony Malachiego. Nie dodawał mu fałszywej odwagi, gdy mówił, że chłopiec jest bystry. Był wysoce inteligentny.

– Tak powiedziałem – przyznał, odsuwając na bok własne ego, co powinien był zrobić na początku, i koncentrując się na stojącym przed nim problemie. – A teraz pomówimy o poniesieniu konsekwencji.

– A co to jest?

– Kiedy zrobisz coś wbrew zasadom, musisz ponieść konsekwencje. To element dyscypliny.

– Nie chcę dyscypliny – powiedział Malachi, a w jego oczach zalśnił lęk. – Chcę *geh* do domu.

Teraz chłopiec był zbyt szczery. Może należałoby przeprowadzić lekcję dla całej klasy na temat tego, kiedy stosownie jest mówić, a kiedy zachować milczenie.

– Kiedy Nelson skończy, posprzątasz klasę.

– Całą?

– Tak. Całą.

Malachi odwrócił wzrok, ale na jego twarzy odmalowała się wyraźna ulga.

– Dobrze – wymamrotał.

Wrócili do szkoły. Nelson podbiegł do nich, kiedy tylko przestąpili próg. Za jego plecami widniał rząd pochyłych i raczej niedbale napisanych zdań. Ostatnia linijka była prawie nieczytelna, ale Christian postanowił nie komentować tego faktu.

– Możemy już *geh*, Malachi? – Malachi zwykle wracał do domu z Bontragerami, ponieważ rodziny były spokrewnione przez małżeństwo i mieszkały blisko siebie.

– Muszę posprzątać klasę. – Malachi wysunął dolną wargę.

– Mogę ci pomóc – zaproponował Nelson.

Christian pokręcił głową.

– Malachi musi zrobić to sam. Możesz poczekać na niego na placu zabaw.

Nelson posłał Malachiemu znaczące spojrzenie i Malachi pokiwał głową.

Kiedy Nelson wyszedł, Christian zabrał się do oceniania prac, a Malachi wyniósł śmieci, wytarł wszystkie tablice, ustawił prosto ławki i zamiótł podłogę. Cały proces zajął mu dwadzieścia minut.

– To wystarczy, Malachi – powiedział Christian, biorąc od niego miotłę. – Możesz iść do domu.

Ledwo skończył mówić, Malachi już zniknął za drzwiami. Otwarte okno obok biurka wychodziło na plac zabaw i Christian słyszał, jak chłopcy głośno rozmawiają.

– Ale to długo trwało – rzucił Nelson.

– *Ya*. I wcale nie było zabawne. Już nigdy więcej nie okłamię nauczyciela.

Christian zdobył się na nikły uśmiech. Obrzucił wzrokiem salę i natychmiast zauważył, co Malachi pominął podczas sprzątania. Niedoskonałości należało się spodziewać. Malachi był szczupłym chłopcem, o wzroście nieco poniżej przeciętnej, i nie można było oczekiwać, że odkurzy powierzchnię na wysokiej półce z książkami czy dosięgnie do górnego rogu tablicy, by wytrzeć datę. Nie uprzątnął też ścieżki kurzu pozostałej po szufelce. Jednak ogólnie rzecz biorąc, rezultat jego starań był do zaakceptowania.

Christian dokończył zamiatanie podłogi i wycieranie tablic, a potem poprawił ławki, które wciąż nie stały w równym szeregu. Odwiesił miotłę i szufelkę na haczyki z przodu klasy i wrócił do biurka, by skończyć ocenianie prac. W niektóre dni ta część jego obowiązków bywała odrobinę nużąca. Jednak dbał, by w każdym ćwiczeniu sprawdzić każdą odpowiedź, zrobić kilka notatek dotyczących poprawek i napisać słowo lub dwa zachęty, zanim odnotował stopień w swoim dzienniku ocen. Zanim skończył, minęła godzina. Potem zabrał się do planów lekcji, które przygotowywał przynajmniej na trzy tygodnie wprzód.

Kiedy zamykał szkołę, zapadał już zmierzch. Christian niósł do domu pojemnik na drugie śniadanie i zeszyt z planami lekcji. Musiał jeszcze dopisać kilka punktów, ale mógł to zrobić po kolacji.

Gdy dotarł do niewielkiego domku, który dzielił ze swoją młodszą siostrą Selah, wszedł do środka, skierował się do kuchni i położył swój zeszyt na stole. Selah stała przy kuchennym blacie i kroiła marchewkę.

– Skąd ją masz? – zapytał, stawiając pojemnik przy zlewie. Wprowadzili się dopiero latem i jeszcze nie mieli ogrodu. – Byłaś w sklepie?

– *Nee*. Mary Yoder przyniosła. – Mary była żoną biskupa. Selah nie przestawała kroić, wbijając wzrok w deskę.

– Co przygotowujesz na kolację?

– Zupę warzywną.

Spojrzał na pokrojoną marchew i zmarszczył brwi.

– Radziłbym ci, abyś kroiła ją na mniejsze talarki.

– Nie muszą być idealne. – Selah przebiła ostrzem noża kolejną marchew.

– Małe kawałki ugotują się szybciej niż duże, co przyspieszy cały proces.

Z irytacją wypuściła oddech.

– Ty znasz się na wszystkim, prawda, Chris?

Wzdrygnął się na dźwięk skróconej wersji swojego imienia. Jednak to była jego własna wina. Gdy rada szkoły zdecydowała się go zatrudnić, uścisnął dłoń każdego z członków.

– Witaj w Birch Creek, Chris – powiedział Freemont. – Czy możemy nazywać cię „Chris"?

– Oczywiście – odpowiedział, chcąc wkupić się w łaski członków rady, zwłaszcza biskupa. – Możecie mówić mi „Chris". – Imię do niego przylgnęło i bardzo żałował, że nie poprawił wtedy Freemonta, zwłaszcza gdy Selah się z nim drażniła. Teraz było już za późno.

Selah odłożyła nóż gwałtowniej, niż było to konieczne.

– Może w takim razie ty powinieneś to zrobić.

Zastanowił się przez chwilę, czy była na niego zła, ale zaraz sam sobie udzielił odpowiedzi. Nie zrobił niczego, co mogłoby wzbudzić jej złość. Wypowiedział jedynie logiczną sugestię dotyczącą sposobu przygotowywania pożywienia. Może jednak potrzebowała w tej kwestii krótkiej instrukcji.

– Skoro nalegasz – powiedział, biorąc nóż.

Selah coś mruknęła, ale Christian jej nie zrozumiał. Zaczął podejrzewać, że jednak jest na niego zirytowana – nie po raz pierwszy i nie ostatni. Tak wyglądała ich relacja, chociaż wolałby, żeby nie było między nimi tylu niesnasek co ostatnio. Wzruszył ramionami i zaczął kroić marchewkę na równe talarki.

– Podejrzewam, że nie ma sensu pytać cię, czy umyłeś *yer* ręce. – Selah wyjęła z szafki garnek na zupę i cisnęła go na kuchenkę.

Christian aż podskoczył.

– Umyłem przed wyjściem ze szkoły. – Zawsze pamiętał, aby myć ręce kilka razy dziennie. Odpowiednia higiena chroniła populację uczniów przed rozprzestrzenianiem się chorób i było ważne, aby on dawał odpowiedni przykład swoim podopiecznym.

Krojąc marchewkę, słyszał, jak Selah krząta się za jego plecami – dźwięk puszczanej wody, gdy napełniała garnek, skrobanie obieraczki, kiedy obierała ziemniaki, i syk gazu, gdy włączała kuchenkę. Kiedy stanęła za nim, zostały mu trzy marchewki.

Zerknęła na deskę.

– Jeszcze nie skończyłeś? – Westchnęła i odeszła. – Reszta składników jest już w garnku.

Przyspieszył, jednak nie kosztem krojenia nierównych talarków. Kiedy skończył, odłożył nóż i odwrócił się do siostry.

– Można je dodać do zupy.

Wzięła deskę i nóż i wrzuciła marchewkę do garnka, ledwo zerkając na efekty jego precyzyjnej pracy.

Christian się nastroszył. Mogła przynajmniej powiedzieć „dziękuję".

– Czy potrzebujesz jeszcze jakiejś pomocy?

Selah zmarszczyła jasnobrązowe brwi.

– Potrafię ugotować zupę, Christian. Bez względu na to, jakie ty masz zdanie na ten temat.

– Nigdy nie mówiłem, że nie potrafisz.

Spojrzała na niego, znów westchnęła, tym razem jak ktoś, kto od dawna cierpi, po czym potrząsnęła głową i zamieszała w garnku.

Wydawało mu się, że przesadnie zareagowała na fakt, że przejął od niej krojenie marchewki. Nie musiała aż tak się z tego powodu złościć. Uznając, że opuszczenie kuchni będzie najlepszym rozwiązaniem, Christian powiedział:

– Jeśli nie potrzebujesz więcej pomocy, pójdę na dwór i zajmę się Einsteinem.

– To idź.

Ostatnie promienie słońca padały na ścieżkę prowadzącą do stajni. Christian wyszedł z domu i zaczerpnął haust świeżego, wczesnojesiennego powietrza. Poza zachowaniem siostry i faktem, że ludzie zwracali się do niego imieniem, które nieszczególnie lubił, był zadowolony z przeprowadzki do Birch Creek. Tutaj mógł osiągnąć swój cel, jakim było zostanie nauczycielem, co na początku bardzo zaskoczyło jego rodziców. Teraz matka go wspierała, a ojciec... no cóż, lepiej nie roztrząsać jego stanowiska. Żadne z nich nie było zbyt uszczęśliwione, kiedy Selah uparła się, że zamieszka z bratem.

Jej decyzja wprawiła w konsternację również Christiana. Wahał się dłużej niż kilka chwil, zanim się zgodził. Dlaczego tak bardzo się spieszyła, żeby opuścić rodzinę i przyjaciół? On miał ważny powód – swoją pracę. A ona... Nie wiedział, co tak naprawdę ją tu sprowadza. Nigdy nie byli ze sobą blisko. Mimo to musiał przyznać, że miło było nie mieszkać samemu. I czasami Selah była w porządku. Nawet miła. Jednak jej nieprzewidywalność zaczynała mu doskwierać.

Odsunął na bok kłopoty z Selah – na czymkolwiek one polegały – i dał Einsteinowi owsa. Kiedy koń jadł, Christian zmiótł z podłogi wszystkie źdźbła słomy. W stodole panował niemal taki sam porządek jak w jego klasie i zamierzał utrzymać ten stan rzeczy. Upewnił się, że Einstein ma świeżą wodę, po czym wrócił do domu.

Kiedy wszedł, powietrze przepełniał smakowity zapach zupy, pyrkającej na gazie. Christian spojrzał na zegarek. Dochodziła siódma, w tygodniu rzadko jadali wcześniej. Dla niektórych byłaby to późna pora posiłku, ale nie dla niego i Selah, biorąc pod uwagę, jak często zostawał w szkole po godzinach. Co dziwne, akurat z tego powodu jego siostra nigdy nie narzekała.

Christian uznał, że siostra jest na górze, w swoim pokoju – jego sypialnia znajdowała się na parterze, obok łazienki – więc zajrzał do garnka, żeby sprawdzić stopień ugotowania marchewki. Ocenił, że nie jest jeszcze wystarczająco miękka, opłukał widelec, włożył go do zlewu, po czym wziął zeszyt z planami lekcji i poszedł do salonu. Usiadł na krześle stojącym najbliżej kominka, w którym nie rozpalano od późnej wiosny. Już niedługo znów bez przerwy będzie płonął w nim ogień.

Otworzył zeszyt i zza okładki wyjął złożoną kartkę. Rozprostował ją i przebiegł wzrokiem.

CELE:

1. ~~Podjąć pracę nauczyciela.~~
2. ~~Zakupić/wybudować dom.~~
3. Poznać członków społeczności.

Gdy już otrzymał posadę, osiągnięcie drugiego celu okazało się dosyć proste. Dwie owdowiałe siostry, Tabitha i Melva, wystawiły swój dom na sprzedaż tydzień przed przyjazdem Christiana i Selah do Birch Creek. Mały domek mieścił się w zasięgu jego możliwości finansowych i Christian szybko go kupił, zadowolony, że budynek był zgodny z wytycznymi *Ordnung* i nie będzie musiał się martwić odcinaniem prądu i podłączaniem gazu.

Jednak punkt numer trzy okazał się większym wyzwaniem, niż Christian się spodziewał. Mieszkańcy Birch Creek byli dosyć życzliwi, ale on nie potrafił z nimi rozmawiać. Co wcale go nie zaskoczyło. Nie bez powodu posiadał kilka książek na temat komunikacji międzyludzkiej i zawierania przyjaźni. Mimo to nie potrafił przełożyć tej wiedzy na praktykę, przynajmniej nie tak jak Selah. Ona szybko zaprzyjaźniła się z Marthą Detweiler, jedyną niezamężną kobietą w jej wieku w społeczności, i potrafiła rozmawiać ze wszystkimi. Natomiast Christian jeszcze z nikim nie odbył pogawędki dłuższej niż pięciominutowa.

Już dawno pogodził się z faktem, że nie potrzebuje przyjaciół. Wystarczały mu praca i książki. I Bóg, oczywiście. Wiara była dla niego bardzo ważna. Nie był wyrzutkiem, ale lubił własne towarzystwo. Jego umiejętności społeczne nigdy wcześniej nie stanowiły problemu.

Jednak będzie musiał nad nimi popracować. Ponieważ jeśli nie zintegruje się ze społecznością, nie da rady osiągnąć ostatniego celu na swojej liście:

4. Ożenić się.

Christian wpatrywał się w napisane przez siebie słowa. Nie powiedział nikomu, że chciałby znaleźć narzeczoną. Chociaż miał dopiero dwadzieścia jeden lat, czyli wciąż był dość młody, małżeństwo stanowiło kolejny logiczny krok w życiu. Praca, dom, małżeństwo. A potem, po ślubie, dzieci. Tak, z kilkoma wyjątkami, toczyło się życie amiszów. Kiedy przyłączył się do Kościoła, zgodził się na każdy aspekt takiego życia – nie wyłączając małżeństwa i rodziny.

Napotkał jednak kolejny problem, którego nie przewidział: w Birch Creek było bardzo mało niezamężnych kobiet. Poza Selah wiedział tylko o dwóch: Marcie Detweiler, której rodzina przeprowadziła się tutaj dwa miesiące przed jego przyjazdem, i Cevilli Schlabach. Cevilla nie wchodziła w grę, miała ponad osiemdziesiąt lat, chociaż wyglądała i zachowywała się tak, jakby liczyła z dziesięć mniej. Jednak Martha stanowiła pewną opcję. Miała dwadzieścia lat i była całkiem ładna, chociaż wygląd nieszczególnie się dla niego liczył. Tyle że niewiele o niej wiedział i wkrótce będzie musiał postarać się dowiedzieć więcej.

Christian złożył kartkę i schował ją do zeszytu, po czym wziął *Pilnego ucznia*, żeby trochę poczytać, zanim zupa będzie gotowa. Rozluźnił się, skupiając na rozdziale o zarządzaniu klasą, co było o wiele prostszym tematem do rozmyślań niż szukanie sposobu, w jaki mógłby lepiej poznać Marthę.

Poza kilkoma potknięciami, takimi jak dzisiaj, jego uczniowie zachowywali się właściwie i wykazywali zainteresowanie nauką. Jednak on nie mógł stracić czujności, inaczej groził im chaos. A jeśli na coś Christian Ropp nie mógł zezwolić, w swojej klasie i w życiu, to na pewno na chaos.

Rozdział drugi

W niedzielny poranek Ruby wyruszyła dwukółką do kościoła wraz z Timothym, Patience i bratankami. Luke zwinął się na kolanach Patience, siedzącej z przodu, a Ruby z Tobiasem usiadła z tyłu.

– „Jezus kocha dzieci – śpiewała Ruby miękko, obejmując ramieniem wtulonego w nią Tobiasa. – Wszystkie dzieci świata…". – Nuciła przez całą drogę do domu Naomi i Bartholomew Beilerów.

Timothy zaparkował dwukółkę, pomógł wysiąść Patience i Luke'owi, po czym wziął od Ruby Tobiasa.

– Zobaczymy się na mszy.

Odszedł, trzymając chłopca za rączkę i drobiąc kroki, żeby syn mógł za nim nadążyć.

Ruby się uśmiechnęła. Nie była zaskoczona, że Timothy był dobrym ojcem. Wygramoliła się z wozu i stanęła obok Patience, przyglądając się otaczającym je dwukółkom.

– Trochę ludzi przybyło, odkąd byłam tu przed urodzeniem Luke'a – powiedziała do bratowej.

– To prawda. – Patience trzymała Luke'a na biodrze, ale chłopiec wił się, chcąc zejść. Ruby dowiedziała się, że kilka tygodni temu zaczął raczkować, a wczoraj wieczorem sama widziała, jak próbował wstać z niewielką pomocą stolika do kawy. Nie do końca mu się udało, bo gdy tylko stanął na palcach, natychmiast wylądował na pupie. – Od tamtej pory przeprowadziło się do nas kilka rodzin i mieliśmy całkiem sporo ślubów. Cudownie jest patrzeć, jak nasza mała społeczność rośnie i rozkwita. Bez wątpienia Pan nas pobłogosławił.

Ruby pokiwała głową. Wiedziała z listów, które Patience pisała do jej matki, że Birch Creek się rozrasta, ale nie zdawała sobie sprawy, że aż tak.

– Chcę chwilę porozmawiać z Sadie przed mszą – powiedziała Patience. – Zobaczymy się w środku. – Podeszła do grupki kobiet; wszystkie trzymały niemowlęta na jednym ręku, a drugą ściskały rączki starszych dzieci.

Ruby powoli ruszyła za nią, obserwując ludzi zebranych przed stodołą na podwórku Beilerów. Większości nie znała, ale rozpoznawała kilka twarzy ze swojej poprzedniej wizyty, trzy lata temu. Dostrzegła Setha i Irę Yoderów, synów biskupa, stojących pod białym domem Beilerów. Rozmawiali z innymi młodymi mężczyznami. Jej wzrok padł na Setha, starszego z braci. Jeśli dobrze pamiętała, był mniej więcej w jej wieku, a Ira tylko dwa lata młodszy. Rety, ależ urośli, odkąd ich ostatnio widziała! Seth był wysoki i żylasty, a Ira kilka centymetrów niższy i bardziej przysadzisty. Obaj byli przystojni. Zanotowała w pamięci, żeby się dowiedzieć, czy są wolni.

Poczuła się trochę zażenowana. W ten sposób chyba nie powinno się szukać męża. Takie wyrachowanie – które nigdy nie leżało w jej naturze – nie wydawało się właściwe. Jednak rodzice nie raz jej mówili, że najwyższy czas, aby zaczęła słuchać bardziej rozumu niż serca. Ich małżeństwo zostało zaaranżowane przez wspólnego znajomego, a Timothy i Patience wymieniali listy przez rok, zanim się pobrali. Ona po prostu podchodziła do tematu rozważnie, starannie rozpatrując wszystkie możliwości. Pewnie dlatego czuła się nieswojo. Nigdy do niczego nie podchodziła z rozwagą, a zwłaszcza do tak istotnego tematu.

Utwierdzając samą siebie w decyzji o upolowaniu męża, nie spuszczała wzroku z Setha. Naprawdę był przystojny. Spod czarnego kapelusza wymykały się piaskowe włosy, a biała koszula i czarna kamizelka doskonale na nim leżały. Chociaż widziała tylko jego profil, uznała, że ma miły uśmiech. Czy to dołeczek w policzku? Postąpiła krok w przód, żeby się lepiej przyjrzeć, i natychmiast wpadła na coś twardego. A raczej na kogoś.

– Bardzo przepraszam – powiedziała, odwracając się.

– Przeprosiny przyjęte.

Patrzyła w oszałamiająco błękitne oczy mężczyzny o twarzy idealnie pozbawionej wyrazu. Gęste czarne brwi układały się w prostą linię. Miał wysokie kości policzkowe, długi nos i usta, które formowały się w identyczną linię jak brwi. Zauważyła, że nie nosił brody. A więc nie jest żonaty.

– Nie chciałam na ciebie wpaść. Zamyśliłam się.

– Najwidoczniej.

Nie potrafiła powiedzieć, czy był zirytowany tą drobną kolizją, ale nie zamierzała pozwolić, by małe zderzenie powstrzymało ją przed okazaniem sympatii.

– Cześć. Nazywam się Ruby Glick. Przyjechałam z wizytą do *mei bruder* Timothy'ego na... na jakiś czas. – Nie było potrzeby mówić komukolwiek, że zamierzała osiąść w Birch Creek na stałe, jeśli jej poszukiwania zakończą się sukcesem.

– Miło cię poznać. – Jego głos pozostał beznamiętny, twarz też się nie zmieniła. Pozbawiona wyrazu. Nieprzystępna.

Niezręcznie...

– No cóż – powiedziała, odsuwając się. – Powinnam iść do stodoły. Zaraz zacznie się msza. Ciebie też miło było poznać. Do widzenia.

Nie odpowiedział, tylko odwrócił się i odszedł.

Co za dziwny człowiek. Mogła go skreślić z listy potencjalnych kandydatów na męża. Nie była zainteresowana kimś, kto nie mógł zadać sobie nawet tyle trudu, żeby powiedzieć „do widzenia".

Ruby weszła do stodoły i usiadła obok Patience, wyrzucając Setha i innych obcych mężczyzn z głowy. Pora przygotować serce do mszy. Przez następną godzinę skupiała się na śpiewie, modlitwie i uwielbieniu, w pełni zaangażowana w nabożeństwo... dopóki Freemont nie zaczął wygłaszać kazania.

Biskup nie był złym kaznodzieją. Mówił cicho, waga jego przekazu leżała raczej w słowach niż w natężeniu głosu. Mimo to Ruby szybko zaczęła się rozpraszać. Bez względu na to, kto przemawiał, zawsze trudno jej było utrzymać koncentrację podczas kazania. Siedziała na dłoniach, rozglądając się po stodole i dbając, by poruszać tylko oczami, a głowę trzymać tak nieruchomo, jak to tylko możliwe. Nie chciała zwracać na siebie uwagi.

Stodoła Beilerów nie była tak wielka jak ogromna stodoła Stoltzfusów w Lancaster, jednak bez trudu pomieściła całą społeczność. Ruby widziała Timothy'ego, siedzącego obok dwóch mężczyzn, z których jeden miał ciemnorude włosy i piegi, a drugi – czarne włosy i cudowny profil. Nie miała pojęcia, kim są, ale obaj nosili brodę, więc kontynuowała obserwację. W ławce za nimi dostrzegła mężczyznę, na którego wpadła. Patrzył prosto przed siebie, wyprostowany jak struna, z dłońmi ułożonymi na kolanach, i wydawał się uważnie słuchać. Po bliższych oględzinach musiała przyznać, że całkiem przyzwoicie wyglądał. Nie jak Seth Yoder, ale w porządku.

Poczuła ukłucie winy i zbeształa się w duchu za bycie płytką. Wygląd to nie wszystko. Właściwie niewiele dla niej znaczył, przyciągał tylko pierwsze spojrzenie. Przecież sama nie była najładniejszą dziewczyną w okolicy, co to, to nie. Poza tym już dawno doszła do wniosku, że najważniejsze cechy potencjalnego małżonka to siła wiary i dobroć. Oczywiście musi mieć podejście do dzieci, poczucie humoru też było ważne, biorąc pod uwagę jej umiejętność pakowania się w kłopoty. Jednak byłoby miło, gdyby przyszły mąż przynajmniej się jej spodobał.

– Co się stało? – wyszeptała Patience.

Oho. Została przyłapana. Ruby obróciła się do bratowej, pełna nadziei, że jej twarz nie płonie z gorąca.

– *Nix*.

– Marszczysz brwi i wpatrujesz się w Chrisa Roppa.

Jej policzki zapłonęły jeszcze żywiej. Wbiła wzrok przed siebie, starając się skoncentrować na kazaniu Freemonta.

Chris. Zabawne, nie wyglądał na Chrisa. Wyobrażała sobie, że nosił bardziej oficjalnie brzmiące imię. Jak Edward czy William, chociaż William nie było imieniem popularnym wśród amiszów. Jeśli zamierzała uzyskiwać informacje na temat potencjalnych mężów, musiała być bardziej subtelna, chociaż subtelność nie była jej mocną stroną. Zaraz, miała skupić się na mszy. Oczyściła umysł. Z wielkim wysiłkiem udało jej się powstrzymać przed zerkaniem na Chrisa, Setha czy jakiegokolwiek innego mężczyznę aż do końca nabożeństwa.

Kiedy msza się skończyła, wszyscy wyszli na zewnątrz. Był piękny jesienny dzień, po niebie przemykały nieliczne chmurki. Tu i ówdzie opadały liście, ale większość wciąż wisiała na drzewach. Patience została dużej w stodole, rozmawiając z kolejną przyjaciółką. Ruby uznała, że jeszcze nauczy się wszystkich imion.

Nie widziała Patience, ale dostrzegła dwie kobiety, wyglądające, jakby były mniej więcej w jej wieku. Stały obok domu, przy schodach na ganek. Ruszyła w ich stronę, uznając, że to dobry moment, aby się przedstawić. Stanęła przed nimi i się uśmiechnęła.

– Cześć. Nazywam się Ruby Glick. Przyjechałam z wizytą do *mei bruder* Timothy'ego.

Niższa dziewczyna uśmiechnęła się ciepło.

– Jestem Martha Detweiler. Przeprowadziliśmy się tutaj kilka miesięcy temu. – Obróciła się do smukłej koleżanki. – A to Selah. Też jest tu nowa.

Selah skinęła głową, ale nic nie powiedziała. Patrzyła nad ramieniem Ruby, jakby nagle coś przyciągnęło jej uwagę.

– Witaj w Birch Creek – powiedziała Martha. – Jak długo zostaniesz?

Ruby zerknęła na Selah, która wciąż wpatrywała się w coś za jej plecami. A może patrzyła przez nią? Tak czy inaczej, Ruby uznała, że zachowuje się trochę niegrzecznie.

– Nie jestem pewna – odparła, zwracając się do Marthy, która, odwrotnie niż Selah, skupiła się na rozmowie.

– Będziesz jeszcze w przyszłym tygodniu?

Ruby pokiwała głową.

– Taki mam zamiar.

– *Gut*. Będziesz mogła przyjść na śpiewania.

Na twarz Ruby wypłynął szeroki uśmiech. Nie było lepszego miejsca na poznanie odpowiedniego kawalera niż śpiewania. Jednak decyzja o przyjeździe do Birch Creek była właściwa.

– Jak miło. – Starała się nie okazać zbytniego podekscytowania. Ostatnie, czego pragnęła, to żeby Martha lub ktokolwiek inny dowiedział się o jej planach. – Bardzo chętnie wszystkich poznam.

– Tylko muszę cię ostrzec – dodała Martha. – Rozkład sił jest trochę nierówny.

– Co masz na myśli?

– Ma na myśli to, że my dwie jesteśmy tutaj jedynymi wolnymi kobietami. – Selah przekrzywiła głowę i spojrzała na Ruby. – Najwidoczniej teraz doszłaś jeszcze ty.

Ruby była zbyt zaintrygowana, żeby poczuć się urażona szorstką odpowiedzią Selah, nie wspominając o jej założeniu, że była wolna.

– Jest więcej mężczyzn niż kobiet?

Martha pokiwała głową.

– O wiele więcej. Policzmy: Seth i Ira Yoderowie, *sohns* biskupa. Potem chłopcy Bontragerów: Devon, Zeb i Zeke, którzy są bliźniakami, i Owen, ale on ma dopiero siedemnaście lat.

Gdyby Ruby była sama, zrobiłaby gwiazdę. Wygrała w kawalerskiego totolotka – oczywiście gdyby grywała w totolotka. Hazard był zabroniony.

– Zapomniałaś o *mei bruder* Christianie – zauważyła Selah. – To znaczy Chrisie. – Wskazała na dwukółkę zaparkowaną po drugiej stronie podwórka. – Stoi sam, jak zawsze.

Ruby odwróciła się i zobaczyła mężczyznę, na którego wcześniej wpadła. Był sam, ręce miał opuszczone wzdłuż boków, twarz wciąż pozbawioną wyrazu. A więc Christian. To imię bardziej do niego pasowało.

– Przyjdzie na śpiewania – dodała Selah.

Martha wyglądała na zaskoczoną.

– Przyjdzie? Nigdy wcześniej nie pojawiał się na żadnych spotkaniach.

Selah wzruszyła ramionami.

– Chyba postanowił pokazać swoją serdeczną stronę. Jestem pewna, że ona gdzieś tam jest.

Kobiety zachichotały, a Ruby znów zerknęła na Chrisa. Wyglądał trochę żałośnie, kiedy tak stał zupełnie sam. Ale też trochę dziwacznie. Może lubił samotność.

Odwróciła się do Selah i Marthy i nie mogła się powstrzymać, żeby nie ocenić ich wzrokiem. Martha się uśmiechnęła i Ruby stłumiła ukłucie zazdrości. Była bardzo ładna, miała idealną figurę, a zieleń jej sukienki podkreślała jasną skórę i blond włosy. Selah też była śliczna, ale w inny sposób. Miała tak samo błękitne oczy jak Chris, ale kasztanowe włosy o cień jaśniejsze. Oboje mieli proste brwi, jednak podczas gdy Chrisa wydawały się nie wyrażać żadnych emocji, brwi Selah pozostawały gniewnie zmarszczone.

Mimo to Ruby nie miała wątpliwości, że młodzi mężczyźni ze wspólnoty byli nią zainteresowani, Marthą też. Jednak nie widziała w tym problemu. Proporcja liczby mężczyzn do liczby kobiet działała na jej korzyść. I skupi się na niej zamiast na swoich deficytach w urodzie i gracji. Pomimo wszystko dobrze by było czegoś się dowiedzieć o swoich rywalkach.

– Czy któraś z was z kimś się spotyka? – wypaliła.

Selah wydawała się zaskoczona pytaniem.

– To dosyć osobista sprawa – zauważyła.

– Przepraszam. – Musiała pamiętać, żeby najpierw myśleć, a potem mówić. Tak postępowała nowa Ruby. – Masz rację. Nie powinnam o to pytać.

– Nic nie szkodzi – zapewniła Martha. – Mam przeczucie, że i tak wkrótce zostaniemy *gut* przyjaciółkami. – Uśmiechnęła się. – A odpowiadając na *yer* pytanie, *nee*, ja się z nikim nie spotykam.

– Powinnam iść do Chrisa. – Selah szybkim krokiem wyminęła Ruby i ruszyła w stronę brata.

Ruby się wzdrygnęła. Nie chciała jej urazić.

– Zdenerwowała się na mnie.

Martha pokręciła głową.

– Nie sądzę. Ale jest skryta. Oboje są. – Pochyliła się. – Są też trochę dziwni – dodała ciszej. – Nie w jakiś zły sposób. Po prostu… inni.

– Och. – Ruby wiedziała, co to znaczy. Przez całe życie była inna. Jako dziecko zbyt hałaśliwa i absorbująca. Jako nastolatka zbyt niezdarna i nieuważna. A jako młoda dorosła zbyt bezpośrednia i egzaltowana. Zawsze była „zbyt".

Ale mogła się zmienić. Mogła stać się wzorową kobietą, wzorową żoną i wzorową matką. I udowodni to nie tylko Timothy'emu, ale wszystkim wokół. A przede wszystkim udowodni to sobie.

Christian stał przy dwukółce, obserwując małe grupki, na które ludzie zawsze dzielili się po mszy. Wydawało mu się fascynujące, że bez względu na to, jak duże było zgromadzenie, nieodmiennie rozdzielało się samo według wieku i płci. Wynikało to po części ze stylu życia amiszów, ale zauważył tę tendencję również u Anglików.

Jego spojrzenie spoczęło na siostrze i Marcie. Kobiety się zaprzyjaźniły, co Christian mógłby wykorzystać. Nigdy nie chciałby przysporzyć Selah problemów, ale może udałoby mu się ją przekonać, aby wspomniała o nim Marcie jako o potencjalnym kandydacie na męża.

Wtedy zobaczył, jak zdecydowanym krokiem podchodzi do nich tamta kobieta – chyba przedstawiła się jako Ruby. Była wulkanem energii, sam widział, jak starała się siedzieć nieruchomo podczas mszy. Jego zdaniem było to dość niedojrzałe zachowanie. Ponieważ przyjechała tylko z wizytą, nie brał jej pod uwagę jako potencjalnej małżonki, chociaż wyglądała przyzwoicie. Miała typowe jasnobrązowe włosy i żywe błękitnoszare oczy.

Czyli została mu Martha. Miła młoda kobieta, chociaż na razie nie żywił do niej żadnych uczuć. Nie żeby to miało jakiekolwiek znaczenie, uczucia nie były istotne. Małżeństwo należało budować na wzajemnym szacunku, nie na miłości. Jeśli uczucie pojawi się później, można je zaakceptować, ale nie było niezbędne do umówienia się na spotkanie czy rozwoju związku.

Podeszła do niego Selah ze skrzywioną miną.

– Nie zaszkodziłoby ci, gdybyś trochę porozmawiał z ludźmi, Christian.

Miał taki zamiar, ale pochłonęły go myśli o małżeństwie.

– Porozmawiam – zapewnił, chociaż wszyscy już się rozchodzili. Na dzisiejsze popołudnie nie zaplanowano wspólnego posiłku i rodziny wracały do swoich domów. – Po następnej mszy.

– Na pewno. – Przewróciła oczami i obróciła się twarzą do Marthy i Ruby. – Słyszałam, że poznałeś już naszego gościa.

– Naszego?

– Naszego jako wspólnoty. Wiesz, tej, do której należysz?

– Wydajesz się mocno rozdrażniona, Selah. Myślałem, że kazanie tak dobre jak to, które wygłosił Freemont, poprawi ci humor.

Pokręciła głową, posłała mu pełne irytacji spojrzenie, po czym znów popatrzyła na Ruby i Marthę.

– Poznałem Ruby. Wydaje się sympatyczną kobietą – powiedział.

– Och? Chociaż jest trochę wścibska.

Z jakiegoś powodu to go nie zaskoczyło.

– Jak się czuje dziś Martha? – Ruby niezbyt go interesowała, musiał się skupić na potencjalnej narzeczonej.

– Dlaczego nie *geh* i *yerself* nie zapytasz?

Niespodziewanie i irytująco zwilgotniały mu dłonie. Nerwy. Ogarniały go za każdym razem, gdy myślał o podejściu do Marthy, między innymi dlatego postanowił trzymać się na uboczu po mszy. Miał kilka okazji, żeby z nią porozmawiać, ale nie mógł się do tego zmusić.

– Już odjeżdża – zauważył z ulgą, widząc, że Martha idzie ku swojej rodzinie. Jego wyrok został zawieszony. – Porozmawiam z nią następnym razem.

– Pewnie.

Słowo go ukłuło, jakby siostra traktowało go jak poduszeczkę na szpilki.

– Sarkazm do ciebie nie pasuje.

– Nigdy bym nie pomyślała, że jesteś takim tchórzem.

– Nie jestem tchórzem. A jeśli próbujesz mnie wciągnąć w kłótnię, to ci się nie uda.

– Doskonale zdaję sobie z tego sprawę, Królu Śniegu.

Nienawidził tego przezwiska, nadanego mu jeszcze w szkole. Selah była jedyną osobą, która nadal go używała, i chociaż bardzo wyraźnie poinformował ją, że go nie lubi, bez wahania nazywała tak Christiana, gdy była na niego zła. A więc ostatnio często.

– Jestem gotowa *geh*. – Selah wsiadła do dwukółki.

Christian odwrócił się powoli, ostatni raz zerkając na Ruby. Zerwała dmuchawca i dmuchnęła. Białe kłaczki uniosły się w powietrze. Co za dziecinne zachowanie jak na dorosłą kobietę. Odwiązał konia i dołączył do siostry w dwukółce.

Podróż powrotna od Beilerów nie trwała długo, ale cisza panująca między nim a Selah była pełna napięcia. Powinien zapytać, co ją gryzie. Jednak pewnie tylko by na niego warknęła. Biorąc pod uwagę, że był jej starszym bratem, okazałaby brak szacunku. Lepiej nie wścibiać nosa w jej sprawy. Jednak kiedy zerknął na siostrę i zobaczył ponury grymas na jej twarzy, nie mógł zachować milczenia.

– Czy coś się stało, Selah?

– *Nee*.

Ciężkie westchnienie powiedziało mu coś innego.

– Ewidentnie uchylasz się od odpowiedzi.

– Ewidentnie to nie *yer* sprawa.

I właśnie dlatego się nie wtrącał. Mocniej ścisnął lejce, mówiąc sobie, że to tylko jeden z tych humorów i nie powinien brać jej zachowania do siebie. Jednak jakaś jego część czuła się urażona, więc, jak zawsze, szybko się od niej odciął.

Resztę drogi do domu przejechali w milczeniu. Christian nie martwił się zanadto. Jako młoda kobieta Selah była podatna na zmienność nastrojów, pisano tak w książce psychologicznej, którą czytał w zeszłym roku. Do tego dochodziły zmiany hormonalne. Zostawi ją z jej fochami i dąsami, może później nastrój jej się poprawi.

Poza tym musiał się skupić na innych kwestiach. Nie będzie dziś pracował, ale to nie powstrzymywało go od myślenia o swoich uczniach – zwłaszcza o Malachim. Biorąc pod uwagę jego inteligencję, może chłopiec miał rację, twierdząc, że praca domowa jest nudna. W tym tygodniu przygotuje narzędzia do diagnozy uczniów, aby sprawdzić, czy są intelektualnie stymulowani. On sam nudził się w klasie, ale nauka nigdy go nie nużyła. Mimo wszystko w szkole należało przestrzegać procedur i brak pracy domowej musiał zostać napiętnowany.

I jeszcze sprawa Marthy. Kiedyś będzie musiał do niej podejść. Najwidoczniej Selah mu nie pomoże. Na pewno istniał jakiś sposób, by pokonać te paraliżujące nerwy. Musiał je przezwyciężyć, i to wkrótce. Nie miał powodu zwlekać z małżeństwem – i nie zamierzał.

~

– Jakie masz plany na ten tydzień, Ruby? – Patience postawiła na stole talerz kiełbasek.

– Będę wam pomagać – odpowiedziała Ruby, nalewając bratankom mleko. Wylała trochę na stół i wytarła skrajem fartucha. Zakręciła pokrywki ich kubków niekapków i schowała mleko z powrotem do zasilanej gazem lodówki.

– Mam trochę szycia do nadrobienia. – Patience usiadła akurat w chwili, gdy do kuchni wszedł Timothy. Skończył poranne obowiązki w obejściu.

– Mogę popilnować *kinner*, kiedy będziesz szyła. – Ruby położyła dłonie na kolanach i czekała, aż jej brat umyje ręce. Dużym palcem u nogi zaczęła stukać o podłogę. Gdy sobie to uświadomiła, zamarła. Miałaś siedzieć nieruchomo, pamiętasz?

Timothy zajął miejsce i po zmówionej w milczeniu modlitwie dziękczynnej rodzina zabrała się do śniadania.

– Krowy nie mogły się dzisiaj doczekać, żeby wyjść na pastwisko – powiedział, smarując grzankę masłem.

– Potrzebujesz jakiejś pomocy? – zapytała Ruby.

Timothy zastygł w bezruchu, kromka zawisła w połowie drogi do jego ust.

– Uch… *nee*. Mam wszystko pod kontrolą.

– Jestem pewna, że są jakieś prace, które będę mogła wykonać, jak skończę pomagać Patience.

Potrząsnął głową i wsunął grzankę do ust.

Patience położyła kilka płatków śniadaniowych na tacy przymocowanej do wysokiego krzesełka Luke'a.

– Timothy, przyda ci się wsparcie. Jestem pewna, że Ruby może ci pomóc z belami siana.

Ruby i Timothy wymienili spojrzenia.

– Nie opowiadałeś jej, jak wszystkie bele spadły mi ze strychu? – zapytała Ruby.

Pokręcił głową.

– Akurat o tym zapomniałem.

– Jak mogłeś zapomnieć?

– Tyle innych wypadków bardziej utknęło w *mei* pamięci. Jak wtedy, kiedy postanowiłaś wykąpać kota…

– Och. – Ruby spoważniała. – Sprawy potoczyły się inaczej, niż się spodziewałam.

– Tobias, pij *yer* mleko – wtrąciła Patience. Obróciła się do Ruby. – Co się wydarzyło?

– A co się nie wydarzyło. – Timothy wziął widelec i wycelował nim w siostrę. – Uznała, że kot powinien ładniej pachnieć.

– Miałam tylko sześć lat – zauważyła Ruby.

– Więc złapała kota, który, weź pod uwagę, był mniej więcej rozmiaru lisa, i wsadziła go do kuchennego zlewu.

Ruby wbiła wzrok w talerz.

– Niezbyt mu się to podobało.

Luke zaczął walić w swój stolik, więc Patience dała mu jeszcze kilka płatków Cheerios. Tobias był zajęty rozsmarowywaniem jajecznicy po talerzu.

– Wcale mu się nie podobało. – Timothy zaczął się śmiać. – Był przemoczony do suchej nitki i wyskoczył ze zlewu na blat. *Mamm* dopiero co skończyła zmywać naczynia po śniadaniu i schły na ścierce. Posypały się na podłogę, a Ruby próbowała schwycić kota za ogon. Wydał z siebie wrzask, od którego włosy stanęłyby ci dęba, i popędził przez salon, gdzie *daed* czyścił buty przed kominkiem.

– Czarną pastą do butów – dodała Ruby ledwo słyszalnym szeptem.

– Och *nee*... – Wargi Patience zadrżały.

– Tak. I ten mokry przerażony kot skoczył na kolana *daed* i rozlał czarną pastę do butów po całym palenisku.

Ruby skuliła się na krześle.

– Pamiętaj, miałam sześć lat – pisnęła.

– Przegalopował przez pastę i zaczął skakać po meblach, jakby ktoś podpalił mu ogon. – Timothy ryknął śmiechem. – *Daed*, *mamm* i ja zaczęliśmy go gonić.

Patience się roześmiała.

– A ty co wtedy robiłaś, Ruby?

– Płakałam w kącie.

Timothy przestał się śmiać.

– To prawda. Płakałaś. To nie było aż takie straszne, Ruby.

– Stłukłam ulubiony talerz *mamm*.

– To kot stłukł ulubiony talerz *mamm*.

– Ale to była *mei* wina. – Nawet teraz wyrzuty sumienia z powodu stłuczonego talerza przygniotły ją tak, jakby całe wydarzenie miało miejsce godzinę temu. *Mamm* przygotowała *daed* wyjątkowe śniadanie z okazji urodzin i podała naleśniki z borówkami na tym talerzu. To była pamiątka rodzinna, używała go tylko przy specjalnych okazjach.

– Miałaś tylko sześć lat. – Timothy poklepał ją po ręce. – Przepraszam. Nie powinienem był przypominać tej historii.

– *Nee, nee*. Z perspektywy czasu wydaje się zabawna – zapewniła Ruby. Tyle że wcale nie była zabawna. Nie dla niej.

– Co się stało z kotem? – chciała wiedzieć Patience.

– Zerwał zasłony z okna, zanim Timothy'emu udało się go złapać.

– I wtedy rzeczywiście musiałem go wykąpać, bo cały był w paście do butów.

Ruby pokiwała głową.

– A ja pomogłam *mamm* czyścić meble. – Westchnęła. – Na szczęście pasta nie zostawiła zbyt dużych plam.

– No cóż, nie masz już sześciu lat, a Timothy nigdy nie pastuje butów. – Patience się uśmiechnęła. – Nie musisz się martwić, że to samo wydarzy się tutaj.

– Poza tym nie mamy kota – dodał Timothy.

– Kotek? – powiedział Tobias, odrywając wzrok od jajek. – Możemy mieć kotka?

Troje dorosłych zachichotało i Ruby poczuła się trochę lepiej. Timothy mógł opowiedzieć o niej mnóstwo historii i ta z kotem wcale nie była najgorsza. „Używaj mózgu, Ruby". Ile razy to słyszała? I właśnie teraz zamierzała tak robić. Żadnych więcej katastrof, stłuczonych pamiątek rodzinnych i zamieszania wokół niej. Mimo wszystko cieszyła się, że brat nie miał kota.

Później, kiedy Timothy pojechał na rozmowę z potencjalnym kupcem mleka, a Patience zajęła się szyciem, Ruby zabrała bratanków na dwór. Zdjęła pokrywę z piaskownicy i bawiła się z nimi przez cały ranek, zapominając o przeszłości, a nawet o poszukiwaniu męża. Uważała na Luke'a, żeby nie wkładał piasku do buzi, i pomagała Tobiasowi, który małą czerwoną łopatką wsypywał piasek do plastikowego wiaderka.

Kiedy Tobias się bawił, rozejrzała się po gospodarstwie brata. Świetnie sobie poradził, z czego Ruby bardzo się cieszyła. Miała nadzieję, że ona też pewnego dnia zacznie wieść takie życie – spokojne i szczęśliwe. To było możliwe, prawda?

Rozdział trzeci

Tydzień minął szybko. Ruby pomagała Patience w domowych obowiązkach i spędzała czas z bratankami. Dwa razy proponowała Timothy'emu pomoc przy dojeniu krów, ale odmówił. Uważała, że po dniu pracy w gospodarstwie wyglądał przy kolacji na bardziej zmęczonego, niż powinien, ale nie mogła zmusić brata, żeby przyjął jej wsparcie, i chociaż była z tego powodu lekko sfrustrowana, rozumiała go. Nie miał najlepszych doświadczeń, jeśli chodziło o jej pracę w obejściu.

W sobotę towarzyszyła Patience w położniczych wizytach domowych. Najpierw pojechały do Sadie Troyer, która spodziewała się pierwszego dziecka. Ruby obserwowała Patience, zadającą szereg pytań na temat tego, jak Sadie się miewa, czy czuje ruchy dziecka i czy dobrze się odżywia. Dowiedziała się, że Sadie jest w piątym miesiącu i trochę denerwuje się ciążą.

– Po prostu nie chciałabym, żeby cokolwiek się stało – powiedziała Sadie, dotykając lekko zaokrąglonego brzucha. – Aden mi mówi, żebym się nie martwiła, i wiem, że nie powinnam. – Ściszyła głos. – Ale czasami nic nie mogę na to poradzić.

Patience wzięła ją za rękę. Ruby wiedziała, że kobiety się przyjaźnią.

– To normalne, że kobieta tak się czuje przy pierwszym *boppli* – zapewniła Patience. – A czasami też przy drugim, trzecim… – Uśmiechnęła się. – Ale Aden ma rację. Nie powinnaś się martwić. To nie jest *gut* ani dla ciebie, ani dla *bopplin*. Najlepsze, co możesz zrobić, gdy czujesz się niespokojna, to modlić się. Jeśli możesz spacerować i się modlić albo wykonywać jakieś inne fizyczne zajęcie, to jeszcze lepiej. I oczywiście zawsze możesz przyjść do mnie i porozmawiać. Jesteś w *gut* rękach, Sadie.

Sadie skinęła głową. Wyglądała na spokojniejszą.

– Wiem. *Danki*, Patience. Cieszę się, że mi w tym towarzyszysz.

Po wizycie u Sadie pojechały do Irene Troyer. Irene była żoną brata Adena, Sola. Spędziły tam mniej czasu, ponieważ Irene spodziewała się drugiego dziecka. Była w szóstym miesiącu, a jej roczny syn, Solomon Junior, spał w kojcu w salonie.

– Czy mogę porozmawiać z tobą na osobności? – zapytała Irene, zerkając na Ruby.

Patience pokiwała głową.

– Oczywiście.

Kobiety wstały z kanapy.

– Ruby, czy mogłabyś przez kilka minut popilnować Solomona? – poprosiła gospodyni. – Pewnie się nie obudzi. Ostatniej nocy nie spał dobrze i rano był zmęczony.

Ruby skinęła głową, a gdy kobiety wyszły, przycupnęła na brzeżku krzesła. Obserwowała kojec; przez białą siatkę widziała, jak mała pierś Solomona unosi się i opada. Na czubku główki chłopca sterczała kępka rudych włosków. Malec był dosyć pulchny i przesłodki.

Nie potrafiła powstrzymać uśmiechu. Dzieci były takim błogosławieństwem. Nie mogła się doczekać, aż sama zostanie matką. Miała nadzieję, że nastąpi to raczej wcześniej niż później.

Po kilku minutach Irene i Patience wróciły do salonu. Tak jak przewidziała Irene, Solomon nadal spał. Musiał jednak wyczuć obecność matki, ponieważ cicho zapłakał. Otworzył oczy i zaczął marudzić.

Irene pochyliła się i wzięła syna na ręce. Położyła sobie jego główkę na ramieniu i poklepała go po pleckach.

– Zajrzę do ciebie w przyszłym miesiącu – obiecała Patience. – Ale jeśli będziesz miała jakieś kłopoty albo pytania, natychmiast daj mi znać.

– Dam. *Danki*, Patience.

Kiedy znowu wsiadały do dwukółki, Ruby była pod ogromnym wrażeniem swojej bratowej. Zarówno u Sadie, jak i u Irene Patience była miła i profesjonalna. Ruby nie wiedziała zbyt dużo o pracy położnej poza tym, że pomagała przy narodzinach dzieci, ale teraz zrozumiała, że chodzi o coś więcej. Patience była osobą, która dodawała odwagi, powiernicą, pacjentki na niej polegały. Była cudowną położną, która wiedziała, co robi.

Ruszyły w przeciwnym kierunku niż dom, żeby odebrać Tobiasa i Luke'a, którzy spędzali dzień u rodziców Patience. Timothy pojechał na aukcję bydła z Jalonem i Adamem Chuppami, kuzynami, którzy mieli duże gospodarstwo trochę ponad trzy kilometry od Glicków. Ruby zaczynała się uczyć, kto jest kim w społeczności.

Patience powoziła, a ona obserwowała krajobraz. Inaczej niż w Lancaster, gdzie było dużo nie tylko amiszów, ale i Anglików – zarówno mieszkańców, jak i turystów – tutaj nie widziała na drodze wielu samochodów. Mieszkańcy Birch Creek nie stali w korkach, nie wdychali spalin ani nie słuchali klaksonów niecierpliwych kierowców. Tutaj rozciągały się pola, z porozrzucanymi domami, ogrodami i gospodarstwami – lub bez. Ostatnia wizyta Ruby była krótka, ale teraz miała czas, by podziwiać piękno Birch Creek.

– Mam nadzieję, że się dzisiaj nie wynudziłaś – odezwała się Patience, wyrywając Ruby z zamyślenia.

– *Nee*, w ogóle. *Yer* praca wydaje się dawać wiele satysfakcji.

– To prawda. Planuję być położną tak długo, jak Bóg pozwoli.

Ruby skinęła głową. To musiało być miłe, czuć się tak spełnioną, pewną, że to, co się robi, jest częścią Boskiego planu. Ona zawsze miała wrażenie, że dryfuje, imała się różnych posad, ale na żadnej tak naprawdę nie zagrzała miejsca. Przez chwilę pracowała jako sprzedawczyni w sklepie, ale zajęcie nie było ciekawe, a jej szef niezbyt zadowolony, kiedy przewróciła piramidę z produktów dwa dni z rzędu. Nie zmartwiła się specjalnie, kiedy zrezygnowała z tej pracy i zaczęła sprzątać domy Anglików. Aż się wzdrygnęła na to wspomnienie. Została zwolniona, kiedy niechcący stłukła przy odkurzaniu cenny kryształowy wazon, prezent z okazji dwudziestej piątej rocznicy ślubu. To ją nauczyło, że nie powinna pracować wśród łatwo tłukących się przedmiotów.

Potem przez chwilę pracowała na mlecznej farmie, dlatego bez wahania zaproponowała pomoc Timothy'emu. Jednak wkrótce właściciel odszedł na emeryturę i sprzedał swoje stado. Trudno jej było znaleźć nową posadę, więc zajęła się szyciem i opieką nad dziećmi. Szycie za bardzo jej nie przeszkadzało i oczywiście lubiła dzieci, jednak żadne z tych zajęć nie przynosiło jej zbyt dużych dochodów ani poczucia satysfakcji, jakie miała Patience ze swojej pracy.

– Czy kiedykolwiek myślałaś o zostaniu położną? – zapytała bratowa.

Zaskoczona pomysłem, Ruby pokręciła głową.

– *Nee*. Nie byłabym w tym *gut*.

– Skąd wiesz?

– Martwiłabym się, że coś *geh* nie tak. To zbyt ważna praca, żebym mogła ją wykonywać.

Patience się uśmiechnęła.

– Dlatego trzeba się w niej szkolić. Mogłabym cię uczyć, gdybyś chciała.

Ruby spojrzała na nią.

– Chcesz mi powiedzieć, że potrzebujesz asystentki?

Patience wzruszyła ramionami, wjeżdżając na podjazd przed domem rodziców.

– Myślałam o tym. Ostatnio w Birch Creek urodziło się sporo *bopplin*. Na szczęście porody rozłożyły się w czasie, ale jeśli wspólnota będzie rosła w tym tempie, sama nie dam rady. – Zatrzymała wóz i spojrzała na Ruby. – Wciąż nie jesteś pewna, kiedy wracasz do domu, *ya*?

Ruby przytaknęła.

– Nie tęsknisz za Lancaster? Za *yer* przyjaciółmi, *yer familye*... Może nawet czeka na ciebie ktoś wyjątkowy?

Ruby nie przychodziła do głowy ani jedna osoba, która mogłaby za nią tęsknić. Wszystkie przyjaciółki z dzieciństwa powychodziły za mąż i założyły własne rodziny. Przez ostatnie dwa lata coraz bardziej się od nich oddalała. Wydawały się zainteresowane rozmową tylko na temat mężów i dzieci. Te, które jeszcze dzieci nie miały, chciały mówić o przyszłym potomstwie. Ruby nie miała nic do dodania do tych rozmów, więc przestała brać w nich udział.

Jeśli zaś chodziło o rodziców, to pewnie cieszyli się, że na chwilę mają od niej spokój. Wiedziała, że ją kochają, ale często się przez nią denerwowali, a ona czuła się winna. Poza tym miała pełną świadomość zerowych perspektyw na zamążpójście w swojej okolicy. Po co miała tam wracać?

Splotła palce na kolanach.

– Potrzebowałam zmiany otoczenia – wyjaśniła.

– Czy nowego początku?

Nerwowo zerknęła na bratową. Czy Patience coś podejrzewała? Nie byłaby zaskoczona. Przecież przyłapała Ruby, jak w niedzielę w kościele wpatrywała się w Chrisa Roppa, którym oczywiście nie była zainteresowana. Patience była bystra, ale czy potrafiła wyciągnąć odpowiednie wnioski? Ruby uznała, że nie, ale obiecała sobie, że będzie bardziej ostrożna w doborze słów i w działaniu.

Patience nie wydawała się przejmować brakiem odpowiedzi na swoje pytanie.

– A może się o to pomodlisz? – zaproponowała.

– O zostanie w Birch Creek?

– O zostanie *mei* asystentką. – Zamyślona przekrzywiła głowę. – Bardzo bym chciała, żebyś zaczęła mi pomagać.

Ruby trudno było uwierzyć, że Patience mówiła poważnie.

– Nie boisz się, że narozrabiam?

Bratowa zachichotała.

– Oczywiście, że nie. Za bardzo się martwisz, że popełnisz jakiś błąd, Ruby. I może między innymi dlatego popełniasz ich tak dużo. – Zanim Ruby zdążyła odpowiedzieć, Patience wysiadła z dwukółki i owinęła lejce wokół słupka.

Cóż, nikt nigdy wcześniej tak na to nie patrzył. Czy to dlatego była taka nieuważna i niezdarna? Ruby zdała sobie sprawę, że w słowach Patience kryło się ziarno prawdy, ale nie wierzyła, żeby to była jedyna przyczyna. O ile pamiętała, jako dziecko nie była spięta, a i tak sprawiała mnóstwo kłopotów. Kąpiel kota i pożary stajni stanowiły doskonały przykład. Przy jej osiągnięciach trudno było się nie denerwować – co oznaczało, że będzie musiała starannie rozważyć propozycję Patience.

Rodzice Patience, Josiah i Mary Anne, byli sympatyczną parą. I wyglądali na zmęczonych po poranku i części popołudnia spędzonych z dwójką małych dzieci. Ruby skwapliwie złapała Luke'a w ramiona i przytuliła, a Patience wzięła na ręce Tobiasa, rozmawiając z matką. Jej ojciec opadł na fotel.

– I właśnie dlatego ma się *kinner*, kiedy jest się młodym – powiedział. – Ci *buwe* mają niespożytą energię.

– Odziedziczyli ją po swoim ojcu – zauważyła Patience.

– Chyba raczej po *mamm* – poprawiła ją Mary Anne. – Kiedy byłaś mała, mieliśmy z tobą pełne ręce roboty.

– Naprawdę? – Ruby była zaskoczona.

– Oczywiście. Musieliśmy zamykać drzwi na klucz, żeby nie uciekła.

– Lubiła zwiedzać. – *Daed* podrapał się po siwej brodzie. – Zwykle w środku nocy.

Patience się roześmiała.

– Już dawno z tego wyrosłam.

– To prawda. Ale wcześniej nie pozwalałaś się nam nudzić.

Luke pociągnął wstążkę zwisającą z *kapp* Ruby. A zatem ona nie była jedynym niesfornym dzieckiem na świecie, chociaż jej rodzice zdawali się tak uważać. Ale w końcu Timothy zawsze był idealny. Nigdy nie łamał zasad, nie pakował się w kłopoty, w szkole dostawał same piątki i miał tę samą pracę, odkąd skończył czternaście lat, aż do wyjazdu z domu. Dopóki nie ożenił się z Patience. Kiedy wyjechał do Birch Creek jej rodzice, zwłaszcza matka, byli załamani. Ponieważ nie lubili podróżować, przez ostatnich pięć lat odwiedzili Timothy'ego i Patience tylko dwa razy. Ale matka często do niego pisała, a on, posłuszny syn, jej odpisywał. Poza tym byli z Patience w Lancaster wiele razy, dbając, by dziadkowie widywali się z wnukami. Co było takie idealne.

Chociaż Ruby była w Birch Creek od tygodnia, nie miała jeszcze żadnych wieści od rodziców. Zmarszczyła brwi, delikatnie wyjmując tasiemkę od *kapp* z rączki Luke'a. Czy tak trudno było im wysłać list? Albo chociaż kartkę? Ale w sumie ona też nie napisała do nich ani nie zadzwoniła, więc nie miała prawa narzekać.

Gdy wrócili do domu, Patience położyła Luke'a do łóżeczka na popołudniową drzemkę. Ruby pomyślała, że malec będzie dobrze spał, już w dwukółce kleiły mu się powieki. Kiedy Patience była na górze z Lukiem, Ruby pomogła Tobiasowi wybrać książkę dla dzieci z dolnej półki niskiego regału stojącego przy ścianie w salonie. Chciał posłuchać wierszyków, więc Ruby wyjęła książeczkę z gąską w falbaniastym czepku na okładce. Podała książkę Tobiasowi, a on podreptał ku kanapie, na którą się wspiął. Ruby usiadła obok niego i zaczęła czytać.

Stary niedźwiedź mocno śpi,
Stary niedźwiedź mocno śpi,
My się go boimy,
Na palcach chodzimy,
Gdy się zbudzi, to nas zje.

– *Mamm* – zawołał Tobias, wskazując na książkę. – Gąska. Gąska.

Patience, która weszła do pokoju, gdy Ruby czytała, pokiwała głową.

– To *yer* ulubiona, prawda?

Tobias wyjął książeczkę z dłoni Ruby i wyciągnął w stronę matki.

– Czytaj. Czytaj!

– Ruby ci czyta, Tobias.

Chłopiec potrząsnął głową.

– Ja chcę, żebyś ty.

– Nic nie szkodzi – powiedziała Ruby, wstając z kanapy. – Nie widział cię przez cały dzień.

– No dobrze. – Patience usiadła i wzięła książkę od Tobiasa. Kiedy zaczęła czytać o kółku graniastym, Ruby wymknęła się do kuchni.

Znowu pomyślała o rodzicach. Naprawdę powinna do nich zadzwonić. Może jednak za nią tęsknili. Sama musiała przyznać, że tęskniła za nimi – i za pieczenią z ziemniakami, którą *mamm* zawsze przygotowywała w sobotnie popołudnie. Mniej więcej o tej porze smakowita woń rozchodziłaby się po domu, a matka kończyłaby przygotowywać placek z brzoskwiniami lub pudding bananowy, dwa ulubione desery ojca. Na myśl o tym zrobiła się głodna i jeszcze bardziej zatęskniła za domem. Nie spodziewała się, że będzie tęskniła.

Przeszła przez sień, wyszła tylnymi drzwiami i obeszła dom. Budka telefoniczna stała na końcu podjazdu. Zamknęła za sobą drzwi, ale zaraz je uchyliła. Dzień był ciepły i w budce zrobiło się duszno.

Wybrała numer do domu. Po pięciu dzwonkach już miała się rozłączyć, myśląc, że matka pewnie jest zbyt zajęta kolacją, żeby odebrać telefon. Odkładała słuchawkę, kiedy usłyszała:

– Halo?

Ruby przysunęła słuchawkę z powrotem do ucha i uśmiechnęła się.

– Halo, *mamm*. – Jak miło było usłyszeć jej głos.

– Najwyższy czas, żebyś zadzwoniła, Ruby. Jak się czuje Timothy?

– W porządku. – Oparła się o ścianę, uprzedzając następne pytania matki. – *Buwe* też się mają dobrze, Patience również. Timothy ma wspaniałą *familye*.

– Czy nie przemęcza się zanadto? Martwię się, że za ciężko pracuje. Zawsze angażuje się na sto procent we wszystko, co robi.

Ruby słyszała to już raz czy dwa. Postanowiła nie mówić matce, że Timothy może być przepracowany.

– Bardzo dużo śpi, *mamm*.

– A jak z jedzeniem? Gdy był u nas w zeszłym roku, wydawał się zbyt szczupły.

Ruby westchnęła. Najwidoczniej *mamm* nigdy nie przestanie zamartwiać się o Timothy'ego, chociaż był już dorosłym mężczyzną.

– Ma się dobrze, *mudder*. Patience *gut* o niego dba.

– Uhm. Nie jestem tego taka pewna.

– A jak ty i *daed* się miewacie? – zapytała Ruby, chcąc zmienić temat.

– Dobrze. – Słuchała, jak matka opisuje ze szczegółami, co robili z ojcem w poprzednim tygodniu, czyli jak *daed* wykonywał swoją pracę murarza, a *mamm* odwiedzała przyjaciółki ze wspólnoty, po czym jedli pyszną kolację i spędzali wieczór na odpoczynku. – Cicho i spokojnie – dodała. – Dokładnie tak, jak lubimy.

Ruby przełknęła ślinę.

– Cieszę się.

– Muszę dokończyć kolację. Powiedz Timothy'emu, że bardzo za nim tęsknimy. I nie pakuj się w żadne kłopoty. Żebyś nie była dla *yer bruder* ciężarem.

– Ja nie będę… – Ale *mamm* już się rozłączyła.

Ruby z zaciśniętym gardłem odwiesiła słuchawkę na widełki i wyszła z budki. Nie zapytała nawet, jak ja sobie radzę, pomyślała. Nie powiedziała, że za mną tęskni. Może dlatego, że nie tęskniła. „Cicho i spokojnie... Tak jak lubimy". Najwidoczniej bez niej byli szczęśliwsi.

Świetnie. Na razie mogą tak uważać. I na ten moment ona też ich nie potrzebowała. Miała własny cel do osiągnięcia, cel, któremu w zeszłym tygodniu nie poświęciła zbyt wiele uwagi. W tej chwili jednak zamierzała to zmienić. Wyjdzie za mąż i przeprowadzi się do Birch Creek na stałe. Wtedy rodzice zaczną za nią tęsknić. Szanować ją. Będzie im jej brakowało.

Otarła zaczerwienione oczy i ruszyła drogą. Będzie musiała rozpocząć realizację swojego planu, i to szybko. Nagle zdała sobie sprawę, że ów plan nie był zbyt szczegółowy, właściwie składał się z jednego punktu: „znaleźć męża". Wtedy przypomniała sobie o śpiewaniach, o których wspomniała Martha. Miały się odbyć następnego wieczoru. Cudownie. Wygląda na to, że będzie miała w kim wybierać. Natychmiast przyszedł jej na myśl Seth Yoder, ale odsunęła jego obraz na bok. Musi być otwarta na wszelkie możliwości. Chociaż on był bardzo *schee*...

Nie była pewna, jak długo szła, gdy jej uwagę przyciągnęło olbrzymie drzewo. Zatrzymała się, zadziwiona jego rozmiarem i okazałością. Drzewo stało na dużym pastwisku, na którym – co zaskakujące, ponieważ było idealne do wypasania krów – rosła wysoka trawa i brakowało płotu.

Tak wielki dąb musiał rosnąć na tym polu od wielu lat, nigdy nie widziała równie grubego pnia. Zaciekawiona, ruszyła w jego stronę, czując delikatną zmianę temperatury, kiedy weszła w chłodny cień rozłożystej korony. Dotykała kory, obchodząc pień dookoła. Wyobrażała sobie, jakie historie mogłoby opowiedzieć takie drzewo.

Nagle uderzyła o coś dużym palcem u nogi. Zakładając, że trafiła w jeden z korzeni, który wyrósł nad ziemię, spojrzała w dół, żeby uważniej stąpać. Zaraz, to nie był korzeń… O mało nie nadepnęła na książkę. Ktoś musiał ją tutaj zostawić. Miejsce rzeczywiście wydawało się idealne do spokojnej lektury. Może na okładce widnieje czyjś podpis. Jeśli tak, zwróci książkę właścicielowi.

Jednak kiedy się pochyliła, żeby ją wziąć, usłyszała głośne chrapanie. Podniosła wzrok i zobaczyła Chrisa Roppa. Oparty o pień drzewa, spał jak suseł.

A co on tutaj robił? Cicho ukucnęła, podniosła książkę i opierając łokcie na kolanach, spojrzała na okładkę. *Jak zrozumieć kobiety – przewodnik dla mężczyzn*. Zachichotała i szybko zakryła usta dłonią.

Chris uniósł najpierw jedną powiekę, potem drugą. Otworzył szeroko oczy i usiadł prosto. Zamrugał, po czym wyrwał jej książkę z rąk.

– A co ty robisz?

Ruby szybko wstała, ale straciła równowagę i wylądowała na siedzeniu.

Zerwał się na nogi i wbił w nią spojrzenie błękitnych oczu.

– Podkradłaś się do mnie?

– *Nee*. – Podniosła się niezdarnie i strzepnęła trawę z sukienki. – Nie podkradam się do ludzi. – Nie mogła się powstrzymać przed zerkaniem na książkę w jego dłoni.

Schował ręce za siebie.

– Skoro się nie skradasz, to co tu robisz?

To było wścibskie pytanie.

– Mogłabym ciebie zapytać o to samo. – Chyba że to pole należało do niego, co by oznaczało, że również drzewo było jego własnością. Wtedy miałby pełne prawo tu przebywać, a ona… nie.

Uniósł podbródek.

– Zawsze tu jestem w sobotnie popołudnia, o ile pogoda dopisuje. Lubię tę spokojną okolicę. Mogę tu czytać, kontemplować i modlić się.

– I próbować zrozumieć kobiety – mruknęła.

Policzki Chrisa lekko poczerwieniały.

– Tematyka mojej lektury to nie twoja sprawa.

– Naprawdę myślisz, że zrozumiesz kobiety dzięki książce?

Odwrócił wzrok, a mimo to wciąż udawało mu się wyglądać wyniośle.

– Z książek dowiedziałem się bardzo wielu rzeczy. – Spojrzał na nią. – Też powinnaś jakąś przeczytać.

Czy on uważał ją za idiotkę? Co za tupet.

– Czytam mnóstwo książek – odparła, krzyżując ramiona na piersi.

– Och? Jaki gatunek literacki preferujesz?

– Lubię… yyy… – O rety. Kiedy ostatnio czytała jakąś książkę? Dawno temu, musiała to przyznać. Ale przed sobą, nie przed nim. – Lubię beletrystykę – powiedziała. Proszę bardzo. To powinno go usatysfakcjonować.

– Któryś rodzaj szczególnie?

Skrzywiła się.

– To są jakieś rodzaje?

Potrząsnął głową.

– Nieważne. – Podniósł z ziemi kapelusz i chciał ją wyminąć.

– Myślisz, że jestem głupia, prawda?

Machnął lekceważąco dłonią.

– Nie znam cię wystarczająco dobrze, by dokonywać takich ocen.

– Ale właśnie mnie obraziłeś. – Rozplotła ramiona i wzięła się pod boki. Więcej niż raz… chyba.

Zatrzymał się, po czym obrócił twarzą do niej.

– W takim razie przepraszam. Jednak nie tylko ja ponoszę tu winę.

– Co masz na myśli?

– Uważam za niewiarygodnie nieuprzejme z twojej strony, że nie tylko się do mnie podkradłaś, kiedy drzemałem, ale też byłaś na tyle wścibska, by inwigilować przedmiot moich studiów.

Ruby otworzyła usta. Nigdy w życiu nie słyszała, by ktoś używał tak oficjalnego języka.

– Dlaczego nie mówisz w *dietsch*?

– Wolę angielski.

Dziwne. Ale w sumie już wiedziała, że on jest *seltsam*. Co nie oznaczało, że nie miał racji, czując się urażony tym, co zrobiła. Rzeczywiście się do niego podkradła. Patrzyła na niego, kiedy spał. Inwigilowała – co za interesujące słowo – okładkę jego książki. Miał prawo być na nią zły, więc spuściła lekko głowę.

– W takim razie jestem ci winna przeprosiny. Przepraszam, że inwigilowałam.

Kąciki jego ust drgnęły.

– Przeprosiny przyjęte.

Odwróciła się i spojrzała na drzewo.

– Rozumiem, dlaczego lubisz tu przychodzić – powiedziała, dotykając kory. – To drzewo jest piękne, a ziemia wokół nietknięta. Wyobrażam sobie, że dobrze się tu czyta i modli.

– *Ya* – potwierdził, wkładając żółty słomkowy kapelusz. – To prawda.

Ruby spojrzała na niego z zaskoczeniem.

– To teraz mówisz w *dietsch*?

Wzruszył ramionami.

– A czy czujesz się wtedy swobodniej?

– Dowiedziałeś się tego z *yer* książki?

– Strona dwudziesta piąta. Mężczyzna zawsze powinien sprawiać, by kobieta czuła się swobodnie.

Co dziwne, Ruby rzeczywiście czuła się swobodnie, ale nie dlatego, że on mówił w *dietsch*. Nie miało dla niej znaczenia, którego języka używał, ponieważ władała biegle obydwoma. Jednak z jakiegoś powodu przy nim nie plątał jej się język ani nie była zdenerwowana, jak to się czasami zdarzało, kiedy rozmawiała z mężczyznami. No dobrze, jak się zawsze zdarzało podczas rozmów z mężczyznami, zwłaszcza z jej rówieśnikami.

– Co jeszcze wyczytałeś w tej książce?

– Ja… nie wiem. – Podrapał się za uchem. – Zasnąłem.

– W takim razie to musi być fascynująca lektura.

Uniósł prawą brew.

– Doskonały dobór słownictwa.

– Dziękuję. Znam jedno słowo lub dwa.

Chris zmarszczył czoło, jakby nie zrozumiał, co miała na myśli, po czym poprawił kapelusz.

– A teraz wybacz, udam się w drogę powrotną do domu.

Ruszył przed siebie.

– Poczekaj. – Ruby zamarła. Och nie, co ona robi? Jednak jej usta zignorowały pytanie, gdy obwieściła: – Ja mogę cię nauczyć więcej niż książka. – To by było na tyle, jeśli chodzi o kolejność myślenia i mówienia.

Odwrócił się powoli.

– Czy proponujesz, że będziesz udzielała mi korepetycji?

– *Ya*. – *Nee*. Dlaczego nie mogła przestać mówić? Nie była Chrisowi Roppowi niczego winna, a już na pewno żadnych korepetycji. Jednak wydawało jej się trochę smutne, że szuka odpowiedzi w książce. – Nie masz *schwester*?

Po jego twarzy przemknął cień.

– Mam, ale nie wiem, jaki miałaby mieć związek z korepetycjami.

Ruby odniosła wrażenie, że między nim a Selah nie układało się najlepiej, co by tłumaczyło, dlaczego potrzebował książek. Wzięła głęboki oddech.

– Jeśli chcesz się dowiedzieć czegoś o kobietach, pomogę ci.

Chris przekrzywił głowę.

– A dlaczego miałabyś to robić?

Dokładnie takie samo pytanie sobie zadawała.

– Ponieważ... ponieważ jestem kobietą.

Obejrzał ją od stóp do głów, ale nie w natarczywy sposób. Raczej jak naukowiec.

– Bez wątpienia.

O rety, ależ on był irytujący.

– Wiesz co, nie ma o czym mówić.

Odwróciła się i odmaszerowała. Powinna była w ogóle nie składać takiej propozycji.

– Ruby.

Przeszła jeszcze kilka kroków, po czym obróciła się gwałtownie.

– Co?

Znów dotknął ucha.

– Byłbym bardzo zobowiązany, gdybyś zgodziła się podzielić ze mną swoją wiedzą.

Zaniemówiła. Nie dość, że przyjął jej propozycję, to jeszcze dostrzegła w jego oczach coś, co ją zaskoczyło. Desperację? Nie, niemożliwe. Nie potrafiła sobie wyobrazić, żeby ten spokojny, chłodny, opanowany i bardziej niż dziwny mężczyzna mógł być zdesperowany z jakiegokolwiek powodu. Jego pewność siebie wykluczała taką możliwość. Ale nie mogła powstrzymać myśli, że jeśli byłby zdesperowany – a to było wielkie „jeśli" – nigdy by tego nie okazał. Nie publicznie.

– W porządku – usłyszała samą siebie. W końcu to był jej pomysł. – Udzielę ci korepetycji.

– Musimy wyznaczyć termin spotkania.

– Oczywiście – zgodziła się. – Muszę cię wpisać do kalendarza. Jestem dosyć zajęta.

Chris uśmiechnął się krzywo.

– Oczywiście. W przyszłą sobotę, jeśli…

– Pogoda dopisze.

Pokiwał głową.

– Myślisz, że znajdziesz wolny termin?

Postukała się palcem w podbródek, jakby sprawdzała w myślach kalendarz. Blefowała, nawet nie miała kalendarza.

– Możemy się tak wstępnie umówić.

Jego twarz pozostała niewzruszona. Czekało ją mnóstwo pracy. Pewnie skończy się katastrofą, jak większość rzeczy, do których się zabierała w życiu, ale dała już słowo. A zawsze dotrzymywała słowa.

– O trzynastej?

– Przyjdę.

– W takim razie do zobaczenia.

Odwróciła się i ruszyła w stronę domu, przypominając sobie, że nie powiedziała Patience, że wychodzi. Bratowa pewnie już się zastanawiała, gdzie Ruby się podziewa. Niedobrze, zwłaszcza że obiecała nie sprawiać żadnych kłopotów. Przyspieszyła kroku.

– Ruby! – zawołał za nią Chris.

– Co? – zapytała, nie odwracając się ani nie zwalniając kroku.

– A tak dla twojej informacji, nie uważam, że jesteś głupia.

Uśmiechnęła się, idąc dalej.

Rozdział czwarty

Christian podrapał się w głowę, próbując zrozumieć, co się przed momentem wydarzyło. W jednej chwili czytał książkę, którą na początku tygodnia wypożyczył z biblioteki – niezbyt mądrą i sądząc ze stylu narracji oraz doboru słownictwa, najpewniej napisaną przez nastolatka – a w drugiej patrzył w błękitnoszare oczy Ruby Glick. To było doprawdy niespodziewane, tak jak jej propozycja dotycząca korepetycji. Osłupiał, kiedy powiedziała, że pomoże mu poznać lepiej kobiety, i poczuł się bardziej niż trochę zażenowany. Wystarczyło, że nie mógł się zdobyć na rozmowę z Marthą. Ruby nie musiała o tym wiedzieć. Za późno.

Nie miał pojęcia, dlaczego przyjął jej ofertę. Jednak może zdobywanie wiedzy bezpośrednio od kobiety okaże się lepszą inwestycją czasu niż czytanie książek o kobiecej psychologii – a raczej pseudopsychologii w tym wypadku.

Wetknął książkę pod pachę i ruszył w stronę domu. Nie miał zamiaru spać, ale drzemka okazała się pokrzepiająca.

Kiedy wszedł do kuchni, na stole znalazł kartkę.

Poszłam do Marthy.

Żadnego podpisu, ale to było pismo Selah. Hmm. Może on też powinien pójść do Marthy pod pretekstem rozmowy z Selah. Albo mógłby powiedzieć Marcie, że jego siostra musi wracać do domu. Wymyśliłby jakiś temat do rozmowy, może nawet wprosiłby się na kawę. Cokolwiek, byleby znaleźć się w jej towarzystwie.

Zanim zdążył zagłębić się w szczegóły swojego pomysłu, dłonie mu zwilgotniały. To się zdarzało za absolutnie każdym razem, kiedy myślał o rozmowie z Marthą. Nie mógł tam pójść, nie kiedy istniało ryzyko, że zrobi z siebie bełkoczącego idiotę. Nawet on wiedział, że to kiepski sposób, by ją oczarować. Poza tym musiał pamiętać o Selah, siostra nie byłaby zadowolona, że Christian wykorzystuje ją, by dotrzeć do jej przyjaciółki. I nie chciał spotykać się z Marthą pod fałszywym pretekstem.

Będzie musiał poczekać na jutrzejsze śpiewania. Miał nadzieję, że Martha weźmie w nich udział. Spodziewał się, że tak, ponieważ – odwrotnie niż on – wydawała się lubić towarzystwo. Była jedynym powodem, dla którego sam się tam wybierał. Wolałby zostać w domu, niż przechodzić przez bolesny proces zwany życiem towarzyskim.

Resztę popołudnia poświęcił drobnym obowiązkom domowym. Naczynia po śniadaniu i lunchu wciąż leżały w zlewie, a meble w salonie pokrywała gruba warstwa kurzu. Podczas cieplejszych miesięcy należało odkurzać w regularnych odstępach czasu ze względu na nieustannie otwarte okna. Selah o tym wiedziała. W domu rodzinnym była dobrą gospodynią. W każdym razie tak mu się wydawało. Chociaż tak naprawdę nie zwracał specjalnej uwagi na to, co robiła lub nie. Może zawsze była taka niechlujna. Może to ich matka wszystko sprzątała. Choć to również nie wydawało się sprawiedliwe.

Nie miał nic przeciwko pracom domowym, ale ponieważ Selah nie miała żadnej posady i spędzała większość czasu w domu, nie miała wymówki dla swojej abnegacji.

Zanim pozmywał naczynia, odkurzył, pozamiatał podłogi na parterze i wyszorował dwie plamy, które dostrzegł na parkiecie, na zegarze była prawie szósta. Gdy o wpół do siódmej Selah nadal nie wróciła do domu, zabrał się do przygotowywania kolacji. O siódmej piętnaście zapiekanka stygła w piecu. O wpół do ósmej zaczął się trochę martwić. Selah powinna była napisać, o której godzinie wróci. Tak byłoby uprzejmie z jej strony. Czy lubiła, kiedy on się martwił? O ósmej postanowił pójść do Marthy. Teraz miał prawdziwy powód: powiedzieć Selah, że pora wracać do domu.

Maszerował w stronę stajni, gdy zobaczył siostrę idącą po podjeździe w ostatnich promieniach słońca.

– Gdzieś ty była? – zapytał w *dietsch*, podchodząc do niej szybko.

– U Marthy. Zostawiłam ci kartkę. – Wyminęła go.

– Przez całe popołudnie i wieczór?

– Christian, jeszcze nie jest tak późno. – Stanęła na pierwszym schodku prowadzącym na ganek i odwróciła się do brata. – Nie jestem już małą *maedel*. Nie potrzebuję godziny policyjnej.

– Potrzebujesz, jeśli nadal będziesz tak nieodpowiedzialna.

Zmrużyła oczy.

– Nie jesteś *mei vatter*. – Patrzyła na niego spode łba. – Poza tym od kiedy to zacząłeś tak o mnie dbać? – Obróciła się gwałtownie i wpadła do domu.

Christian podskoczył, gdy siatkowe drzwi zatrzasnęły się za nią z hukiem. Znowu zareagowała zbyt gwałtownie. To on powinien być zły, nie ona. To on się martwił. I co miała na myśli, mówiąc, że o nią nie dbał? Zawsze się o nią troszczył. Prawda, niewiele ich łączyło. Selah była o dwa lata od niego młodsza i była kobietą. Mieli inne zainteresowania i inne cele. On studiował całymi latami, żeby zostać nauczycielem, zgłębiając wiedzę nie tylko z pobudek zawodowych, ale i prywatnych. A ona... cóż, przypuszczał, że spędzała czas z przyjaciółmi. To właśnie robiła większość kobiet, prawda?

Potarł lewą brew. Chociaż nie wiedział, jak spędzała czas, troszczył się o nią. Byli rodzeństwem. Tylko nie potrafił jej zrozumieć.

Wszedł do domu i ruszył do kuchni. Selah stała nad zlewem i smarowała kromkę białego chleba masłem orzechowym i dżemem.

– Zrobiłem ryż z kurczakiem – powiedział. – Podgrzanie zajmie ci chwilę.

– Nie jestem aż tak głodna. – Cisnęła drugą kromkę na tę, którą posmarowała, i wyszła z kuchni – nie patrząc na niego ani po sobie nie sprzątając.

Czy powinien za nią pójść? Czuł taką pokusę, ale według książek na temat psychologii nastolatków, które czytał, powinien dać jej trochę swobody. Kiedy ochłonie, przedstawi jej swoje oczekiwania: za każdym razem, gdy będzie wychodziła z domu, będzie musiała mu mówić, zarówno dokąd idzie, jak i kiedy wróci. Nie był jej ojcem, ale ona miała dopiero dziewiętnaście lat i czuł się za nią odpowiedzialny. Poza tym ona zawsze wiedziała, gdzie on jest – w szkole, w kościele albo pod drzewem na pustym pastwisku.

Westchnął, zakręcając słoiki z masłem orzechowym i dżemem. Jego relacje z siostrą się pogarszały, a on nie miał pojęcia dlaczego. Jedyne, czego pragnął, to odrobina uprzejmości – zarówno dzisiaj, jak i w przyszłości. Nie prosił o zbyt wiele. Najwidoczniej Selah jednak uważała inaczej.

Ruby wygładziła czepek i oblizała usta, zanim weszła na schody prowadzące na ganek Yoderów. Freemont i jego żona Mary urządzali śpiewania w swojej piwnicy, więc wiedziała, że Seth tam będzie razem z bratem Irą. Judah, ich najmłodszy brat, wciąż chodził do szkoły i jego obecności nie należało się spodziewać. Serce jej przyspieszyło, kiedy zapukała do drzwi, jednocześnie pragnąc, żeby to Seth otworzył i żeby to nie on stanął w progu. Nie czuła się gotowa na spotkanie z nim ani z żadnym innym młodym mężczyzną, chociaż czekała na to przez cały dzień. Z nerwów ściskało ją w żołądku.

Na szczęście w drzwiach stanęła Mary, dając Ruby jeszcze kilka sekund, zanim będzie musiała stanąć twarzą w twarz z Sethem i wszystkimi innymi.

– Witaj, Ruby. – Uśmiechnęła się i otworzyła szerzej drzwi. – Wejdź. Cieszę się, że mogłaś do nas przyjść. Wszyscy są w piwnicy, czuj się jak u *yerself* w domu. Jest mnóstwo jedzenia, więc bez wahania napełniaj talerz lub dwa.

– Uśmiechnęła się jeszcze szerzej. – Wiedziałam, że muszę zapewnić dużo prowiantu, żeby *buwe* zgodzili się przyjść.

Ruby zachichotała, dobry humor Mary trochę ją rozluźnił.

– Droga do serca mężczyzny wiedzie przez żołądek. W każdym razie tak słyszałam.

– Dobrze słyszałaś. Właśnie tak zdobyłam Freemonta. A teraz *geh* na dół i baw *yerself* dobrze.

Podziękowała Mary i ruszyła do piwnicy. Na dole schodów przystanęła i rozejrzała się po pomieszczeniu. Nieomal zaklaskała z radości. Ośmiu młodych mężczyzn stało obok stołu, uginającego się od przekąsek i dzbanków cydru jabłkowego. Ale gdzie były Martha i Selah? Nie chciała być jedyną dziewczyną na sali.

Zawahała się, po czym poważnie zaczęła się zastanawiać, czy nie czmychnąć z powrotem na górę i nie wrócić do domu. Wymyśliłaby jakąś wymówkę dla Mary. Wiedziała, że zachowuje się jak tchórz i pewnie traci okazję, by zwrócić na siebie uwagę Setha, ale nie była pewna, czy da radę przejść przez to sama. Gdyby wiedziała, że w pomieszczeniu znajdują się inne kobiety, nie czułaby się taka wyobcowana.

Wtedy dostrzegła Marthę, która machała do niej z drugiego końca pokoju. Dzięki Bogu. Selah stała obok niej i wpatrywała się w swoje paznokcie. Wyglądała tak, jakby wolała być w każdym innym miejscu na świecie, byle nie w piwnicy Yoderów.

– Cieszę się, że przyszłaś – powiedziała Martha, gdy Ruby do nich dołączyła. – Myślałam, że przestraszysz się tych wszystkich *buwe*.

– Ja? – zadrwiła Ruby. – Nie pozwoliłabym, żeby coś takiego mnie powstrzymało. – Skrzywiła się wewnętrznie, słysząc własne kłamstwo, po czym, obracając w palcach troczek od *kapp*, rozejrzała się po pokoju, jakby wcześniej tego nie zrobiła. Świetnie. Ledwo zaczęła polowanie na męża, a już oszukiwała.

– Nie winiłabym cię, gdyby tak było, ale nie masz się o co martwić. – Martha wskazała w kąt pokoju, z którego Freemont obserwował czujnie całą grupę.

– Nie żeby któryś z tych *buwe* kiedykolwiek zrobił coś niewłaściwego – rzuciła Selah. – Oni wszyscy są tacy mili – zaakcentowała ostatnie słowo.

– To *gut*, Selah – odparła Martha.

– Skoro tak mówisz.

Ruby nie skomentowała. Zgadzała się z Marthą, a Selah ewidentnie była w złym humorze. Jednak Ruby postanowiła się tym nie przejmować. Miała misję do wykonania. Odwróciła się i poszukała wzrokiem Setha. Nie było trudno go znaleźć. Rozmawiał z innym młodym człowiekiem, który prawie dorównywał mu wzrostem.

Ruby otarła dłonie o spódnicę. Pora na jej ruch.

– No to *geh* – wyszeptała, maszerując w kierunku Setha i jego kolegi.

– Dokąd idziesz? – zawołała za nią Martha.

Jednak Ruby się nie zatrzymała. Poczuła wyrzuty sumienia, że zignorowała Marthę, ale musiała osiągnąć swój cel, co odkładała już wystarczająco długo.

– Cześć – wypaliła, stając obok Setha. – Mam na imię Ruby. – Oho. Sądząc z jego osłupiałej miny, powiedziała to nieco zbyt głośno.

– Uch... cześć. – Seth przyglądał się jej przez chwilę. – Czy my się już spotkaliśmy?

– Och *ya* – potwierdziła, klepiąc się w udo. – Kilka lat temu. – Roześmiała się. Wtedy byłeś o wiele mniejszy.

Powoli pokiwał głową.

– Okej. – Wskazał na młodego mężczyznę obok siebie. – To jest Zeb Bontrager. Chyba się nie znacie.

Zeb przełknął kęs wielkiego ciastka z wiórkami czekoladowymi, które trzymał w ręku, i popatrzył Ruby w oczy.

– Nie znamy. Na pewno bym cię zapamiętał – powiedział.

Nie wiedziała, czy to miał być afront. Postanowiła myśleć pozytywnie i spojrzała na Zeba. Całkiem niezły. Czarne włosy, błękitne oczy, przyjemny, melodyjny głos. Na pewno jeden z konkurentów, chociaż Seth nadal prowadził. Ponownie skupiła uwagę na nim.

– O czym rozmawiacie? – zapytała, przysuwając się do niego.

– O wędkowaniu. – Seth cofnął się o krok.

– Naprawdę? Uwielbiam wędkować! – Dobry Boże, dlaczego nie mogła mówić ciszej? Rozejrzała się po pokoju i zobaczyła, że kilka osób się w nią wpatruje, nie wyłączając biskupa. – To znaczy... uwielbiam wędkować – wyszeptała. Och, teraz przesadziła. Nagle zachichotała, po czym czknęła. Och *nee*. Nie czkawka. Nie teraz!

Seth i Zeb wymienili rozbawione spojrzenia.

– A zatem lubisz wędkować – powtórzył Seth. Jego wargi drżały.

– *Ya*. – Czknięcie. – Kiedyś – czknięcie – razem z Timothym – czknięcie – ciągle chodziliśmy – czknięcie – na ryby. – Czknięcie!

Seth i Zeb wybuchnęli śmiechem.

Ruby miała ochotę wpełznąć w jakąś dziurę. To było okropne. Jak miała zrobić dobre wrażenie, skoro nie mogła przestać czkać? Albo wrzeszczeć? Lub szeptać? I oczywiście to nie była subtelna czkawka. Przypominała skrzyżowanie kaszlu z bekaniem.

– Proszę. – Chris Ropp pojawił się przy niej z czerwonym plastikowym kubkiem w dłoni.

Ruby spojrzała na niego, lekko zaskoczona.

– Zostało udowodnione, że szybkie wypicie wody może zniwelować czkawkę. Oczywiście dowody zostały oparte na przypadkowych obserwacjach, ale warto spróbować. – Wyciągnął kubek w jej stronę, nie pozostawiając Ruby wyboru.

Seth i Zeb nadal chichotali i Ruby wiedziała z doświadczenia, że dalsza rozmowa z nimi nie ma sensu. Odeszła, nadal czkając, z twarzą gorącą jak pogrzebacz. Zamiast wrócić do Marthy i Selah, podeszła do piwnicznych drzwi, które, ku jej uldze, nie były zamknięte na klucz. Uciekła na górę i wychyliła zawartość kubka jednym haustem.

Proszę, niech to zadziała… chociaż raz.

– Lepiej? – zapytał Chris.

Czknięcie. Odwróciła się do niego, zdumiona, że poszedł za nią.

– *Nee*. – Czknięcie.

– Rozmawiałaś o tym z lekarzem?

Spojrzała na niego spode łba.

– *Nee*. – Czknięcie. – Zaraz – czknięcie – przejdzie. – Czknięcie.

– Może pomogłoby trochę cukru.

– Nie pomoże. – Wbiła wzrok w ziemię i czknęła jeszcze trzy razy. Nie dostawała czkawki często, dzięki Bogu, ale kiedy już, to czkawka była okropna. I żenująca, jak właśnie udowodniła wszystkim, włączając w to potencjalnych kandydatów na męża. – Muszę – czknięcie – poczekać, aż samo przejdzie. – Czknięcie.

– W porządku.

Chris nie ruszył się z miejsca. Stali razem w ogrodzie Yoderów, pod niebem poprzecinanym pięknymi odcieniami brzoskwini, lawendy i bladej żółci, rzucanymi przez zachodzące słońce. Normalnie Ruby zachwyciłaby się tym widokiem, jednak od czkania zaczęło boleć ją w piersi. Nie wiedziała, jak długo to trwało, ale w końcu czkawka zelżała. Gdy czknięcia stały się cichsze i rzadsze, spojrzała na Chrisa. Dlaczego nie wrócił do środka?

– Co ty właściwie robisz?

– Stoję w ogrodzie.

– To widzę. Zastanawiam się, dlaczego wciąż tu jesteś.

Jego twarz ani drgnęła.

– Chciałem się upewnić, że nic ci nie jest.

Ha! Tego się po nim nie spodziewała. Nikt inny nie przyszedł sprawdzić, jak się czuje. Ani Martha, ani Selah. Nawet Seth. Nie żeby tego oczekiwała, ale byłoby miło z jego strony.

Zmarszczyła brwi.

– Nie potrzebuję niańki. – Zagryzła wargę. – Przepraszam. To było nieuprzejme.

– Nie czuję się urażony.

Był taki przewidywalny.

– Przynajmniej nie powiedziałeś „przeprosiny przyjęte".

– A dlaczego? Czy jest coś niewłaściwego w sformułowaniu, którego użyłem?

– *Nee*, po prostu... Och, nieważne. Chcę tylko powiedzieć, że nie musisz tu ze mną stać.

Nic nie powiedział i Ruby zerknęła na niego. Patrzył na swoje buty i nie wykonywał żadnego ruchu, żeby wejść do środka. Otarł dłonie o spodnie.

Nagle coś zaczęło jej świtać. Przypomniała sobie książkę, którą czytał.

– Czy powód, dla którego czytałeś tę książkę, jest tu dziś wieczorem?

Uniósł brew, ale nadal milczał, co było równoznaczne z odpowiedzią.

Ruby klasnęła w dłonie.

– Lubisz Marthę, prawda?

– „Lubić" to mocne słowo.

– *Nee*, nie bardzo. „Kochać" to mocne słowo. Lubienie jest tylko o stopień wyżej od bycia neutralnym.

Jego prawa brew podjechała jeszcze wyżej.

– Nie lubię jej *per se*. Nie znam jej wystarczająco dobrze, by stwierdzić, co wobec niej czuję.

– Ale chciałbyś ją poznać. – Teraz, gdy przestała myśleć o własnej nieporadności, wreszcie mogła się uśmiechnąć. Oparła się o ścianę obłożonego białymi deskami domu.

Chris znów zamilkł, opuszczając brew. Popatrzył na łodygi kukurydzy rosnące w szeregach na ziemi Yoderów. Kolby już zebrano, zostało tylko suche rżysko.

– Tak. – Pokiwał głową. – Tak. Chciałbym lepiej poznać Marthę.

Stanęła przed nim.

– To nie nastąpi, jeśli będziesz stał tutaj ze mną.

– Zdaję sobie z tego sprawę. – Ale wciąż nie zrobił ani kroku w stronę domu.

Ruby czknęła lekko. Czkawka nie zniknęła zupełnie, ale przynajmniej teraz mogła już prowadzić rozmowę.

– Ja też jej dobrze nie znam, ale wydaje się bardzo miła i serdeczna. Po prostu wejdź do środka i porozmawiaj z nią.

Przyjrzał się jej badawczo.

– Czy mam wrzeszczeć do niej, tak jak ty wrzeszczałaś do Setha i Zeba?

Policzki Ruby znów zapłonęły.

– Nie wrzeszczałam.

– Jestem pewien, że słyszano cię w sąsiednim okręgu.

– Nie zdawałam sobie sprawy, że w pobliżu jest jakiś okręg – odparowała, marszcząc czoło.

Chris odwrócił się do niej.

– Bo nie ma.

Spojrzała mu w oczy, opierając ręce na biodrach.

– Czy zawsze jesteś taki bezpośredni?

– Nie widzę żadnego powodu, dla którego miałbym nie być.

– W takim razie oto lekcja numer jeden. Naucz się trochę taktu.

– Nie rozumiem, co takt ma z tym wspólnego, skoro cię nie obraziłem. – Przekrzywił głowę i zmierzył Ruby wzrokiem. – Jednak jeśli czujesz się urażona, to przepraszam.

Westchnęła i potrząsnęła głową.

– Nie czuję się urażona.

Chris potarł czoło.

– Ale przed chwilą stwierdziłaś, że tak.

– Nie obraziłeś mnie, tylko byłeś bezpośredni. – Był też bardzo precyzyjny, co nie tyle ją obrażało, ile irytowało. Rzeczywiście miała zwyczaj podnosić głos, gdy się denerwowała. Czkawka bynajmniej nie poprawiła sytuacji.

Skrzywił się gniewnie, co było pierwszą oznaką emocji, jaką u niego widziała.

– I właśnie dlatego nie rozumiem kobiet. Między innymi.

– Naprawdę nie jesteśmy aż tak skomplikowane.

Chris odwrócił głowę i znów uniósł brew.

– Nikt nie lubi, kiedy wytyka mu się wady – wyjaśniła trochę mniej zirytowana. – Nawet jeśli to prawda.

Jego brew opadła, a twarz się rozluźniła, ale tylko trochę. Ruby musiała przyznać, że miał ładne brwi. Które wyrażały całkiem sporo uczuć, podczas gdy reszta twarzy pozostawała nieruchoma. Zastanawiała się, czy nie wyjaśnić mu dokładniej, na czym polega takt, ale uznała, że poczeka, aż dotrze do niego to, co już powiedziała.

Oboje patrzyli bez słowa na zachód słońca. Dobiegł ich stłumiony śpiew, w męskich głosach ginęły głosy Marthy i Selah. O ile Selah w ogóle śpiewała. Ruby podejrzewała, że nie.

– Zaczęli śpiewać – zauważyła. – Chyba powinniśmy wejść do środka.

– Tak. – Nadal wpatrywał się w zachodzące słońce. – Powinniśmy.

Jednak żadne z nich nie ruszyło się z miejsca. Ruby bawiła się wstążką od *kapp*, a Chris stał z rękami zwisającymi wzdłuż boków i wpatrywał się w pola kukurydzy i ciemniejące niebo.

W końcu odezwał się cicho:

– Nie jestem wielkim miłośnikiem śpiewu.

Pokiwała głową.

– Ja też nie.

Spojrzał na nią.

– To dlaczego przyszłaś?

Nie mogła mu się przyznać, że przyszła rozejrzeć się wśród potencjalnych kandydatów na męża. Ale mogła powiedzieć część prawdy.

– Przyszłam, żeby poznać ludzi. Jestem tu nowa i chciałam nawiązać znajomości.

– Myślałem, że już poznałaś Marthę i Selah, skoro rozmawiałaś z nimi po mszy.

– Racja – przyznała, muskając stopą krótką zieloną trawę.

– A jeśli chciałaś pogłębić tę znajomość, mogłaś złożyć którejś z nich wizytę lub zaprosić je do siebie.

Dlaczego teraz zamierzał bawić się w detektywa?

– *Ya*, ale chciałam też poznać innych członków społeczności…

– Zwykle jednym z celów uczestnictwa w śpiewaniach jest śpiewanie. Ale ty nie lubisz śpiewać.

Odwróciła się i położyła dłoń na klamce drzwi prowadzących do piwnicy.

– Chris, naprawdę powinniśmy *geh* do środka…

– Drugim celem jest… – Znowu uniósł brew.

Spojrzała mu prosto w oczy. Jeśli chciał, aby przyznała, że przyszła tu z pobudek romantycznych, to nic z tego. Chociaż miał rację – znowu. Nikt nie lubi wszechwiedzących. Przygotowała się na dalsze przesłuchanie. Albo drwiny, chociaż dotychczas Chris nie okazywał skłonności do żartów. Posiadał raczej zdolność formułowania trafnych założeń.

Ku jej zaskoczeniu odwrócił się i ponownie wbił wzrok w pole. Po krótkiej chwili powiedział:

– Zauważyłem na stole obok przekąsek cydr jabłkowy.

Powstrzymała westchnienie ulgi. Nie chciała mu pokazywać, jaka była spięta.

– Lubię cydr jabłkowy.

– Jest pyszny. – Spojrzał na nią akurat w chwili, gdy piosenka się skończyła. – Idziemy do środka?

Ruby skinęła głową i otworzyła drzwi. Cydr jabłkowy – to brzmiało smakowicie. Gdy zeszła na dół, podeszła prosto do stołu, żeby nalać sobie kubek, ale nagle znieruchomiała, ponieważ zdała sobie sprawę, że wszyscy wpatrują się w nią i w Chrisa.

Stał tuż za nią i chociaż wiedziała, że nie robił tego celowo, dla reszty musiało to wyglądać inaczej. Martha otworzyła szeroko usta. Ruby wydawało się, że dostrzegła błysk zdumienia na twarzy Selah, natychmiast zastąpiony przez krzywy uśmieszek. Chłopcy wyglądali na lekko zaciekawionych lub obojętnych.

– Uch, cześć – powiedziała Ruby, machając z zażenowaniem. – Chris i ja wyszliśmy tylko na zewnątrz zaczerpnąć powietrza.

Martha uśmiechnęła się jeszcze szerzej. Selah nadal krzywiła się drwiąco. Reszta grupy już straciła zainteresowanie i znowu zgromadziła się wokół stołu z przekąskami.

Ruby zerknęła na Chrisa, który tarł ucho, jakby je odmroził.

– Może zaśpiewacie jeszcze jedną piosenkę? – zaproponował Freemont, odganiając młodzieńców od stołu. – Podobała mi się ta pierwsza. Ruby, razem z Chrisem możecie do nas dołączyć.

Nikt nie zamierzał przeciwstawiać się biskupowi. Chris dołączył do chłopców, którzy odeszli od stołu i stanęli obok kanapy i kompletu krzeseł, które wyglądały, jakby najlepsze dni miały już za sobą, a Ruby przyłączyła się do Marthy i Selah. Kiedy piosenka się zaczęła, Martha pochyliła się do jej ucha i wyszeptała:

– Chcę poznać wszystkie szczegóły.

– Szczegóły?

– O tobie i Chrisie.

– *Nee* ma żadnych szczegółów – wysyczała Ruby. – Pomógł mi z *mei* czkawką. – Która zupełnie zniknęła. Przynajmniej jedna dobra rzecz wydarzyła się tego wieczoru.

– Skoro tak mówisz. – Martha uśmiechnęła się i zaczęła śpiewać.

Ruby otworzyła usta, by dołączyć, ale poczuła, że ktoś ją obserwuje. Zerknęła na Selah. Zamiast drwiącego uśmieszku, który wydawał się na stałe przyklejony do jej twarzy, siostra Chrisa wyglądała na zdezorientowaną. Gdy zauważyła, że Ruby na nią patrzy, spojrzała na nią spode łba, po czym wróciła do śpiewania, chociaż w porównaniu z Marthą robiła to na pół gwizdka.

Czyż to nie wspaniale? Przebywała w Birch Creek niewiele ponad tydzień i już wpakowała się w kłopoty. Teraz wszyscy myśleli, że coś jest między nią a Chrisem, co było absurdalne. Poza tym nie wiedziała, jak zdobyć zainteresowanie Setha. Nieźle się dzisiaj zbłaźniła. A co z Chrisem i Marthą? Jeśli Martha myśli, że on jest zainteresowany Ruby, trudniej mu będzie z nią porozmawiać, co i tak jest dla niego wyzwaniem. A wszystko przez głupią czkawkę.

Nie była pewna, co powinna zrobić, więc zaczęła śpiewać, lekko fałszując. Co nie miało znaczenia, bo jeden z chłopców – spokrewniony, jak uznała, z Zebem, ponieważ miał takie same czarne włosy – miał tak donośny głos, że zagłuszał wszystkich. I odwrotnie niż ona pięknie śpiewał. Miał talent. Musiała się dowiedzieć, kim był.

Przestań się rozpraszać. Powinna wymyślić jakiś sposób, żeby to wszystko naprawić. Nie była Chrisowi nic dłużna – sam podjął decyzję, by wyjść za nią na dwór. Ale to był miły gest i czuła się trochę winna, że utrudniła mu sprawę z Marthą, nie wspominając o utrudnianiu samej sobie poszukiwań męża. W jakiś sposób to wszystko wyprostuje – dla nich obojga.

Rozdział piąty

Wieczór nie potoczył się tak, jak planował Christian. Chociaż, prawdę mówiąc nie wiedział dokładnie, co miałoby się wydarzyć poza tym, że nawiązałby kontakt z Marthą. Zamiast tego znalazł się pod lawiną pytań siostry na temat Ruby Glick.

– Nie wiedziałam, że jesteś nią zainteresowany – zauważyła Selah, gdy wracali od Yoderów.

– Nie jestem. – Zanim wyszli ze śpiewania, zaszło słońce. Miał w kieszeni małą latarkę, ale noc była bezchmurna i księżyc oświetlał im drogę.

– Ale byłeś z nią na dworze. Sam. Nikt z nas nawet nie zauważył, że wyszliście.

Co było lekko rozczarowujące, biorąc pod uwagę, że w śpiewaniach nie uczestniczyło aż tak wiele osób. Odkrycie, że nie był na tyle ważny, by ktoś zauważył jego nieobecność, nie podniosło go na duchu.

– Miała czkawkę. Poszedłem tylko sprawdzić, jak się czuje.

Selah otuliła się ciaśniej granatowym swetrem. Temperatura nieco spadła i chociaż nie było zimno, powietrze przenikał lekki chłód.

– Czkawka to nic poważnego.

– Nigdy nie wiadomo.

– Hmm.

Spojrzał na Selah i w srebrnej poświacie dostrzegł, że siostra obserwuje go kątem oka. Nie był w nastroju, by dyskutować z nią o dzisiejszym wieczorze, ale ponieważ to była najdłuższa rozmowa, jaką odbyli od dwóch tygodni, postanowił sprawić jej przyjemność.

– Co chcesz powiedzieć przez to „hmm"? – zapytał.

– Myślę, że coś do niej czujesz.

To musiała być kolejna rzecz, jaką robiły kobiety – czyniły założenia na temat romantycznych inklinacji innych ludzi. W tej chwili siostra przypominała mu Ruby, chociaż tamta bez trudu domyśliła się prawdy i musiał przed nią przyznać, że rzeczywiście był zainteresowany Marthą. Jednak absolutnie i pod żadnym względem nie był zainteresowany Ruby.

– Mylisz się. – Patrzył wprost przed siebie w nadziei, że tak bezpośrednia odpowiedź ją uciszy.

Pewnie nie powinien mieć pretensji do siostry, że go przepytywała. Kontrola samopoczucia Ruby okazała się mieć niezamierzone konsekwencje, z których jedną było szerzące się wśród ludzi podejrzenie, że coś ich łączy. Jego intencje wobec niej były czysto platoniczne, i nawet to było określeniem na wyrost, ponieważ nie uważał jej za swoją przyjaciółkę. Ruby Glick, chociaż dosyć miła, nie była typem kobiety odpowiedniej na żonę – w każdym razie nie na jego żonę. Robiła wokół siebie trochę zbyt dużo zamieszania. Martha miała o wiele większy potencjał.

Jednak potencjał Marthy nie będzie miał znaczenia, jeśli on nawet z nią nie porozmawia.

Christian wcisnął ręce w kieszenie. Mógłby obwiniać Ruby o swój dzisiejszy brak postępów, ale wiedział, że wina leży po jego stronie. Na widok Marthy znów zmienił się w słup soli. Przecież Ruby zachęcała go, by wszedł do środka i nawiązał rozmowę, ale jemu nie udało się dokonać nawet czegoś tak prostego.

– Dlaczego nie lubisz Ruby?

Christian zerknął na Selah. Najwidoczniej jego siostra nie miała ochoty na porzucenie tego tematu.

– Nie powiedziałem, że jej nie lubię.

– W takim razie ją lubisz.

– Ja... – zaczął i wtedy dostrzegł w oczach Selah kpiący błysk. Bawiła się jego kosztem, a on po raz pierwszy się z tego cieszył. Chociaż sam nigdy nie pojął istoty drwin, Selah je lubiła i skoro miała ochotę się droczyć, to może poprawiał jej się humor. Byłby z tego niezmiernie zadowolony.
– Nie mam nic przeciwko niej. Ruby jest miłą młodą *maedel*. I to wszystko.

– Jest inna, to nie ulega wątpliwości.

Nie chciał rozmawiać o Ruby. Zaprzepaścił dzisiejszą szansę i musiał znaleźć sposób, by znów zbliżyć się do Marthy. Chociaż Ruby powiedziała, że mu pomoże. Przypomniały mu się jej słowa o tym, że powinien nauczyć się taktu.

– Uważasz, że jestem niemiły? – zwrócił się do Selah.

– A co to za pytanie? – Zawahała się przez chwilę. – Czasami bywasz. – Kolejna rozczarowująca informacja. – Ale nie sądzę, żebyś robił to specjalnie. Nie chcesz urazić niczyich uczuć.

– Ale urażam.

– Czasami. – Dotknęła jego ramienia, zatrzymując go. – Wszyscy czasem bywamy nieuprzejmi. Czemu o to zapytałeś?

– Przyszło mi do głowy, że powinienem nauczyć się taktu. – Ruszył przed siebie.

Selah poszła za nim.

– Ruby ci tak powiedziała?

Po chwili milczenia skinął głową.

– Ile czasu wy dwoje spędziliście ze sobą?

Wypuścił głośno powietrze. Nie było sensu okłamywać Selah, zwłaszcza że sam prosił ją o szczerość. Dzisiaj rano, po wczorajszej wieczornej kłótni, poprosił ją, aby zostawiała mu bardziej szczegółowe informacje, gdy będzie wychodzić. Ku jego zaskoczeniu zgodziła się bez protestów. Dołączyła nawet do niego w salonie, kiedy czytał dla przyjemności książkę, tym razem o równaniach kwadratowych drugiego stopnia. Matematyka wydawała mu się taka fascynująca.

– Niewiele – odrzekł, w końcu odpowiadając na jej pytanie. – Wpadliśmy na siebie w kościele w zeszłą niedzielę. – Nie musiał dodawać, że dosłownie na siebie wpadli. – Potem innego dnia rozmawialiśmy przez kilka minut. Poza tymi dwoma okazjami i dzisiejszym wieczorem nie mieliśmy żadnych interakcji.

Postukała się palcem w brodę.

– Wygląda na to, że w tak krótkim czasie zrobiłeś na niej wrażenie.

– Najwidoczniej niezbyt dobre.

– Dlaczego tak mówisz? Wydaje mi się, że próbowała ci pomóc. I że cię rozszyfrowała.

Już miał zaprzeczyć, ale zmienił zdanie, ponieważ zdał sobie sprawę, że Selah ma rację – przynajmniej jeśli chodzi o brak taktu. Poza tym wytknięcie przez Ruby tego mankamentu przyniesie mu korzyści.

Zbliżali się do domu, kiedy Selah zaproponowała:

– A może zaproszę ją do nas w tym tygodniu?

Christian obrócił się do niej rozdrażniony. Dlaczego go nie słucha?

– Już ci powiedziałem: nie lubię jej w ten sposób. *Nee* ma potrzeby, abyś zapraszała do nas Ruby.

– Miałam na myśli Marthę. To ją lubisz, *ya*?

– Och... – Zatrzymał się i spojrzał na siostrę. – Skąd wiesz?

Zachichotała.

– Christian, zachowujesz się tak samo jak w siódmej klasie.

Zmarszczył brwi.

– Doprawdy?

– Pamiętasz, kiedy zadurzyłeś się w Suzannie Miller?

Policzki mu zapłonęły.

– Ona była naszą nauczycielką, Selah. Nie durzyłem się w niej.

– Wszyscy o tym wiedzieli. Język stawał ci kołkiem za każdym razem, gdy wywoływała cię do odpowiedzi.

Wzdrygnął się i ruszył do domu, przyspieszając kroku. Był przekonany, że jego uczucia do Suzanny – niedojrzałe i niestosowne, patrząc z perspektywy czasu – pozostawały tajemnicą. Był załamany tak, jak tylko trzynastoletni chłopiec, cierpiący z powodu nieodwzajemnionej miłości, mógł się załamać, kiedy wyprowadziła się dwa miesiące po rozpoczęciu roku szkolnego. Zastąpiła ją Katherine Byler, która okazała się dobrą nauczycielką, ale nie była Suzanną.

– Wiem – powiedziała Selah, doganiając go. – Mogłabym zaprosić Marthę i Ruby. – Wyszczerzyła zęby w uśmiechu. – To może być nawet zabawne.

– Selah...

– Zaprosimy je na *kaffee* i wieczór gier – kontynuowała. – Od dawna nie graliśmy w żadne gry. Może w zaciszu własnego domu będzie ci łatwiej porozmawiać z Marthą.

Jakim cudem sytuacja aż tak bardzo wymknęła się spod kontroli? Chociaż w sumie gry mogą nie być takim złym pomysłem. Jeśli przyjdzie Ruby i zobaczy, jak trudno mu nawiązać kontakt z Marthą, może uda jej się dokładnie określić, na czym polega jego problem. Poza tym był świetny w grach, zwłaszcza tych, które wymagały wiedzy. Będzie mógł wywrzeć wrażenie na Marcie swoją mądrością, co doda mu odwagi, by z nią porozmawiać.

– Dobrze – zgodził się. – W takim razie wieczór gier. – Zamilkł na chwilę. – Mam tylko jedno pytanie.

– Jakie?

– Dlaczego to robisz? Dlaczego pomagasz mi z Marthą?

Selah skrzyżowała ramiona, by chronić się przed chłodem. Dom mieli już w zasięgu wzroku.

– Wiem, że ostatnio miewałam humory i czasami nie byłam dla ciebie zbyt miła – przyznała. – To nieładnie z mojej strony, zwłaszcza że pozwoliłeś mi ze sobą zamieszkać.

– Chcesz wrócić do domu?

Selah pokręciła głową.

– *Nee*. Na pewno nie chcę tam wracać. Podoba mi się tutaj, chociaż wiem, że tego nie okazywałam. Spróbuję bardziej się postarać. – Uniosła podbródek i spojrzała mu w oczy. – Na początek pomogę ci z Marthą.

– *Danki* – odparł.

Był zdumiony wyznaniem siostry. Ale też zadowolony. Cieszył się, że się opamiętała. Zanotował w głowie, że powinni częściej rozmawiać. Tylko nie o Ruby Glick.

W poniedziałkowy wieczór, gdy już pozmywała naczynia po kolacji, Ruby usiadła przy kuchennym stole i po raz pierwszy w życiu zaczęła spisywać plan na nadchodzący tydzień. Dla osoby, która lubiła być otwarta na wszystkie możliwości, używanie kalendarza stanowiło zupełnie nowe doświadczenie. Nie czuła zbyt wielkiej ekscytacji na myśl o funkcjonowaniu według rozpiski, ale postanowiła zrobić to, co konieczne. Nie miała zamiaru dłużej płynąć z nurtem w nadziei, że nie zniesie jej na mieliznę. Była dojrzała. Dorosła. A dorośli ludzie używają kalendarza.

Otworzyła mały kieszonkowy kalendarzyk i w kwadraciku oznaczonym „czwartek” wpisała „Gry u Selah”. Była zaskoczona, kiedy Selah przyjechała dzisiaj z zaproszeniem, zwłaszcza że podczas dwóch dotychczasowych spotkań traktowała ją raczej chłodno. Może Selah musiała się do niej przekonać. Tak czy inaczej, Ruby cieszyła się na to spotkanie, zważywszy na to, jaką katastrofą okazał się wczorajszy wieczór. Selah nie wspominała, czy Chris weźmie w nim udział, co i tak nie miało dla Ruby znaczenia. Znając go, mogła podejrzewać, że uważa gry za dziecinne. Poza tym Ruby spotka się z nim w sobotę na pierwszej lekcji. To także zapisała w kalendarzu. Chociaż już mu powiedziała, że powinien nauczyć się taktu, i wierzyła, że jej posłucha, nie zaszkodzi, jeśli sama nieco zgłębi temat. W kwadraciku „wtorek" zapisała „Biblioteka Bartona".

Do kuchni wszedł Timothy i spojrzał na siostrę.

– A co to? – zapytał, podchodząc do stołu. – *Mei* mała *schwester* używa kalendarza? To chyba jakiś cud!

– Bardzo śmieszne. – Wsunęła ołówek za ucho pod *kapp*.

– Nigdy nie myślałem, że dożyję tego dnia. – Uśmiechnął się łobuzersko, zaglądając jej przez ramię. – Wygląda na to, że będziesz bardzo zajęta. A co oznacza: „Lekcja nr 1, Chris"?

Zatrzasnęła notesik.

– To oznacza: nie *yer* sprawa.

– Jedyny Chris, jakiego znam, jest nauczycielem. Udziela ci korepetycji?

Przez ułamek sekundy poczuła się urażona. Timothy od razu założył, że jest uczennicą, nie nauczycielką. Jednak zaraz zdała sobie sprawę, że jego założenie wynikało z czystej logiki. Jaki inny powód mogła mieć, by spotykać się na lekcję z nauczycielem? Mimo wszystko i tak nie podobało się jej jego wścibstwo.

– Tak jak powiedziałam: nie *yer* interes.

– Dobrze, już dobrze. – Podszedł prosto do blachy z czekoladowym ciastem, które wcześniej upiekła, i odkroił sobie spory kawałek, po czym położył go na talerzu, który przed chwilą umyła i wytarła.

– Czy ty już nie jadłeś ciasta po kolacji? – zapytała.

Wziął widelec i nabrał pierwszy kęs.

– Nie *yer* interes – odparł z pełnymi ustami. Przełknął. – *Sehr gut*, Ruby. Zastanów się, czy nie chciałabyś pomagać Carolyn Shetler w piekarni.

– Chcesz mi powiedzieć, że powinnam znaleźć pracę?

Timothy zlizał z widelca trochę lukru.

– To może nie jest taki zły pomysł, skoro zamierzasz tu dłużej zostać.

– Proponowałam ci pomoc w gospodarstwie, ale się nie zgodziłeś. – Obróciła krzesło, żeby siedzieć twarzą do brata. – Timothy, widzę, że jesteś zmęczony.

Odłożył widelec na talerz.

– Wszystko w porządku, Ruby. Wiem, że tak naprawdę nie interesuje cię praca na farmie. Zostawię cię z *yer* kalendarzem. – Wyszedł z kuchni, zanim zdążyła odpowiedzieć.

Zmarszczyła brwi. Chciałaby, żeby brat pozwolił sobie pomóc. Lubiła pilnować bratanków i pomagać Patience, ale czasami w ciągu dnia miała wolny czas, który mogła wypełnić pracą. Może to nie był zły pomysł z tą piekarnią Carolyn. Przecież lubiła piec.

Wyszła na dwór. Słońce zniknęło już za horyzontem, zapadał zmierzch. Wzięła głęboki oddech i wsłuchała się w wieczorną muzykę cykad, świerszczy i pasikoników. Naprawdę podobało jej się w Birch Creek, czuła się tutaj jak w domu. Timothy'emu może się to nie spodobać, ale taka była prawda. Kiedy wyjdzie za mąż, brat nie będzie musiał się już o nią martwić. Pomimo sromotnej klęski, jaką poniosła na śpiewaniach, była zdeterminowana bardziej niż kiedykolwiek, żeby porozmawiać z Sethem Yoderem – bez czkawki.

Usiadła na jednym z drewnianych krzeseł stojących na ganku z tyłu domu. Chociaż świat wokół pogrążył się w wieczornym spokoju, w jej głowie galopowały myśli. Jej umysł zawsze pracował, czasami zbyt szybko. Teraz nadeszła idealna pora, żeby się wyciszyć i nasłuchiwać głosu Boga. Może poradzi jej coś w sprawie Setha Yodera. Przez całe życie spotykała ludzi, którzy twierdzili, że słyszeli Jego głos, ale sama nigdy nie wyłowiła nawet szeptu. Zresztą czy rzeczywiście poświęciła czas, by słuchać?

Zamknęła oczy, próbując się wyciszyć. Jednak zaraz znów zaczęła rozmyślać o swoim kalendarzu. Nie zapisała w nim Setha ani nie wymyśliła żadnej dobrej wymówki, by się z nim zobaczyć. Spotkanie musi wyglądać na przypadkowe. Bycie bezpośrednią w stosunku do mężczyzn donikąd jej nie zaprowadzi. Przekonała się o tym boleśnie, kiedy w wieku siedemnastu lat zaprosiła na sobotnią zabawę nie jednego, ale trzech chłopców. Wszyscy trzej byli zszokowani – i wszyscy trzej odmówili. Oczywiście wszyscy stali obok siebie, gdy ich zapraszała. Może to nie był najlepszy sposób. Musiała działać dyskretnie. Teraz była tego pewna.

Westchnęła i otworzyła oczy. Słońce zaszło, a na ciemniejącym niebie zbierały się pierzaste chmury. Może powinna dać sobie spokój z tym całym zamążpójściem. I tak nie będzie musiała wracać do Lancaster. Mogłaby znaleźć pracę, którą będzie wykonywała perfekcyjnie. Patience już wspominała o akuszerstwie, ale mogłaby też pracować w piekarni…

Piekarnia! Zerwała się z krzesła. Idealnie! Mogłaby upiec dla Setha ciasto i mu je zanieść. Droga do serca mężczyzny zawsze wiedzie przez żołądek, dokładnie tak, jak mówiła Mary. A młodzi mężczyźni z Birch Creek wydawali się na niedzielnym śpiewaniu o wiele bardziej zainteresowani jedzeniem niż czymkolwiek innym. Poza tym nie było nic dziwnego w zaniesieniu ciasta sąsiadom, nawet jeśli owi sąsiedzi mieszkali kilka ulic dalej.

Ruby pędem wróciła do domu. Wyciągnęła zza ucha ołówek i otworzyła kalendarz. Mrużąc oczy, w kwadraciku „środa" napisała „Seth", powstrzymując się od otoczenia imienia serduszkiem, jak zrobiłaby dawna Ruby.

Zamknęła kajecik i przycisnęła go do piersi. Po raz pierwszy w życiu miała zaplanowane i zapisane zajęcia na cały tydzień. Była zdecydowana wykonać każde z nich i nie pozwoli na żadne zmiany, zakłócenia czy katastrofy. Przy tak uporządkowanym planie ten tydzień minie perfekcyjnie.

Przez pierwszą część tygodnia Christian w ogóle nie myślał o wieczorze gier ani o Marcie. Był ostatni tydzień września i jego uczniowie coraz bardziej przyzwyczajali się do szkolnego rytmu. Zadał Malachiemu kilka dodatkowych prac domowych, które jego zdaniem mogły stanowić wyzwanie dla intelektu chłopca. Chociaż Malachi nie wydawał się zachwycony, trzeba było mu przyznać, że zrobił wszystkie zadania, i to większość w stu procentach poprawnie.

W środę Christian został po lekcjach, by poćwiczyć czytanie z dwoma synami Thomasa Bontragera, Jessem i Perrym. Podobnie jak Malachiego trudno ich było przekonać, by przyłożyli się do czytania czy pisania. Co nie stanowiło powodu, by im pobłażać. Christian już we wczesnym dzieciństwie przekonał się, że regularna nauka prowadzi do poszerzenia wiedzy, i tę koncepcję chciał przekazać swoim uczniom. Zwłaszcza tym opornym.

Siedzieli przy tym samym owalnym stole z przodu klasy, przy którym Christian czytał z poszczególnymi grupami podczas lekcji. Sam zajął miejsce na środku, a Perry i Jesse usiedli po drugiej stronie, tak jak podczas szkolnych zajęć. Perry już wiercił się na krześle.

– Jesse – zaczął Christian, wskazując na otwartą czytankę. – Przeczytaj, proszę, pierwszy ustęp na trzynastej stronie.

Jesse przewracał pulchnymi paluszkami strony książki, wymachując nogami w tył i w przód. Christian miał ogromną ochotę nakazać jemu i Perry'emu, by siedzieli spokojnie, ale wiedział, że dla dzieci w ich wieku to praktycznie niemożliwe, zwłaszcza po całym dniu spędzonym w szkole. Nie było potrzeby stosowania wobec Jessego kolejnych ograniczeń, kiedy chłopiec będzie zmagał się z czytaniem. Akurat gdy Jesse znalazł właściwą stronę, Christian wpadł na pewien pomysł.

– Zanim zaczniesz czytać, Jesse, chciałbym, żebyś wstał.

– Co? – zapytał chłopiec, drapiąc się pod nosem.

– Wstań, proszę. O tak. – Christian odsunął krzesło i wstał. – Perry, ty również możesz wstać.

Perry wykonał polecenie, wyglądając na równie zdumionego jak jego brat.

– A teraz zacznijcie skakać na jednej nodze – polecił Christian.

Jesse otworzył szeroko oczy.

– Dlaczego każe nam pan skakać?

– Ponieważ ruch pomaga krwi cyrkulować po waszym ciele, co ożywi wasz umysł. Co z kolei umożliwi wam koncentrację na czytaniu.

– Co pan powiedział? – zapytał Perry.

Christian spojrzał na niego, a potem na Jessego.

– Skaczcie, jak wam każę.

To uproszczone wyjaśnienie chłopcy zrozumieli i zaczęli skakać na jednej nodze. Christian zerknął za okno, by się upewnić, że na dworze nie ma żadnych uczniów, i sam też zaczął skakać. Oczywiście chłopcy nie potrafili zbyt długo pozostać w jednym miejscu i po mniej więcej trzech skokach stracili równowagę, wpadając z głośnym chichotem na krzesła i stoły.

– Teraz zmieńcie nogę.

Zmienili i podskoczyli jeszcze kilka razy z podobnym rezultatem. Zanim skakanie kompletnie wymknęło się spod kontroli, Christian zatrzymał się i uniósł dłoń.

– Stop.

Chłopcy zamarli i popatrzyli po sobie. Perry stał na jednej nodze, a Jesse przechylał się na bok. Znów się roześmiali.

– Usiądźcie, proszę.

Wrócili na swoje małe krzesła, wciąż z szerokimi uśmiechami na buziach. Obie książki zdążyły się zamknąć.

– Otwórzcie czytanki. – Chłopcy wykonali polecenie, a Christian wysunął sobie krzesło i usiadł. – Jesse, przeczytaj pierwszy akapit na trzynastej stronie.

Chociaż obaj bracia przez następnych dwadzieścia minut mozolnie dukali, robili, co w ich mocy, i Christian był zadowolony. Czytał, że pozwolenie uczniom na wyładowanie skumulowanej energii pomaga im się skoncentrować, i cieszył się, że to zadziałało.

– Na dzisiaj wystarczy – obwieścił po jakimś czasie, zamykając książkę.

– Nie czytałem zbyt dobrze – powiedział Perry ze spuszczonym wzrokiem.

– Ja też nie – dodał Jesse, wydymając wargi.

– Ale obaj bardzo się staraliście i to się liczy. Z czasem czytanie będzie stawało się coraz łatwiejsze.

Żaden z chłopców nie wyglądał na przekonanego, ale Christian nie miał wątpliwości, że w przyszłości będą biegle czytać. Będą musieli ćwiczyć i pracować trochę ciężej, ale będzie warto. Żałował tylko, że nie potrafił dodać im większej pewności siebie. Czasami zastanawiał się, czy jego słowa otuchy docierają do uczniów. Niekiedy, gdy zagrzewał ich do wysiłku, patrzyli na niego z kompletnym brakiem zrozumienia.

Po wyjściu Jessego i Perry'ego zajął się jak zwykle sprawdzaniem prac, przeglądaniem planów lekcji na następny dzień i porządkowaniem klasy. W końcu zamknął drzwi szkoły na klucz i poszedł do domu.

Na kuchennym stole znalazł liścik od Selah.

Zostaję na noc u Marthy. Wrócę jutro rano.

Nie zapomnij o wieczorze gier. Będziesz mógł swoimi umiejętnościami zrobić wrażenie na Marcie.

Uśmiechnął się i złożył kartkę. Jak na razie Selah dotrzymywała obietnicy i rzeczywiście się starała. W zlewie nie stały brudne naczynia, a w poniedziałek wzięła Einsteina i dwukółką pojechała do Ruby zaprosić ją na wieczór gier. Była milsza, a podczas kolacji nawet prowadziła z nim rozmowę, pytając, jak mu się podoba praca w szkole.

– Nigdy nie mogłabym zostać nauczycielką – orzekła, kończąc przeżuwać mały plasterek pieczeni. Purée ziemniaczane z sosem, które też przygotowała, było pyszne.

Christian nabrał kopiastą porcję ziemniaków.

– Dlaczego nie?

– Po pierwsze, cały dzień musiałabym spędzać z *kinner*. – Spojrzała na niego. – Jestem zaskoczona, że masz do nich cierpliwość. Nie sądziłam, że kryje się w tobie tyle ojcowskich uczuć.

Nie był pewien, jak ma to rozumieć.

– Nie jestem ich ojcem, tylko nauczycielem.

– Wiem, ale co, jeśli zedrą kolano na placu zabaw albo któreś się pochoruje i zacznie wymiotować do śmietnika? Jestem pewna, że wtedy musisz się wykazać ojcowskim instynktem.

– Mam apteczkę w biurku i mnóstwo środków odkażających w szafie.

Roześmiała się.

– Dlaczego mnie to nie dziwi! – Zaraz jednak spoważniała. – Ale naprawdę jestem zaskoczona, że zostałeś amiskim nauczycielem. Myślałam, że opuścisz wspólnotę i pójdziesz do college'u.

Christian potrząsnął głową.

– Nigdy nie miałem zamiaru wyrzekać się naszej wiary. Jest dla mnie ważniejsza niż zawód nauczyciela, chociaż właśnie to chciałem robić, odkąd tylko pamiętam.

– Czy to dlatego zawsze siedziałeś z nosem w książce? I spędzałeś tyle czasu w bibliotece?

Skinął głową. Poza tym w ten sposób mógł uciec od pracy z ojcem, który był rzeźnikiem i chciał, żeby syn kontynuował tradycję rodzinną. Z tego, co Christian wiedział, nadal tego pragnął.

– Lubię się uczyć. A kiedy postanowiłem wziąć udział w szkoleniu dla amiskich nauczycieli, odkryłem, że również bardzo lubię uczyć.

– Czyli jesteś tu szczęśliwy?

– *Ya* – potwierdził, przechodząc na *dietsch*. – Jestem. – Byłby jeszcze szczęśliwszy, gdyby mógł skreślić z listy punkt „małżeństwo". Z pomocą Selah mogło mu się to udać.

Christian odłożył kartkę i poszedł do stajni, żeby wypuścić Einsteina na małe pastwisko. Gdy kupił ten dom, wynajął człowieka, który zbudował ogrodzenie wokół dużej części ogrodu, żeby koń miał gdzie się paść i biegać. Christian wciąż przyzwyczajał się do tego konia, którego kupił tuż po przeprowadzce do Birch Creek. Einstein był wspaniałym, łagodnym zwierzęciem, kiedyś biegał na wyścigach. Christian sprzedał swojego poprzedniego konia i dwukółkę jeszcze w Nowym Jorku i chociaż był zadowolony z nowego, tęsknił za Charliem.

Wrócił do domu, umył ręce, po czym zrobił sobie kanapkę z serem i szynką i nalał szklankę mleka. Usiadł przy stole, żeby zjeść skromną kolację. Odmówił cichą modlitwę, otworzył oczy i wbił wzrok w kanapkę. W domu panowała cisza. Lubił ciszę, zwłaszcza po pełnym hałasu i zamieszania dniu z uczniami. Dlatego tak się ucieszył, kiedy niecałe pięćset metrów od domu znalazł wielkie drzewo i puste pastwisko. Było coś kojącego w przebywaniu na świeżym powietrzu, w miejscu, które było ciche, a jednocześnie wibrowało tętniącym życiem natury. Zaczął myśleć o ziemi z drzewem jako o swojej prywatnej przestrzeni. Nie miał pojęcia, do kogo należy, ale nigdy nikogo tam nie widział. Jeśli właściciel miałby coś przeciwko jego obecności, uszanowałby jego – lub jej – życzenie. Do tego czasu jednak zamierzał spędzać tam wolne chwile, kiedy tylko się da. To miejsce napawało go wewnętrznym spokojem.

Jednak teraz nie czuł się spokojny. W domu było zbyt cicho. Zbyt pusto. Zauważył, że brakuje mu towarzystwa Selah, którym cieszył się przez ostatnie trzy wieczory. Ale nie tylko. Zdał sobie sprawę, że ogólnie brakuje mu towarzystwa.

Dziwne, że miał takie odczucia akurat teraz. Zwykle lubił być sam, często zatopiony w lekturze lub własnych myślach. Jednak nie mógł zaprzeczyć, że dzisiaj czuł się… samotny.

Pokręcił głową na tak niemądre emocje. Mniej niż trzy godziny temu udzielał korepetycji uczniom. Przez cały dzień otaczały go dzieci, więc na pewno nie był samotny.

Mimo wszystko wziął kanapkę, szklankę z mlekiem i wyszedł na dwór. Oparł się o płot i popatrzył na pasącego się Einsteina. Gdyby ktokolwiek mu powiedział, że będzie szukał towarzystwa konia, uznałby to za żart. Jednak dziś wieczorem z jakiegoś powodu towarzystwo konia było lepsze niż żadne.

Rozdział szósty

Pieczesz ciasto czekoladowe? – zapytała Patience, wchodząc do kuchni z Lukiem w ramionach i Tobiasem depczącym jej po piętach. – Wciąż jeszcze zostało sporo poprzedniego.

Ruby otworzyła piekarnik i włożyła tortownicę do środka. Zamknąwszy drzwiczki, postawiła minutnik na blacie obok kuchenki. Uśmiechnęła się. Przygotowanie nie zajęło jej dużo czasu, a za pół godziny będzie miała pyszne świeże ciasto, którym zrobi wrażenie na Secie Yoderze.

– Ruby?

Odwróciła się do bratowej z uśmiechem.

– *Ya*?

– Doceniam *yer* pomoc w kuchni i bardzo *gut* pieczesz. – Patience zerknęła na piekarnik. – Ale Timothy i ja nie możemy jeść tyle ciasta.

– Nie martw się tym. Ten deser nie jest dla was.

– Och. Miło mi to słyszeć.

Patience posadziła Luke'a w wysokim krzesełku, po czym pomogła Tobiasowi wdrapać się na jego siedzisko. Następnie podeszła do szuflady, gdzie trzymała różne przedmioty dla chłopców, którymi mogli się zająć, kiedy gotowała. Wyjęła kartkę papieru, czerwoną, niebieską i żółtą kredkę oraz gryzak. Gryzak dała Luke'owi, a kartkę i kredki położyła przed Tobiasem. Chłopiec natychmiast wziął czerwoną i zaczął rysować.

Ruby obserwowała całą scenę z ulgą, że bratowa nie zadała następnego, w sumie logicznego pytania. Dzięki Bogu dzieci odwróciły jej uwagę.

– W takim razie dla kogo jest to ciasto? – zapytała jednak Patience, odwracając się, by na nią spojrzeć.

Ruby przygryzła wargę. Została przyłapana. Jeśli powie, że dla Setha, Patience pomyśli, że coś ich łączy. I nie byłoby w tym nic złego, gdyby miała pewność, że Seth odwzajemnia jej zainteresowanie. Inaczej niż wielu młodym amiszom Ruby nie zależało na utrzymywaniu związku w sekrecie – o ile w ogóle istnieje jakiś związek. Była jedna rzecz gorsza niż nieodwzajemnione uczucie: uczucie nieodwzajemnione publicznie, nawet jeśli publika ograniczała się do jej bratowej.

– Pomyślałam, że zaniosę ciasto rodzinie biskupa, jako prezent powitalny – powiedziała, zadowolona ze swojego wyjaśnienia.

– Czy to nie powinno być na odwrót? – Patience wzięła dużą metalową miskę i podeszła do lodówki. – Zdajesz sobie chyba sprawę, że to ty jesteś gościem, którego powinno się witać, a nie na odwrót.

– Och... – Nie pomyślała o tym w ten sposób. – No cóż, po prostu chcę okazać sympatię.

Patience uśmiechnęła się i otworzyła drzwi lodówki.

– To bardzo miło z twojej strony, Ruby. Jestem pewna, że Yoderowie docenią ciasto… i twój gest.

Ruby pokiwała głową i odetchnęła z ulgą, że nie musi szukać kolejnych wymówek, by zanieść Sethowi ciasto. Podeszła do szafki, w której Patience trzymała przyprawy. Jej bratowa była doskonale zorganizowana i co tydzień przyczepiała na drzwiach lodówki menu na następnych siedem dni. Dzisiaj robiła klopsa.

– Pomyślałam, że *geh* tam po kolacji – dodała, sięgając po słój pełen granulowanego czosnku.

Patience wyjęła kilogramową porcję mielonej wołowiny, która rozmrażała się w lodówce.

– To dobry pomysł. A może Timothy pójdzie z tobą? Przyjaźnią się z Freemontem. Jestem pewna, że chętnie go odwiedzi.

Ruby upuściła słój. Na szczęście był plastikowy, więc odbił się od podłogi. Ostatnie, czego pragnęła, to żeby brat towarzyszył jej podczas wizyty u Setha. W mniej niż minutę po przyjściu zorientowałby się, co się dzieje. A to byłoby gorsze, niż gdyby Patience się dowiedziała, ponieważ drwiłby z niej potem bezlitośnie.

– Nie trzeba – powiedziała, podnosząc słój z podłogi. – Jestem pewna, że będzie wolał spędzić czas z tobą i z *kinner*, bez młodszej siostry plączącej się pod nogami. Spokojnie mogę tam pójść sama.

Patience patrzyła na nią przez chwilę, po czym pokiwała głową.

– Masz rację. Ostatnio jest taki zmęczony po pracy.

Ruby postawiła słój na blacie obok metalowej miski.

– Martwisz się o niego?

Patience włożyła mięso do miski.

– *Nee*. Nie bardzo. Praca w gospodarstwie jest ciężka, zawsze była, ale on to lubi. – Zerknęła na Ruby. – Chociaż czasami wolałabym, żeby zatrudnił kogoś do pomocy. Myślę, że byłoby mu łatwiej.

Ruby pokiwała głową i podeszła do piekarnika. Nie zamierzała mówić Patience, że proponowała Timothy'emu pomoc. Czasami jej brat potrafił być taki uparty.

Uchyliła odrobinę drzwiczki piekarnika i spojrzała na ciasto. Zaczęło już rosnąć. Wyprostowała się. No dobrze, jaką powinna zrobić polewę? Czy Seth lubi ciasto o jednolitym smaku? Jeśli tak, powinna je podać z czekoladą. A może woli połączenie czekolady z wanilią? W lodówce był serek śmietankowy, mogłaby go dodać do polewy. Kiedy brała czosnek, zauważyła w szafce aromat miętowy. Czekolada i mięta, to brzmiało dobrze. A może truskawki? Musiałaby sprawdzić, czy Patience ma jakiś aromat truskawkowy…

– Ruby?

Odwróciła się.

– *Ya*?

– Ciasto opadnie, jeśli nie zamkniesz piekarnika.

Ruby spuściła wzrok i dostrzegła, że drzwiczki piekarnika rzeczywiście nadal są uchylone. Skrzywiła się i natychmiast je zamknęła. Musiała się skupić, inaczej cały jej wysiłek pójdzie na marne. Podjęła szybką decyzję: Seth dostanie polewę śmietankową.

Godzinę później wystudzone ciasto pokrywała polewa, klops też był już prawie gotowy. Patience szykowała ziemniaki i fasolkę szparagową, a Ruby znów posadziła Luke'a w wysokim krzesełku i z pomocą Tobiasa zaczęła nakrywać do stołu. Podnosiła chłopca, który kładł łyżkę przy każdym nakryciu.

– *Gut* robota. – Pocałowała go w pulchny policzek, po czym posadziła obok brata. Żadna z łyżek nie leżała prosto, ale to nie miało znaczenia. Tobias wziął swoją łyżeczkę i uśmiechnął się szeroko.

Patience postawiła na stole sałatkę. Wykorzystała ostatnie świeże pomidory z ogrodu.

– Zastanawiałaś się, czy chcesz zostać *mei* asystentką? – zapytała.

– Uhm, jeszcze *nee*. – Ruby była tak zajęta rozmyślaniem o Secie i przygotowywaniem lekcji dla Chrisa, że całkiem zapomniała o propozycji bratowej. A raczej wyrzuciła ją z głowy.

– Mam nadzieję, że nie wywieram na ciebie nacisku – ciągnęła Patience, zabierając Luke'owi gryzak. – Chociaż naprawdę myślę, że stanowimy zgrany zespół.

Miała rację, ale Ruby lubiła pomagać w domu. Radziła sobie z chłopcami i obowiązkami domowymi. Poradziłaby sobie nawet przy krowach, jednak Timothy podjął już decyzję. Po prostu nie była pewna, czy podołałaby obowiązkom położnej. Nigdy nie widziała narodzin dziecka i niewiele wiedziała o ciąży. Zdawała sobie sprawę, że mogłaby się wszystkiego nauczyć, ale też trochę się denerwowała. Jednak czuła się w obowiązku poważnie o tym pomyśleć i pomodlić się, dla Patience.

– Obiecuję, że się nad tym zastanowię – powiedziała.

– *Danki*.

Timothy wszedł do kuchni w czystej koszuli i spodniach, włosy miał wilgotne, jakby przed chwilą brał prysznic, co często robił przed kolacją. Usiadł na swoim miejscu u szczytu stołu. Wyglądał na wyczerpanego.

Patience położyła mężowi rękę na ramieniu, stawiając przed nim szklankę herbaty. Spojrzał na nią i posłał jej zmęczony uśmiech.

Po kolacji Ruby zaczęła sprzątać ze stołu, kiedy Patience powiedziała:

– Ja się tym zajmę. Ty *geh* do Yoderów.

– Idziesz do Yoderów? – Timothy wyjął Luke'a z krzesełka. – Dlaczego? Coś się stało?

Ruby wsparła dłonie na biodrach.

– Dlaczego zawsze zakładasz, że coś się stało?

– Ponieważ zwykle tak jest, kiedy musisz spotkać się z biskupem.

– Och… – Miał rację. Kiedy była młodsza, biskup Miller zaglądał do nich kilka razy, żeby udzielić jej „dodatkowych lekcji" w kwestii przestrzegania *Ordnung*. Za pierwszym razem miała piętnaście lat i kupowała w dyskoncie kilka promocyjnych artykułów dla *mamm*. Angielska rodzina zapytała, czy mogliby zrobić sobie zdjęcie z jej koniem i dwukółką, i poprosiła, żeby to ona zrobiła fotografię ich aparatem. Ruby nie widziała w tym nic złego. Jej na zdjęciu nie było, a rodzina wydawała się sympatyczna. Później się dowiedziała, że świadkiem tej sceny była Judith Esh, kobieta z ich wspólnoty – która naprawdę powinna się nauczyć pilnować własnego nosa – i opowiedziała wszystko biskupowi Millerowi. Ruby jeszcze kilka razy naruszyła zasady i za każdym razem biskup był wobec niej uprzejmy, lecz stanowczy. „Zdaję sobie sprawę, że nie łamiesz reguł celowo – powiedział podczas swojej ostatniej wizyty. Ruby właśnie skończyła dziewiętnaście lat. – Ale zostały ustalone nie bez powodu i każdy powinien ich przestrzegać. Nie jesteś już *kinn* i powiedziałaś, że chcesz dołączyć do Kościoła. To oznacza znajomość i przestrzeganie *Ordnung*". I Ruby przestrzegała *Ordnung*, odkąd dołączyła do Kościoła prawie dwa lata temu. Ale nie powinna być zaskoczona, że Timothy tak pomyślał.

– Nie wpadłam w kłopoty – odparła buntowniczo. – Idę złożyć *familye* wizytę.

– To miło. – Odchylił głowę, ponieważ Luke wyciągnął rączkę po kosmyk jego włosów. – Cieszę się, że poznajesz sąsiadów. Ale w sumie mnie to nie dziwi. Zawsze byłaś miła dla innych – dodał i wyszedł z Lukiem z kuchni.

Ruby była zadowolona, choć lekko zdziwiona komplementem. Nigdy nie widziała powodu, by nie być miłą, nawet dla obcych, którzy wyglądali, jakby zjedli torbę cytryn na śniadanie.

Czując się trochę winna, że zostawia Patience ze sprzątaniem, zapytała:

– Jesteś pewna, że nie potrzebujesz mojej pomocy?

– Ja pomogę – zaoferował Timothy, wracając do kuchni. W jednym ręku niósł kojec z salonu i torbę pełną zabawek, a drugą podtrzymywał Luke'a.

– Sama sobie poradzę – zaprotestowała Patience, podchodząc do męża.

Pokręcił głową.

– Chętnie pomogę. Usadzę tylko *buwe*.

Patience wyglądała, jakby chciała jeszcze coś powiedzieć, ale odwróciła się, pozbierała ze stołu szklanki i wstawiła je do zlewu. Timothy włożył obu chłopców do kojca, a oni natychmiast zajęli się zabawkami, które tam wrzucił. Naprawdę byli grzecznymi dziećmi, podobnymi do ojca, nie do ciotki.

Ruby schowała ciasto do plastikowego pojemnika, włożyła niebieski sweter i wsunęła tenisówki. Pożegnała się z rodziną i poszła do stajni. Postawiła pojemnik w dwukółce i zaprzęgła Harveya. Uważając, by nie zrzucić ciasta, wsiadła do dwukółki i przysuwając pojemnik bliżej siebie, a dalej od brzegu ławki, wyprowadziła konia na podjazd. Trzymając lejce w jednym ręku, a drugą podtrzymując pojemnik, ruszyła do domu Setha.

Gdy chwilę później wjechała na podjazd Yoderów, serce jej przyspieszyło. Teraz nie było już odwrotu. Zaparkowała dwukółkę, przywiązała konia do słupa obok stodoły, po czym delikatnie wzięła ciasto w obie ręce i ruszyła do drzwi. Jej uszu dobiegło ryczenie krów, do którego zdążyła się już przyzwyczaić, odkąd zamieszkała u Timothy'ego. Wciągnęła w nozdrza zapach świeżo skoszonego siana. Obok dużej stodoły zobaczyła kilka zrobionych z drutów silosów na kukurydzę, do połowy wypełnionych kolbami. Gdy wcześniej dyskretnie wypytała Patience, dowiedziała się, że Yoderowie mieszkają blisko dwóch innych gospodarstw, które należą do Bontragerów i Chuppsów. Trzy domy, pola i stodoły wyglądały, jakby stanowiły jedną wielką posiadłość.

Ruby weszła po schodach na ganek i stanęła przed drzwiami. Nabrała w płuca powietrze, przywołała na twarz uśmiech i przyciskając do siebie pojemnik, zapukała. Usłyszała głośne kroki i drzwi się otworzyły. Stanął w nich Seth.

– O, cześć, Ruby. Nie wiedziałem, że miałaś przyjść.

Cofnęła się o krok. Nie wiedzieć czemu założyła, że to Mary otworzy, nie Seth. Nagle zdała sobie sprawę, że zapamiętał jej imię. Motyle zatrzepotały w jej brzuchu. Pamiętał. Albo był nią zainteresowany, albo przez tę czkawkę zrobiła z siebie taką kretynkę, że utkwiła mu w pamięci z niewłaściwych powodów. Miała nadzieję, że to pierwsze, chociaż podejrzewała drugie.

Tak czy inaczej, nie mogła tu stać bez słowa, więc otworzyła usta, żeby się przywitać. Nie wydobył się z nich jednak żaden dźwięk. Spróbowała jeszcze raz, poruszając wargami. Znowu nic.

Seth patrzył na nią, mrużąc oczy.

– Dobrze się czujesz?

– Ja... – Ciasto. Przyniosła ciasto. Uniosła je na wysokość twarzy. – Upiekłam to.

Przyjrzał się jej znad pojemnika.

– Jak, yyy, miło. A co to jest?

– Ciasto! – Wepchnęła mu pojemnik w ręce. – Upiekłam ciasto. Ciasto czekoladowe. Z polewą. Z polewą śmietankową. Czy lubisz ciasto czekoladowe z polewą śmietankową? – Serce w niej zamarło. Nawijała jak skończona idiotka. Hałaśliwa, paplająca idiotka.

– Lubię każdy rodzaj ciasta i polewy. – Z delikatnym uśmiechem wziął od niej pojemnik. – Dla kogo to ciasto?

– Na pewno nie dla ciebie. – Zgięła się wpół i zaśmiała, jakby powiedziała najzabawniejszy żart na świecie.

– Dlaczego miałabym piec dla ciebie ciasto? To dla twojej *familye*, głuptasku. – Znieruchomiała. Chichot uwiązł jej w gardle. Och nie... Właśnie nazwała go głuptaskiem.

Jego blady uśmiech zniknął. Seth cofnął się o krok.

– Ach, cóż, to bardzo miło z twojej strony. Jestem pewien, że będzie nam wszystkim smakowało.

Skinęła głową i uśmiechnęła się jeszcze szerzej, aż rozbolały ją policzki. Kołysała się w przód i w tył na piętach, nie mogąc wydusić słowa ani przestać się uśmiechać. Czuła się jak skończona idiotka. W tej chwili już wolałaby mieć czkawkę.

Seth przekrzywił głowę, marszcząc lekko brwi.

– Chciałabyś wejść? *Mamm* i *daed* są w kuchni. *Mei bruders* poszli do Bontragerów.

Rety, był taki uprzejmy. Niewielu mężczyzn wpuściłoby do domu kogoś, kto zachowywał się tak *seltsam* jak ona. Może będzie miała Setha tylko dla siebie, jak już poświęci kilka minut na pogawędkę z jego rodzicami. Nie żeby zamierzała robić coś niestosownego, ale musiała mu pokazać, że nie jest *ab im kopp*. Poczuła, że uśmiecha się jeszcze szerzej, choć chyba nie było to możliwe.

– Z radością wejdę! – Zrobiła krok w przód, upominając samą siebie, by mówić ciszej.

Dokładnie w tej samej chwili Seth pchnął siatkowe drzwi. Drewniana framuga trafiła Ruby w twarz, a siła uderzenia odrzuciła ją w tył.

– Och *nee*... – Seth odstawił ciasto i podszedł do niej. – Nic ci nie jest?

Ruby trzymała się za pulsujący nos. Dobry Boże, ależ to bolało. Czy to gwiazdy migoczą wokół głowy Setha? Czy to plamki tańczą...

– Chyba... chyba nie.

– Daj mi zobaczyć. – Odsunął jej ręce od nosa. – Świetnie, leci ci krew. *Mamm*!

Ruby bez namysłu spojrzała na krew na swoich palcach. Oho! To był błąd. Nie znosiła widoku krwi. Świat nagle się zakołysał, a przed jej oczami zawirowały czarne plamy.

– Ups – powiedziała, zanim wszystko spowiła ciemność.

Ruby oglądała swój posiniaczony nos w łazienkowym lustrze. Miała nadzieję, że do tej pory opuchlizna zniknie, w końcu minęły prawie dwadzieścia cztery godziny, odkąd Seth niechcący przywalił jej drzwiami w twarz. Skrzywiła się na wspomnienie tego, jak zemdlała i upadła bezwładnie u jego stóp. Na szczęście szybko odzyskała przytomność, pamiętając, by więcej nie patrzeć na krew. Seth wziął ją w swoje silne ramiona, zaniósł do domu i ułożył na kanapie w salonie.

Byłby to cudowny zbieg okoliczności, gdyby nie fakt, że potem Seth zniknął, a nią zajęła się jego matka, Mary. Delikatnie otarła krew i położyła chłodny kompres na obolałym nosie Ruby.

– Chyba nie jest złamany – oceniła. – Chociaż jestem pewna, że boli.

Ruby pokiwała głową. Mary była miła i Ruby bardzo ją polubiła. Ale miała nadzieję, że Seth wróci i jeszcze uda jej się uratować wspólny wieczór. Nie wrócił. Po jakimś czasie Freemont odwiózł ją dwukółką Timothy'ego do domu, upierając się, że sam nie ma nic przeciwko wracaniu na piechotę. Projekt „Zrobienie wrażenia na Secie" legł w gruzach – znowu – a jej godność została zrujnowana. Miała nadzieję, że przynajmniej ciasto im smakowało.

Gdy potrząsnęła głową na widok swojego odbicia, nos znów zaczął boleć. Patience obejrzała go dziś rano i zgodziła się z Mary, że nie jest złamany.

– Nie wiedziałam, że tak reagujesz na widok krwi – powiedziała, podając Ruby kilka kostek lodu owiniętych w czystą ściereczkę.

– *Ya*. – Delikatnie przytknęła szmatkę do nosa. – Nie wiem dlaczego, ale na widok krwi natychmiast mdleję.

– To stanowiłoby problem, gdybyś miała zostać położną.

Ruby spojrzała na bratową. Nie pomyślała o tym. Nie wiedziała zbyt wiele o porodach, ale zdawała sobie sprawę, że występuje przy nich krew.

– Chyba więc mam już odpowiedź na pytanie, czy zostaniesz *mei* asystentką.

Ruby odłożyła ściereczkę.

– Przepraszam, Patience.

Patience machnęła ręką.

– Nic się nie stało. Ale będę musiała znaleźć kogoś do pomocy. Tylko najpierw się upewnię, że nie mdleje na widok krwi.

Ruby umyła ręce w umywalce, wytarła je wiszącym obok ręcznikiem i jeszcze raz zerknęła w lustro. Miała na nosie niewielki strupek, na szczęście nie na tyle duży, by musiała rezygnować z wizyty u Selah. Już się cieszyła na to spotkanie. Będą tam tylko Selah i Martha, a ona choć na chwilę oderwie myśli od wczorajszego żenującego wypadku. Postanowiła pójść do Selah na piechotę, na wypadek gdyby znowu coś jej się przydarzyło. Nie chciała, żeby ktoś musiał odwozić ją do domu. Freemont zarzekał się wprawdzie, że nie ma nic przeciwko, ale i tak nie była zadowolona, że musiała go fatygować.

W drodze do wyjścia przeszła przez salon.

– Do zobaczenia – powiedziała.

Patience grała z Tobiasem w łapki.

– Baw się *gut*.

– Będę! – Ruby zerknęła na brata i Luke'a, którzy drzemali w fotelu po drugiej stronie pokoju, i uniosła dłoń do ust. – Nie wiedziałam, że śpią – wyszeptała.

Patience zachichotała.

– Znasz *yer bruder*. Zasypia jak kamień. Luke ma to po nim.

Ruby pokiwała głową, ale i tak najciszej, jak umiała, otworzyła i zamknęła drzwi.

Idąc do Selah, dotknęła kieszeni cienkiej kurtki, w której schowała latarkę. Będzie jej potrzebowała podczas wieczornego powrotu do domu.

Dzień był chłodny i spodziewała się, że po zachodzie słońca zrobi się jeszcze zimniej, ale Patience powiedziała jej, że do domu Roppów nie jest daleko. Spacer zajął jej tylko pół godziny. Dom był trochę mniejszy niż ten należący do Patience i Timothy'ego. Ogród schludny i zadbany, a w powietrzu unosił się zapach świeżo ściętego siana. Po drugiej stronie podjazdu stała szara stajnia, za którą widać było małe ogrodzone pastwisko.

Ruby zapukała do drzwi i po kilku chwilach w progu stanęła Selah.

– Cześć, Ruby... – Otworzyła szeroko usta. – Mój Boże, co ci się stało?

Ruby poczerwieniała, powstrzymując się przed dotknięciem obolałego nosa. Może jednak wyglądała gorzej, niż sądziła?

– Miałam mały wypadek, ale nic mi nie jest. Nic poważnego się *nee* stało.

Selah zmarszczyła swój mały, idealnie ukształtowany i nieposiniaczony nosek.

– Wygląda okropnie.

Rety, dzięki.

Ruby przezornie odczekała, aż koleżanka otworzy przed nią drzwi, i dopiero wtedy przekroczyła próg. Nie zamierzała więcej ryzykować. Nagle naszły ją wątpliwości. Czy naprawdę tak źle wyglądała? Może jednak powinnam była zostać dziś w domu, pomyślała.

– *Kaffee* już się parzy – powiedziała Selah, gestem zapraszając Ruby, by poszła za nią. – A może wolałabyś herbatę?

– *Kaffee* wystarczy. Mogę ci w czymś pomóc?

– *Nee*. – Postawiła na kuchennym stole talerz wielkich ciastek z masłem orzechowym.

– Ależ *appeditlich* wyglądają!

– Poczęstuj się. Czuj się jak u siebie w domu.

Ruby nie mogła się doczekać, żeby spróbować, i od razu wyciągnęła rękę po ciastko.

– Martha i Chris powinni zaraz tu być.

Zaskoczona cofnęła dłoń.

– Chris też przyjdzie?

– Oczywiście.

– Nie wspominałaś o nim.

Selah na nią spojrzała.

– On tu mieszka. Nie sądziłam, że powinnam.

– Och...

Oczywiście miała rację. Ruby w ogóle nie powinna tego kwestionować. Zresztą jakie to miało znaczenie, że przyjdzie Chris? Znając go, pewnie nie dołączy do czegoś tak wesołego jak gry. Prawdopodobnie uniesie te swoje sceptyczne brwi, rzuci jakąś kpiącą uwagę, po czym znajdzie książkę, w którą wetknie nos.

Mimo to Ruby nie mogła się powstrzymać, by nie dotknąć czubka swojego nosa, żałując, że nie wygląda choć odrobinę lepiej.

Ktoś zapukał do drzwi i Selah powiedziała:

– To pewnie Martha. Zaraz wrócę.

Ruby skinęła głową i została za stołem. Gdy w stojącej na kuchence kawiarce zaczęła wrzeć woda, zerknęła przez ramię, zastanawiając się, czy powinna wyłączyć gaz. Pewnie nie; Martha i Selah zaraz przyjdą. Czekała, a kawiarka bulgotała za jej plecami, wypełniając kuchnię intensywnym aromatem. Ruby poczuła ogromną ochotę na kawę. Na pewno Selah nie będzie miała nic przeciwko, jeśli sobie naleje. Sama powiedziała, żeby Ruby czuła się jak w domu.

Obok kuchenki stały już przygotowane cztery kubki. Ruby wyłączyła gaz i zerknęła na naczynia. Wzięła kawiarkę i zaczęła nalewać.

Niespodziewanie otworzyły się kuchenne drzwi. Odwróciła się, myśląc, że to Selah i Martha, ale to był Chris.

– Cześć – powiedziała, gdy wszedł do środka.

Tak jak przewidywała, jego brwi poszybowały w górę. Jednak to, co powiedział, zaskoczyło ją.

– Dlaczego lejesz *kaffee* na blat?

– Co? Och! – Odstawiła dzbanek. Kawa kapała już na podłogę. – Przepraszam… – Na litość boską, czy ona niczego nie mogła zrobić, jak trzeba?

Chris szybko złapał ścierkę wiszącą na haczyku obok zlewu. Ruby sięgnęła po nią w tej samej chwili.

– Ja to posprzątam – powiedziała.

– Nie trzeba – odpowiedział w *dietsch*. – Zajmę się tym.

Obawiając się, że zrobi jeszcze większy bałagan, cofnęła się o krok i pozwoliła mu ogarnąć bałagan. Wytarł ścierką blat, łapiąc krople skapujące na ziemię, po czym uklęknął i przetarł podłogę. Kiedy skończył, wstał i przyjrzał się jej dokładnie.

Ruby poczuła, że czerwieni się ze wstydu. Czy z… Nie wiedziała. Dlaczego Chris przyglądał się jej tak intensywnie? Tak… osobiście? I dlaczego jej serce dwukrotnie przyspieszyło?

– Pochlapałaś sobie sukienkę *kaffee* – powiedział.

Spojrzała w dół i zauważyła kilka brązowych plam. Wzdrygnęła się. Nie tylko pobrudziła sukienkę, ale jeszcze myślała, że Chris… Potrząsnęła głową. Był po prostu Chrisem i dostrzegł jakiś problem czy defekt. To wszystko. A ona zachowywała się irracjonalnie, wyobrażając sobie cokolwiek innego. Ostatnio tak dużo rozmyślała o Secie i polowaniu na męża, że przestała jasno myśleć.

Chris wyżął w zlewie przesiąkniętą kawą ścierkę, po czym otworzył szufladę i wyjął drugą.

– Proszę – powiedział, podając Ruby. – To powinno wystarczyć. Nie poparzyłaś *yerself*, prawda?

– *Nee*. – Zaczęła wycierać plamy z kawy, ale większość płynu wsiąkła już w materiał. Po kilku bezowocnych próbach wzruszyła ramionami i oddała ścierkę Chrisowi. Nie ma sensu zamartwiać się rozlaną kawą. – No cóż, nie pierwszy raz poplamiłam sukienkę.

Spodziewała się, że skomentuje jakoś jej uwagę, na przykład powie: „nie wątpię" albo „oczywiście", ale on w milczeniu odkręcił kran, wypłukał i wyżął obie ścierki, a następnie rozwiesił je schludnie po obu stronach zlewu. Potem podszedł do kuchenki i nalał kawy do kubków, nie trwoniąc przy tym ani kropelki.

Obserwując go, Ruby doceniała fakt, że nie rzucił żadnej sarkastycznej uwagi ani lekko okrutnego żartu, jak robili niektórzy ludzie w przeszłości, gdy popełniła jakiś błąd. Zwykle sama wygłaszała autoironiczne komentarze, żeby ukryć zakłopotanie. I chociaż rozlanie kawy nie zajmowało wysokiej pozycji na jej liście upokarzających osiągnięć, rozpaczliwie pragnęła przebrnąć przynajmniej przez jedno spotkanie towarzyskie w Birch Creek, nie zachowując się niestosownie czy niezdarnie.

Chris podał jej jeden z kubków, jak gdyby nic się nie stało.

– Gdzie jest Selah?

– Poszła wpuścić Marthę. – Ruby zerknęła w kierunku salonu. – Ale już dość długo ich nie ma. Nie wiem, co je zatrzymało.

Chris postawił dwa kolejne kubki na stole.

– Mnie również nic nie przychodzi do głowy.

Znów przeszedł na angielski. Przeskakiwanie między językami jej nie przeszkadzało, ale jego niezmiennie „poprawny” styl wypowiedzi wydawał się jej trochę *seltsam*. Chociaż też czarujący, w pewien osobliwy sposób.

Odwrócił się do niej ze zmarszczonym czołem, co stanowiło kontrast z jego zwykle obojętnym wyrazem twarzy. Otworzył usta, zamknął i otworzył znowu. Takie wahanie było do niego niepodobne.

– Ruby… chciałbym cię poprosić o niewielką przysługę, gdybym mógł.

– Mógłbyś. – Popijała kawę, zastanawiając się, czego on mógłby od niej chcieć.

Potarł kark.

– Pomyślałem, że może mogłabyś… gdyby nadarzyła się taka okazja, oczywiście…

Aż ciężko było tego słuchać. Po prostu to z siebie wyduś.

– Może co bym mogła?

Przycisnął rękę do boku.

– Powiedzieć mi, co robię źle?

Prawie się roześmiała, ale zdała sobie sprawę, że on mówi poważnie.

– W sprawie Marthy?

Pokiwał głową i odwrócił wzrok.

Ukryła uśmiech. Jego determinacja, by zwrócić na siebie uwagę Marthy, była rozbrajająca.

– Chcesz, żebym udzieliła ci wstępnych korepetycji przed naszą pierwszą lekcją?

Znowu pokiwał głową, nadal na nią nie patrząc.

– Oczywiście. Z radością ci pomogę, jeśli będę umiała.

Zobaczyła, jak Chris, zwykle wyprostowany niczym struna, pochyla się nad stołem. Naprawdę był spięty. Przekrzywił głowę i uważnie przyjrzał się jej twarzy.

– Masz dużego krwiaka na nosie.

– Krwiaka?

– Siniaka.

Podejrzewała, że będzie musiała się przyzwyczaić do częstego wytykania jej obrażeń, dopóki trochę się nie zagoją.

– Dopiero teraz to zauważyłeś?

– Byłem zajęty kawą. – Zbliżył się, skupiając wzrok na jej nosie. – Twoja przegroda nie została poważnie uszkodzona, prawda?

– Jeśli pytasz, czy *mei* nos jest złamany, to *nee*. Nie jest.

– Miło mi to słyszeć. – Usiadł i splótł dłonie na stole, wbijając wzrok przed siebie.

Ruby usiadła po przeciwnej stronie. Zamiast posłuchać swojego instynktu i wciągnąć Chrisa w pogawędkę, tylko go obserwowała. W odróżnieniu od niej siedział nieruchomo. Prawie sztywno. Ciasno splatał dłonie, aż pobielały mu kłykcie. Widziała, że myślami błądzi gdzie indziej, zwłaszcza że właściwie na nią nie patrzył.

– Chris?

Zamrugał i wrócił na ziemię.

– Denerwujesz się dzisiejszym spotkaniem z Marthą?

Rozplótł dłonie i rozparł się na krześle, chociaż ta pozycja również nie wydawała się dla niego naturalna.

– Oczywiście, że nie. Nie ma się czym denerwować. Zagramy w jakąś grę i będziemy się cieszyć swoim towarzystwem.

– Dokładnie. Ale to będzie trudne, jeśli się trochę nie rozluźnisz.

Opuścił ramiona, ale po chwili przerzucił niezręcznie jedną rękę przez oparcie stojącego obok krzesła. Przekrzywił głowę tak mocno, że wyglądał, jakby zaraz miał naciągnąć sobie mięśnie szyi.

– Widzisz? Jestem rozluźniony.

W tej chwili do kuchni weszły Selah i Martha.

– Przepraszam, że to tak długo trwało – powiedziała Selah. – Pokazywałam Marcie nową książkę, którą wypożyczyłam z biblioteki.

– Czytałam ją w zeszłym roku, jest naprawdę *gut* – dodała Martha. Odwróciła się do Ruby. – Cześć. Cieszę się, że mogłaś przyjść. – Przeniosła wzrok na Chrisa i zmarszczyła brwi. – Witaj.

– Cześć. – Uniósł dłoń w geście, który, jak podejrzewała Ruby, miał wyglądać swobodnie, ale przypominał skurcz. Nie wspominając o tym, jak na jednosylabowym słowie załamał mu się głos. O rety. Czekało ją bardzo trudne zadanie.

Selah zignorowała dziwne zachowanie brata i wskazała Marcie, by usiadła.

– *Danki*, że przygotowałaś *kaffee* – zwróciła się do Ruby.

– Chris to zrobił.

Kiedy trzy kobiety na niego spojrzały, znów spazmatycznie machnął dłonią. Ruby musiała się powstrzymać, by nie plasnąć się ręką w czoło.

Selah usiadła i wzięła ciastko.

– W co zagramy?

– Może w podkowy? – zaproponowała Martha.

Ruby już miała pokiwać głową, kiedy zobaczyła, że Chris mało nie zerwał się z krzesła. Cały jego pozorny luz zniknął.

– Myślałem, że dzisiejsze gry będą wymagały wiedzy – powiedział w *dietsch*.

– Ale ja uwielbiam grać w podkowy. – Martha się uśmiechnęła. – Ciągle gram z *mei schwester*.

– To miło, ale jest już za ciemno – zaoponował z wysiłkiem.

– Słońce zajdzie dopiero za jakąś godzinę – powiedziała Martha i zwróciła się do Ruby: – Lubisz grać w podkowy?

– Lubię. – Wiedziała, że nie jest najzgrabniejszym graczem, ale szło jej przyzwoicie.

– Świetnie! Wieczór jest taki piękny. *Nee* musimy siedzieć w domu, skoro możemy się nim nacieszyć. Zima przyjdzie, zanim się obejrzymy.

Selah zerknęła na Chrisa.

– Masz rację, ale może powinniśmy...

Martha już wstawała z krzesła, zapominając o kawie.

– Macie zestaw do gry? Jeśli nie, mogę skoczyć do domu i przynieść. – Postukała się palcem w skroń. – Powinnam była wcześniej o tym pomyśleć.

– Mamy zestaw – powiedział Chris słabo. – Jest w szopie.

Martha uśmiechnęła się szeroko i odwróciła do Selah.

– Pomogę ci rozstawić.

Ruby patrzyła, jak dziewczęta wychodzą przez sień na dwór. Dlaczego Selah jej też nie poprosiła o pomoc? Co prawda rozstawienie sprzętu do gry w podkowy nie wymagało aż tylu osób, ale miło by było zostać uwzględnioną, podobnie zresztą jak wtedy, gdy Selah pokazywała Marcie książkę. Miała nadzieję, że dziś wieczorem uda jej się pogłębić znajomość z dziewczętami, ale z każdą chwilą wydawało się to coraz mniej prawdopodobne.

– Nie jest *gut*.

Odwróciła się, słysząc znękany szept Chrisa. Z zaskoczeniem stwierdziła, że jest blady jak ściana. Na jego białym podbródku odcinał się ciemny zarost. Strzelał na boki szeroko otwartymi oczami. Pierwszy raz widziała, żeby okazywał aż takie emocje, i zastanawiała się, czy to też nie był zły znak.

– Dobrze się czujesz? – zapytała.

Poderwał się na równe nogi.

– *Nee*. Nie czuję się dobrze. – Zaczął chodzić w tę i z powrotem. – Definitywnie nie czuję się dobrze.

– Dlaczego? To tylko gra w podkowy.

Chris zatrzymał się gwałtownie i popatrzył na Ruby dzikim wzrokiem.

– No właśnie. – Po czym znów zaczął chodzić.

– Nie rozumiem.

Zignorował ją, przemierzając kuchnię, aż w końcu stanął i ze spuszczoną głową chwycił się oparcia krzesła. Ruby widziała, jak ciężko oddycha. Trochę się zaniepokoiła.

– Chyba nie zemdlejesz, co?

Uniósł głowę.

– Istnieje duże prawdopodobieństwo.

– Wy dwoje, chodźcie. – Selah wsunęła głowę przez kuchenne drzwi. – Jesteśmy gotowe. – Spojrzała na Chrisa ze współczuciem. – Jestem pewna, że wszystko będzie dobrze. – Zatrzasnęła za sobą siatkowe drzwi.

– Nie będzie dobrze – wymamrotał. – Ona o tym wie.

Ruby wstała od stołu.

– To tylko gra.

Chris potrząsnął głową.

– To *mei* przekleństwo.

Teraz zachowywał się niedorzecznie.

– Nie dramatyzuj. – Ruby poszła do sieni i przytrzymała dla niego drzwi. Kiedy nie ruszył się z miejsca, wróciła do kuchni. – Chcesz, żebym powiedziała Marcie, że stchórzyłeś?

Wyprostował się i pokręcił głową.

– Ja nigdy nie tchórzę. – Odepchnął się od krzesła, wracając do zwykłego, pozbawionego emocji siebie, i wyminął Ruby.

Pokręciła głową.

– To tylko gra w podkowy – mruknęła. – Co może pójść nie tak?

Dziesięć minut później wiedziała już dokładnie.

Selah i Martha były w jednej drużynie, co oznaczało, że Ruby grała z Chrisem. Ponieważ gracze obu drużyn stali naprzeciwko siebie, Chris stał obok Marthy, co byłoby idealnym rozwiązaniem, gdyby nie jeden szkopuł.

Chris Ropp był nieudolnym graczem, przy czym słowo „nieudolny" stanowiło eufemizm. Grał fatalnie. Rzucał podkowami wszędzie, tylko nie w okolice kołka, a do tego wyglądał jak nowo narodzony źrebak. Już przy pierwszym rzucie jego sztywne i kontrolowane zwykle ciało zupełnie przestało go słuchać. Koniec końców efekt był przekomiczny.

– Dawaj, Chris – zachęciła go Ruby, kiedy Selah idealnie trafiła obiema swoimi podkowami, zdobywając trzy punkty. – Dasz radę.

Chris, z ciemnymi brwiami w jednej prostej linii, wbił spojrzenie w kołek. Zamachnął się w tył i podkowa poszybowała za jego plecami.

– Przyniosę. – Martha podniosła leżącą za nimi podkowę i podbiegła, by podać ją Chrisowi.

Wziął ją od niej i natychmiast upuścił sobie na stopę.

– Wszystko w porządku? – zawołała Ruby.

Pokiwał głową i podniósł podkowę. Znów wycelował. Tym razem podkowa poleciała prosto, ale upadła na ziemię w połowie drogi do kołka.

Ruby usłyszała chichot Selah.

– Nie sądzę, żeby to było zabawne – powiedziała.

Selah przestała chichotać, ale nadal się uśmiechała.

– Jest. Trochę. – Zawołała do Marthy: – *Yer* kolej.

– Mówisz tak, jakbyś chciała, żeby był zażenowany – powiedziała Ruby.

A niewątpliwie był. Widać to było jak na dłoni. Spojrzała na Chrisa, który z nieszczęśliwą miną stał tak daleko od Marthy, jak to tylko było możliwe, kiedy rzucała pierwszą podkowę.

Selah odwróciła się do Ruby, jej rozbawienie zniknęło.

– *Nee* masz pojęcia, czego ja chcę. – Gdy tylko druga podkowa Marthy wylądowała – znowu trzy punkty – Selah zebrała podkowy. – *Yer* kolej. – Wcisnęła je Ruby w ręce.

Ruby wzięła podkowy, o mało ich nie upuszczając. Jednak chociaż raz nie dlatego, że była niezdarna, ale ponieważ była zdezorientowana. Najwidoczniej powiedziała coś niewłaściwego. Ale dlaczego Selah tak się zachowywała? Kilka minut wcześniej była miła, a teraz wydawała się czerpać przyjemność z męczarni Chrisa. A może Ruby źle odczytała sytuację? Zdarzyło jej się to już raz czy dwa.

Jeśli uważała, że Chrisa trudno zrozumieć, to z Selah było jeszcze gorzej. Co za dziwne rodzeństwo.

Spojrzała na Chrisa. Ruby ani nie wiedziała, ani nie rozumiała, czego pragnie Selah. Wiedziała za to, że ona nie chce, aby Chris został upokorzony. Nie w ten sposób i nie na oczach Marthy. Rzuciła podkowę daleko od kołka, drugą cisnęła w tym samym kierunku.

– O nie! – wydała przesadny okrzyk. – Głupia gra!

– Myślałam, że lubisz grać w podkowy – zawołała Martha.

Czas się wycofać. Ruby skrzyżowała ramiona.

– Bo lubię. Ale nie mówiłam, że jestem w tym *gut*. – Co nie do końca było prawdą. Aż tak źle nie grała.

Dokończyli rozgrywkę. Zwycięstwo dziewcząt było miażdżące, ponieważ Ruby i Chris nie zdobyli ani jednego punktu.

– To było, hmm, miłe. – Martha wyciągnęła rękę do Chrisa. – *Gut* gra. Następnym razem będziesz miał więcej szczęścia.

Wpatrywał się w jej dłoń, jakby wyciągnęła w jego stronę grzechotnika. Kiedy jej nie uścisnął, Martha wzruszyła ramionami i ruszyła za Selah, która już szła do domu, ignorując zarówno Ruby, jak i Chrisa.

Ruby nachmurzyła się, ale nie z powodu Marthy, która była przemiłą osobą i prawdopodobnie zupełnie nie zdawała sobie sprawy z napięcia panującego między Ruby i Selah. Podchodząc do Chrisa, potrząsnęła głową. Chyba zastanowi się dwa razy, zanim przyjmie następne zaproszenie od Selah Ropp.

Posłała Chrisowi pełen otuchy uśmiech.

– Wygląda na to, że sami musimy pozbierać…

– Dlaczego to zrobiłaś?

Cofnęła się o krok, zaskoczona tym pełnym złości pytaniem.

– Co zrobiłam?

Stanął przed nią rozeźlony, co było nie tylko do niego niepodobne, ale też niepokojące.

– Dlaczego zrobiłaś ze mnie głupka przed Marthą?

Rozdział siódmy

Christian wiedział, że złości się na niewłaściwą osobę. To nie była wina Ruby, że nie posiadał żadnych umiejętności sportowych. Był fatalny we wszystkich grach na świeżym powietrzu, włączając w to podkowy, i za wszelką cenę starał się unikać brania w nich udziału. Jednak tym razem nie mógł odmówić, nie kiedy to Martha zaproponowała rozgrywkę. Oczywiście jego przewidywania się spełniły i spektakularnie się skompromitował.

I chociaż jego żałosny występ nie miał nic wspólnego z Ruby, ona wcale nie poprawiła sytuacji.

– Nie musiałaś przegrywać ze względu na mnie – warknął.

– Ja… – Spuściła wzrok. – Myślałam, że ci pomagam.

Jej skruszony ton powinien go powstrzymać, ale on brnął dalej:

– Sprawiając, że wypadłem źle przed Marthą?

Poderwała głowę.

– Z tym to akurat sam świetnie *yerself* poradziłeś.

Chris zerwał kapelusz i odrzucił go na bok. Wylądował idealnie na czubku kołka.

– Widzisz? – zawołała Ruby. – Jednak zdobyłeś trzy punkty.

Posłał jej wściekłe spojrzenie. Jej uśmiech był promienny, oczy wesołe, głos słodki. To wszystko działało mu na nerwy. Zdjął kapelusz z kołka i ruszył w stronę domu.

Pospieszyła za nim.

– Przepraszam, Chris. Jak mogę ci to wynagrodzić?

To go zatrzymało. Pomimo jego skandalicznego zachowania ona chciała się pogodzić. Jest lepszym człowiekiem ode mnie, pomyślał. Odwrócił się twarzą do niej, złość prawie z niego wyparowała.

– Powiedziałeś, że narobiłam ci wstydu. Nie miałam takiego zamiaru. – Złożyła dłonie. – Jesteś zły i chciałabym naprawić sytuację.

Poczuł się jak skończony głupek.

– Nie oczekuję rekompensaty za grę w podkowy – powiedział cicho. Zamilkł na chwilę, żeby się opanować. To się właśnie działo, kiedy tracił kontrolę nad emocjami. – Popełniłem poważny błąd. – Wciągnął powietrze. – Jestem wściekły na siebie i wyładowałem tę złość na tobie. To ja jestem ci winien przeprosiny.

– Przyjęte. – Wzięła go pod ramię.

Uniósł brew i spojrzał na jej rękę, po czym popatrzył jej w oczy.

– To wszystko?

– Co masz na myśli?

– Tak szybko mi wybaczyłaś?

– Oczywiście. Bycie mądrzejszym to zawsze najlepsze wyjście.

Prawda. Chociaż nie spodziewał się, że nastąpi to tak szybko.

– *Geh* do środka – zaproponowała. – Może uda nam się ocalić resztę wieczoru z Marthą.

Uwolnił swoje ramię.

– Nie sądzę, aby to było możliwe.

– Dlaczego? Bo nie jesteś idealny? Mam dla ciebie małą wskazówkę: kobiety lubią mężczyzn, którzy mają drobne wady.

Christian wykrzywił się drwiąco.

– Martha nie była świadkiem drobnej wady. – Raczej epickiej tragedii.

– I co z tego? Dobrze się bawiła, *ya*? Czy nie to się liczy? – Ruby kiwnęła głową w stronę domu. – Mam nadzieję, że Selah zaparzyła świeżą *kaffee*. Nie lubię pić zimnej. – Ruszyła do kuchennych drzwi.

Christian ją obserwował. Logicznie rzecz biorąc, wiedział, że wybaczenie jest ważne. Stanowiło jeden z filarów ich wiary. Jednak wiedział też, że większości ludzi nie przychodzi ono łatwo. Członkowie jego rodziny byli mistrzami „cichych dni", nawet kiedy oficjalnie ogłosili amnestię. Pamiętał, że kiedyś jego matka nie odzywała się do ojca przez trzy dni. Świadomość, że Ruby tak po prostu wybaczyła mu jego bezczelność, była odświeżająca. I trochę… wzruszająca.

Kiedy Christian wszedł, Ruby już była w kuchni. Stała obok drzwi do sieni, podczas gdy Selah wylewała kawę z dzbanka do zlewu. Nigdzie nie było śladu kubków ani ciastek.

– Gdzie jest Martha? – zapytała Ruby.

– Musiała wcześniej wyjść. Prosiła, żeby was pożegnać. – Selah odkręciła kran, nadal zwrócona do nich plecami.

Christian musiał przyznać, że poczuł ulgę. Pomimo że Ruby miała zupełną rację, nie czuł się gotowy, by w tej chwili spojrzeć Marcie w twarz.

– Ja też powinnam już *geh* do domu – powiedziała Ruby, wbijając wzrok w swoje stopy.

Christian może nie był najlepszy w czytaniu mowy ciała, ale widział, że czuje się niezręcznie.

– Odwieźć cię do domu?

Pokręciła głową.

– Przyszłam piechotą. I mam *mei* latarkę. – Wyciągnęła ją z kieszeni i natychmiast upuściła na podłogę.

Pochylił się po nią w tej samej chwili, co ona, i zderzyli się głowami.

– Au – powiedziała, prostując się i masując wierzch *kapp*.

Christian podniósł latarkę i podał jej, głowa lekko go bolała. Rozlana kawa, tragiczna gra w podkowy, stracona okazja z Marthą, a teraz zderzenie głowami z Ruby – ten wieczór jeszcze przed zachodem słońca okazał się klęską.

Ruby wzięła latarkę. Błękitnoszare oczy nad posiniaczonym nosem patrzyły nieśmiało.

– Cześć – rzuciła, po czym wypadła przez kuchenne drzwi, wybierając najszybszą drogę ucieczki.

Christian położył kapelusz na stole i zacisnął palce na oparciu jednego z kuchennych krzeseł.

– Poszło jak po maśle – mruknął.

– Nie powinieneś odprowadzić Ruby do furtki?

Spojrzał na Selah, która płukała kubek po kawie. Odstawiła go na matę do suszenia leżącą na blacie.

– A dlaczego miałbym to zrobić?

– A dlaczego nie? – Selah zakręciła wodę i odwróciła się do niego.

– Ty ją zaprosiłaś. Odprowadziłaś Marthę?

– Oczywiście, że nie.

Zacisnął mocniej palce na oparciu krzesła. Nie był w nastroju na zgadywanki, do czego zmierza siostra.

– Mam nadzieję, że dziś wieczorem dostarczyłem tobie i Marcie wystarczająco dużo rozrywki.

Selah skrzyżowała ramiona.

– Nie wiń mnie za to, co się stało. Sam zgodziłeś się na grę w podkowy.

– Mogłaś zaproponować coś innego.

Opuściła ramiona wzdłuż boków.

– Zamierzałam, ale ty chciałeś się popisywać.

– Popisywać? – Ciśnienie zaczęło mu rosnąć, ale się opanował. Już niesprawiedliwie wyżył się na Ruby. Nie chciał robić tego samego z Selah. Podobnie jak Ruby, siostra miała rację – dzisiejsza katastrofa nastąpiła z jego winy.

– Poza tym – dodała z krzywym uśmieszkiem – Martha lubi grać w podkowy. Słyszałam też, że świetnie gra w siatkówkę. Czy nie powinieneś nauczyć się robić tego, co lubi robić Martha?

W tej kwestii również miała rację. Później będzie musiał się zastanowić, co to dokładnie oznacza, ale na razie coś jeszcze nie dawało mu spokoju, jeśli chodziło o dzisiejszy wieczór.

– Byłaś dla Ruby dosyć nieuprzejma.

Selah wzięła ścierkę i wytarła czysty blat.

– To *yer* opinia.

– *Nee* – zaprotestował. – To fakt. Mogłabyś się przynajmniej postarać, żeby czuła się tu mile widziana, nawet po wyjściu Marthy.

Obróciła się gwałtownie.

– Przepraszam, że *mei* zachowanie nie spełnia *yer* standardów, *bruder*. – Skrzywiła się i wymaszerowała z kuchni.

Słyszał, jak głośno tupiąc, wchodzi po schodach. Czy powinien za nią *geh*? *Nee* miał pojęcia. On był zły i ona była zła, czego nie rozumiał. Ponieważ jeśli chodziło o sposób, w jaki potraktowała Ruby, nie miała racji. Podejrzewał, że o tym wiedziała, dlatego unikała rozmowy na ten temat.

Może jednak powinien zadzwonić do matki. Mogłaby mu coś doradzić – albo chociaż wytłumaczyć zachowanie Selah. Ale przecież zarówno on, jak i Selah byli dorośli i powinni sami umieć rozwiązywać własne problemy.

Wziął kapelusz ze stołu. Kiedy przyjechał do Birch Creek, myślał, że nauczanie będzie największym wyzwaniem, jakie go czeka. Nigdy by się nie spodziewał, że praca w klasie pełnej dzieci to będzie pestka w porównaniu ze zrozumieniem kobiet, które go otaczały.

Selah oparła się o drzwi sypialni, walcząc ze łzami wściekłości napływającymi jej do oczu. Dlaczego płakała – znowu? Jedyne, czego pragnęła, to spędzić miły wieczór i być może pomóc trochę Christianowi z Marthą. Gdyby nie miała takich wahań nastroju, nawet by mu współczuła. Jednak w tej chwili czuła jedynie złość – na siebie. Była nieuprzejma dla Ruby, a Ruby na to nie zasługiwała.

Zamknęła oczy, nie mogąc zapanować nad emocjami. Nie rozumiała, dlaczego tak się zachowuje. Christian był irytujący i chodził z głową w chmurach, ale to nic nowego. Był też hojny i troskliwy, na swój własny sposób. A ona traktowała go podle, odkąd tylko się tu wprowadzili. Miała nadzieję, że dzisiejszy wieczór będzie jej gałązką oliwną.

Zamiast tego go zdenerwowała, chociaż widziała, że próbował opanować złość. Odwrotnie niż ona, potrafił ukrywać emocje – dokładnie jak ich rodzice. Oni nigdy nie podnosili głosu, nie wdawali się w kłótnie – przynajmniej nie werbalnie – i Selah ani razu nie widziała, by którekolwiek z nich płakało. Co sprawiło, że stworzyli zimny i bezduszny dom.

– Myślałam, że moje życie tutaj będzie wyglądało inaczej – wyszeptała, podchodząc do okna. Zapadał zmrok, ale widziała, jak Christian sprząta zestaw do gry w podkowy. Ona nawet o tym nie pomyślała po skończonej grze. Chciała tylko wrócić do domu, znaleźć się jak najdalej od brata. Ponieważ on miał rację: widok jego porażki sprawił jej przyjemność. Był taki mądry, odnosił sukcesy we wszystkim, czego się tknął. Patrzenie, jak robi z siebie kompletnego idiotę przed dziewczyną, na której starał się wywrzeć wrażenie, sprawiło Selah ogromną satysfakcję.

Z którą się dobrze czuła, co było bardzo, bardzo złe.

Oparła czoło o szybę. Zachowywała się karygodnie. Była humorzasta i złośliwa, a radosne usposobienie Ruby Glick drażniło każdy jej nerw. Nie powinna czuć się w ten sposób. Nie powinna odczuwać aż takiego zwątpienia, braku nadziei.

Ale czuła. I nie miała zielonego pojęcia, co z tym zrobić.

~

Mało brakowało, żeby Ruby nie pojawiła się na sobotniej lekcji z Chrisem. Chociaż przeprosił ją za swój wybuch, obawiała się, że nadal jest na nią zły. Rzucała niecelnie podkowami, żeby poprawić mu samopoczucie, ale patrząc z perspektywy czasu, rozumiała, dlaczego się zdenerwował. Następnym razem nie będzie się wtrącać. O ile będzie jakiś następny raz. Po wyjściu Marthy Selah wyglądała, jakby nie mogła się doczekać, kiedy Ruby też sobie pójdzie. To by było na tyle, jeśli chodzi o przyjaźń z Selah, co trochę Ruby martwiło. Chociaż bardziej martwił ją fakt, że nie miała pojęcia, dlaczego tak się stało.

Jednak była kobietą, która dotrzymywała słowa, dlatego o wyznaczonej godzinie stawiła się na miejscu. Chrisa nie było pod drzewem, co ją zaskoczyło. Biorąc pod uwagę, jaki był precyzyjny w każdej kwestii poza grą w podkowy, spodziewała się, że przyjdzie punktualnie.

Może zmienił zdanie. Da mu chwilkę, zanim wróci do Timothy'ego.

Poranek zaczął się ładnie, ale teraz na szarzejącym niebie zbierały się chmury. Usiadła pod drzewem i zamknęła oczy. Naprawdę panował tu spokój i powinna wykorzystać tę okazję, by wyciszyć umysł. Próbowała, ale jej myśli nieustannie wracały do Chrisa. Miała nadzieję, że się nie gniewał.

Grali w podkowy dwa dni temu, ale może wciąż chował urazę? Zmarszczyła brwi. Nie cierpiała, gdy ludzie się obrażali. Złoszczenie się o coś, co w sumie wcale nie okazywało się ważne, było taką stratą. I co z tego, że nie potrafił grać w podkowy? Miał mnóstwo innych cech, które przemawiały na jego korzyść. Ruby miała nadzieję, że po jej korepetycjach będzie umiał pokazać je Marcie.

– Ruby?

Otworzyła oczy i zobaczyła Chrisa tuż przed sobą. Musiał poruszać się jak kot, ponieważ nie słyszała, jak się zbliżał. Nie miał kapelusza i lekki wiatr targał mu włosy, zamieniając je w niesforne fale. Liście miękko szumiały nad ich głowami. Potargany Chris wyglądał dziwnie. Dziwnie i w jakiś sposób… atrakcyjnie.

Atrakcyjnie? Chris Ropp? Jak ktoś, kto połknął kij, mógł wyglądać atrakcyjnie? Ruby zerwała się na równe nogi i skupiła na czekającym ją zadaniu.

– Gotowy na lekcję?

– Zawsze jestem gotów, by się uczyć. – Z kieszeni spodni wyjął mały notes na spirali, z której wysunął długopis. Otworzył zeszyt, podwinął okładkę pod spód i wycelował długopisem w kartkę. – Możemy zaczynać.

Jeśli nadal był zły za czwartkowy wieczór, to niczego po sobie nie pokazywał. Chociaż, jak zauważyła, zawsze miał tak poważną minę, że Ruby nie potrafiła stwierdzić, co naprawdę czuje Chris – poza tymi chwilami, kiedy grali w podkowy, a zwłaszcza zaraz po. Wtedy był na nią zły, ale teraz nie wydawał się chować urazy. *Gut*. Kolejna cecha, którą Martha na pewno doceni.

– Najpierw usiądźmy.

Skinął głową i usiadł pod drzewem. Ruby usadowiła się naprzeciwko niego, bokiem, i wygładziła spódnicę na kolanach.

– Lekcja numer jeden. Takt.

Chris pochylił głowę i zapisał to słowo schludnym, zwartym pismem, które wcale jej nie zaskoczyło.

– Zgodnie z definicją w słowniku – zaczęła, używając, jak miała nadzieję, swojego najlepszego nauczycielskiego tonu – słowo „takt" może oznaczać…

– „Takt" oznacza – wtrącił.

– Słucham?

– Zgodnie z definicją w słowniku słowo „takt" oznacza, nie: „może oznaczać".

Zmarszczyła brwi.

– Nie widzę żadnej różnicy.

– Użycie słowa „może" odnośnie do definicji nie jest konieczne.

Wolałaby, aby nie był w każdej kwestii aż tak precyzyjny.

– Dlaczego?

– Ekonomia słów. Nie powinnaś używać trzech słów, skoro wystarczą dwa. Zwięzłość wypowiedzi jest niezbędna, by przekazać treściwy komunikat.

– Czasami sam mógłbyś się stosować do własnych zasad – mruknęła.

– Przepraszam?

– Nieważne. Możemy wrócić do lekcji?

Skinął głową, a kolejny podmuch wiatru rozwiał mu włosy.

– Oczywiście.

Ruby żałowała, że nie nałożył kapelusza. Te falujące włosy ją rozpraszały. Dlaczego w tej chwili myślała o włosach? Musi się skupić.

– No dobrze, zgodnie z definicją w słowniku – wycedziła – słowo „takt" oznacza... oznacza...

Uniósł brwi.

– Co oznacza?

Wiedziała, że nie zapamięta dokładnej definicji, więc ją zapisała. Wyjęła z kieszeni kartkę i rozłożyła ją.

– Takt to wyczucie, co należy zrobić lub powiedzieć, aby zachować dobre relacje z ludźmi i nie urazić uczuć innych. – Nie brzmiało to jak treściwy komunikat, ale Chris zrozumiał. Zaczął notować, a Ruby czytała dalej: – Oznacza też wrażliwą lub estetyczną percepcję.

Spojrzał na nią.

– Czyli?

Miała nadzieję, że o to nie zapyta.

– Może skupmy się na jednej definicji naraz.

Pokiwał głową i przeczytał swoje notatki.

– Problem wydaje się polegać na tym, że nie wiem, co mam mówić w obecności Marthy.

– W obecności wszystkich innych jakoś nie masz tego problemu – wytknęła mu Ruby, nawiązując do jego zachowania sprzed chwili.

Chris lekko się skrzywił.

– Może nie przy Selah. I wygląda na to, że tobie powiedziałem ostatnio więcej niż jedno niemiłe słowo.

Wzruszyła ramionami.

– Nie mam do ciebie pretensji.

– Wiem – potwierdził, patrząc jej w oczy. – I doceniam to. – Jego słowa wywołały na jej twarzy uśmiech. Miło było zostać docenioną.

– Czy Selah jest *yer* młodszą czy starszą *schwester*?

– Jest ode mnie dwa lata młodsza.

– A ty ile masz lat?

– Dwadzieścia jeden.

Zamrugała raz, potem drugi. Myślała, że ma co najmniej dwadzieścia pięć, jeśli nie więcej.

– Masz tylko dwadzieścia jeden lat? – Nie mogła uwierzyć, że byli prawie rówieśnikami. – A zachowujesz się, jakbyś był stary.

Teraz on zaczął mrugać.

– To chyba nie miało zabrzmieć jak komplement.

– Ja, yyy… – Równie dobrze mogła to wykorzystać jako okazję do nauki. – To, Chrisie Ropp, był przykład braku taktu.

– To prawda.

Czy uraziła jego uczucia? Nie miała takiego zamiaru, ale ją zaskoczył.

– Nie ma nic złego w dojrzałym zachowaniu – dodała. – Ja zwykle słyszę, że powinnam dorosnąć.

– Dlaczego?

Spojrzała na niego, wydawał się naprawdę zainteresowany.

– Gdybyś nie zauważył, to jestem czymś w rodzaju chodzącej katastrofy.

– Zauważyłem.

– Takt, Chris. Takt.

Skinął głową.

– Nie powiedziałbym, że jesteś chodzącą katastrofą. Chociaż rzeczywiście wydajesz się mieć niewielki problem z subtelnością.

Westchnęła. Gdyby to powiedział ktokolwiek inny, uznałaby, że ją obraża. Ale to był Chris, który zawsze mówił prawdę. Szczery aż do bólu. Uczenie go będzie trudniejsze, niż się spodziewała.

– Masz rację. Ale lepiej by było, gdybyś najpierw powiedział mi jakiś komplement, a potem w miły sposób wytknął *mei* wadę – o ile to w ogóle konieczne.

– Czyli powinienem traktować cię tak, jak traktuję moich uczniów.

– Tak.

Przekrzywił głowę i przyglądał się jej przez kilka chwil. Im dłużej milczał, tym Ruby bardziej się irytowała.

– Chyba powiedzenie mi czegoś miłego nie jest aż tak trudne – wymamrotała, odwracając wzrok. A może było?

– Ruby, cieszę się, że przed naszą lekcją zajrzałaś do słownika.

Popatrzyła na niego z lekkim uśmiechem. To już był jakiś postęp.

– Proszę bardzo.

– Poza tym myślę, że korzystna byłaby dla ciebie lektura na temat fizjologii ruchu fizycznego. To mogłoby ci pomóc opanować niezdarność.

– Poddaję się. – Opadła plecami na trawę. On po prostu mógł być beznadziejnym przypadkiem. Chociaż może zerknięcie do jednej lub dwóch książek z ćwiczeniami by jej nie zaszkodziło. Spojrzała na baldachim liści nad głową. Na miękkiej trawie było jej miło i wygodnie. Podłożyła ręce pod głowę i humor od razu jej się poprawił.

Po kilku chwilach Chris się podniósł i stanął nad nią.

– Czy ta odpowiedź nie była satysfakcjonująca?

Przekręciła głowę i spojrzała na jego buty. Nie były, jak u większości amiskich mężczyzn, zdarte i znoszone. Nie były też wymyślne – po prostu para praktycznego obuwia. Znów popatrzyła na drzewo.

– *Nee*. Nie była.

– Gdzie popełniłem błąd?

Ruby przeniosła na niego wzrok.

– Nie wiesz?

Po chwili pokręcił głową, marszcząc w zamyśleniu krzaczaste brwi.

Przesunęła się i poklepała trawę obok siebie.

– Połóż się przy mnie.

– Dlaczego miałbym to zrobić?

– Ponieważ jestem nauczycielką i tak ci każę. – Wsparła ręce na biodrach i przybrała, jak miała nadzieję, swoją najlepszą nauczycielską minę.

Wydawało się jej, że przewrócił oczami, zanim się położył – oczywiście zostawiając mnóstwo wolnego miejsca między nimi. I dobrze. Wcale nie chciała być blisko niego i jego potarganych włosów.

– A teraz – ciągnęła, pozwalając, by jej powieki opadły – zamknij oczy.

– Nie bardzo rozumiem...

– Zamknij oczy, Chris.

– Świetnie – mruknął.

– Czy tak traktowałeś swoich nauczycieli w szkole?

– Oni nie zlecali mi zadań pozbawionych sensu, więc nie, nie traktowałem ich tak.

Ruby otworzyła oczy i przekręciła głowę, żeby sprawdzić, czy wypełnił jej polecenie. Z zaskoczeniem zobaczyła, że tak. Równie zaskakujący był jego profil, niespodziewanie atrakcyjny. Ponieważ dzieliła ich mała odległość, zauważyła cień zarostu, chociaż było dopiero wczesne popołudnie. Rzęsy miał tak samo ciemnobrązowe jak włosy, a pod jego skronią dostrzegła maleńki pieg.

– Jak długo mam tak leżeć? – zapytał.

Zacisnęła mocno powieki, co powinna była zrobić od razu, kiedy tylko zobaczyła, że jej posłuchał.

– Niedługo. Weź kilka głębokich wdechów.

Kilka razy wciągnął i wypuścił powietrze.

– Czy teraz jesteś rozluźniony?

– Nie zdawałem sobie sprawy, że byłem spięty.

Nie mogła powstrzymać śmiechu. Ponownie otworzyła oczy.

– Jesteś najbardziej spiętą osobą, jaką kiedykolwiek poznałam.

On również otworzył oczy i spojrzał na nią.

– Naprawdę?

Ruby pokiwała głową.

Nie odrywał wzroku od jej twarzy.

– Ja... może jestem trochę...

– Sztywny? Mało spontaniczny?

– A co z komplementem?

Przekręciła się na bok i złożyła głową w zgięciu ramienia.

– Chcesz komplementu? W porządku. Oto kilka. Jesteś mądry, prawdopodobnie jesteś najmądrzejszym człowiekiem, jakiego kiedykolwiek spotkałam, a już na pewno najmądrzejszą osobą w *mei* wieku. I chociaż nie umiesz grać w podkowy, zachowałeś się jak *gut* kolega i dokończyłeś grę. Fakt, że chcesz się czegoś nauczyć, by móc porozmawiać z Marthą, świadczy o tym, że nie jesteś zadufany w sobie. – Przerwała. – Może w ogóle nie potrzebujesz żadnych lekcji. Poza jedną.

Obrócił się na bok, naśladując jej pozycję.

– Jaką?

– Bądź *yerself*… tak jak jesteś przy mnie.

~

Christian musiał przyznać, że Ruby jest całkiem niezłą nauczycielką. Nigdy nie zastosowałby jej podejścia i nadal nie do końca rozumiał subtelną różnicę między bezpośrednią szczerością i brakiem taktu, ale udało się jej sprawić, że poczuł coś, czego nie czuł od lat – rozluźnił się.

Nawet kiedy siedział pod tym drzewem, w niektóre dni nie potrafił się rozluźnić, nie mógł przestać myśleć o swoich uczniach i planach lekcji, a ostatnio o tym, jak poradzić sobie z Selah i jak porozmawiać z Marthą. Ruby zdecydowanie okazała się powiewem świeżego powietrza w jego życiu, w którym, z czego wcześniej nie zdawał sobie sprawy, panowała duchota.

Jednak bycie zrelaksowanym nie oznaczało, że uda mu się umówić z Marthą, skoro aż tak denerwował się w jej obecności.

– Nie wiem, jak mam przy niej być sobą – przyznał.

Ruby milczała przez minutę. Przesuwała tylko dłonią po zielonej trawie, wciąż bujnej o tej porze roku. W jej oczach malował się niezwykły dla niej brak pewności, co z jakiegoś powodu wyglądało czarująco.

– Wiem, co masz na myśli – powiedziała, spoglądając na grzbiet swojej dłoni. – Mam ten sam problem, kiedy rozmawiam z *mann*.

– Ze mną rozmawiasz normalnie.

– Ty jesteś inny. – Ruby popatrzyła na niego z rezygnacją. – Ciebie nie próbuję… – Przycisnęła dłoń do ust.

Uniósł brwi.

– Czego nie próbujesz?

– Nieważne. – Usiadła. – Dzisiaj mamy mówić o tobie, nie o mnie.

– Chcesz powiedzieć, że ty również potrzebujesz instrukcji?

Wyrwała źdźbło trawy.

– Doskonale sobie radzę z zarządzaniem moim życiem miłosnym, dziękuję uprzejmie.

Ta uwaga wywołała na jego twarzy lekki uśmiech.

– W takim razie próbujesz znaleźć męża.

– Nic takiego nie powiedziałam – warknęła. Brak kontaktu wzrokowego z jej strony świadczył o czymś innym.

– Intrygujące. – Też usiadł i skrzyżował nogi w kostkach. – Oboje mamy ten sam cel.

Skrzywiła się drwiąco i strzepnęła źdźbło z palca.

– Nie sądzę.

– W takim razie zaprzeczasz, że szukasz męża?

Ruby spojrzała na niego i Chris dostrzegł w jej oczach rezygnację.

– *Nee* – wyszeptała. – Nie zaprzeczę. – Ukryła twarz w dłoniach. – Co za żenująca sytuacja…

– Dlaczego? Oboje staramy się osiągnąć ten sam cel i oboje mamy podobne problemy. W mojej ocenie ta paralela jest doprawdy godna uwagi.

– Nie zamierzam udawać, że zrozumiałam twoje ostatnie zdanie. – Odsłoniła twarz. – Nikt o tym nie wie, Chris. I chcę, żeby tak zostało.

– Czy obiekt *yer* uczuć nie powinien być świadomy *yer* intencji?

– A *yer*?

Tu go miała.

– Będzie, jeśli znajdę okazję, by z nią porozmawiać.

– Nie „jeśli", Chris, tylko „kiedy". – Uśmiechnęła się. – Tak jak powiedziałam, musisz być *yerself*.

– A ty powinnaś być *yerself*. – Coraz bardziej zaczynał mu się podobać pomysł wzajemnej pomocy. Przy okazji rozwiązałby problem, jak podziękować Ruby za jej chęć wsparcia. – Co by szkodziło, gdybym dał ci pewien wgląd w męską psychikę?

– Nie jesteś zbyt typowym przedstawicielem swojego gatunku.

Postanowił to potraktować jako komplement.

– Miałem na myśli prowadzenie rozmowy. Mógłbym cię nauczyć, jak być *yerself* w obecności mężczyzn, a ty nauczyłabyś mnie, jak być sobą przy Marcie.

Milczała, znów odwracając wzrok.

– Nie sądzisz, że jestem beznadziejna?

Chociaż nie patrzyła na niego, Christian widział smutek w jej oczach. Najwidoczniej temat był dla niej o wiele bardziej bolesny niż dla niego. Jego brak finezji w towarzystwie Marthy był irytujący, ale kompleksy Ruby z powodu własnej niezgrabności wydawały się głęboko zakorzenione, co wzbudziło w nim współczucie.

– *Nee* – odpowiedział, nadal w *dietsch*. – Nie sądzę, że jesteś beznadziejna. A dlaczego ty tak myślisz?

Żuła źdźbło trawy. Pewnie w ogóle nie zdając sobie z tego sprawy.

– Wspominano o tym raz czy dwa.

– Co nie oznacza, że to prawda. Albo że musisz w to wierzyć. – Wyciągnął rękę i wyjął jej trawkę z dłoni. – Sama mówiłaś, że przy tobie zachowuję się swobodnie. Tak samo ty zachowujesz się przy mnie.

– Chcesz powiedzieć, że powinniśmy się pobrać?

– My? – Roześmiał się i pokręcił głową. – Nie sądzisz, że do siebie nie pasujemy?

Przytaknęła, w jej oczach znów zatańczyły wesołe iskierki.

– Sądzę.

Christian się ucieszył, że wrócił jej dobry nastrój.

– Jednak myślę, że połączyła nas nić przyjaźni. A przyjaciele pomagają sobie nawzajem, gdy jest taka potrzeba.

– Masz tutaj jakichś przyjaciół?

Pomyślał o dwóch kolegach, z którymi dorastał. Po ukończeniu szkoły chodzili od czasu do czasu razem na ryby, co w pełni zaspokajało towarzyskie potrzeby Christiana. Lubił zgłębiać swoje zainteresowania w samotności. Jednak z jakiegoś powodu przyznanie się do tego Ruby wydawało mu się żałosne.

– Nie w Birch Creek. Byłem zajęty urządzaniem się w szkole i poszukiwaniem domu dla Selah i dla mnie. Nie miałem zbyt dużo czasu na kultywowanie przyjaźni.

Pokiwała głową, najwidoczniej przyjmując to wyjaśnienie. Po chwili powiedziała:

– No dobrze. Możemy uczyć się nawzajem. – Wyciągnęła dłoń, którą on uścisnął. A potem znów położyła się na plecach.

Christian do niej dołączył. Było coś kojącego w chłodnej trawie pod nim, kiedy tak leżał, wpatrując się w gałęzie i liście majestatycznego drzewa. Po kilku chwilach ciszy postanowił kuć żelazo, póki gorące.

– Czy obecnie jesteś kimś zainteresowana?

Ruby się zawahała.

– Seth Yoder mógłby ewentualnie zostać wzięty pod uwagę.

Nie znał Setha zbyt dobrze, ale z tego, co udało mu się zaobserwować, Yoderowie byli porządną rodziną. Niektóre kazania Freemonta stanowiły dla niego duchowe wyzwanie, co uważał za cechę dobrego kaznodziei.

– *Gut* wybór.

– Upiekłam dla niego ciasto – wyrzuciła z siebie Ruby.

– Smakowało mu?

Przeleciało nad nimi niewielkie stadko kosów.

– Nie wiem. Powiedziałam mu, że upiekłam je dla jego *familye*. A potem on niechcący uderzył mnie w nos drzwiami, zobaczyłam krew i zemdlałam. Zajęła się mną jego matka, a potem Freemont odwiózł mnie do domu. – Westchnęła. – Widzisz? Jestem chodzącą katastrofą.

Gdy wspomniała o nosie, zdał sobie sprawę, że nie zwrócił dzisiaj na niego uwagi. Sine zabarwienie zbladło, ale wciąż było widoczne. Christian był zaskoczony, że tego nie zauważył.

– Raczej ofiarą niefortunnych zdarzeń – poprawił ją, starając się dodać jej odwagi. – To nie była *yer* wina, że uderzył cię drzwiami.

– Jego też nie. To był przypadek. – Ruby odgoniła muchę. – Chociaż wcale nie czuję się przez to lepiej.

– Dlaczego nie powiedziałaś Sethowi, że upiekłaś ciasto dla niego?

– Ponieważ się denerwowałam. – Skrzywiła się, wbijając wzrok w liście. – I właśnie dlatego potrzebuję pomocy.

Christian rozmyślał nad tym przez kilka chwil.

– Powinnaś upiec mu jeszcze jedno – orzekł, uznając, że sam pomysł był dobry, a błędy wystąpiły jedynie podczas realizacji.

– Pewnie. Powinnam stanąć na jego progu z kolejnym ciastem. Wcale się nie zorientuje.

– Może w takim razie placek? Skoro umiesz upiec ciasto, to potrafisz też zrobić placek.

Ruby usiadła i spojrzała na niego z niedowierzaniem.

– Zaczynam mieć poważne wątpliwości co do *yer* męskiego punktu widzenia. Jesteś pewien, że potrafisz mi pomóc?

Christian pokiwał głową, nie odrywając oczu od gałęzi.

– Będę się usilnie starał.

Rozdział ósmy

Resztę popołudnia Christian spędził, rozmyślając o lekcji z Ruby. Pomimo jej niekonwencjonalnego podejścia czegoś jednak się nauczył. Po pierwsze, potrafił być sobą w towarzystwie kobiety, którą nie był zainteresowany, co dawało nadzieję, że uda mu się nauczyć, jak być sobą przy Marcie. Martha była urocza, ładna, miła i nie zachowywała się onieśmielająco. Pełen nowej wiary, postanowił, że weźmie udział w następnych śpiewaniach – kiedykolwiek się odbędą – po których zaproponuje Marcie, że odwiezie ją do domu.

Druga rzecz, której się dowiedział, była bardziej zaskakująca. Odkrył, że może pomóc Ruby w ten sam sposób, w jaki ona pomagała jemu. Postanowili kontynuować lekcje, umówili się na następną sobotę i Christian już opracowywał plan. W jaki sposób mógłby pomóc Ruby nawiązać kontakt z Sethem? Rozważał wszystkie fakty, zapisując je w tym samym notesie, który zabrał pod drzewo na pierwszą lekcję.

1. Ruby i Seth ledwo się znają.
2. Ruby ma niewielką nadzieję, że sytuacja obróci się na jej korzyść.

3. Plany Ruby zostały pokrzyżowane przez czkawkę i siatkowe drzwi.

Spojrzał na listę, po czym wykreślił drugi punkt. Pokładał w Ruby ogromne nadzieje, kiedy już uda się jej pokonać własne ograniczenia. Może mógłby zostać mediatorem między nimi, ale musiałby działać dyskretnie. Pójście prosto do Setha i poinformowanie go o zamiarach Ruby było wykluczone. Prawdopodobnie Christian powinien choć trochę Setha poznać. Co oznaczało, że musi wyciągnąć do niego przyjazną dłoń. Zwykle nie zajmował się takimi sprawami, ale w tym wypadku rezultat będzie tego wart.

Miał przynajmniej taką nadzieję. Cóż to byłby za pech, gdyby zadał sobie tyle trudu tylko po to, by Ruby i Seth odkryli, że wcale do siebie nie pasują – tak jak Ruby i on.

Następnego ranka poszedł na nabożeństwo zdecydowany, by porozmawiać z Sethem po mszy. Gospodarzami byli siostra Setha, Karen, z mężem Adamem, więc spodziewał się, że chłopak zostanie dłużej. Jednak gdy tylko wyszli ze stodoły Chuppów, nigdzie nie mógł go znaleźć. Zauważył za to Ruby. Stała niedaleko i rozmawiała z Marthą, odwróconą do niego plecami. Ruby przekrzywiła twarz w stronę swojej rozmówczyni, dając znak Christianowi, by do nich dołączył. Pokręcił głową. Na samą myśl o rozmowie z Marthą w otoczeniu tak wielu ludzi zrobiło mu się słabo. Nie miał ochoty na kolejne upokorzenia. Lepiej będzie podejść do niej innym razem.

Ruby przewróciła oczami i skupiła się z powrotem na Marcie. Christian postanowił darować sobie wspólny posiłek i wrócił do domu. Selah nie poszła z nim do kościoła, wymawiając się bólem głowy, ale zastanawiał się, czy mówiła prawdę.

Zrobił sobie kanapkę, a kiedy skończył jeść, postanowił złożyć wizytę Sethowi.

Pojechał do Yoderów i zapukał do drzwi. Otworzył mu Judah.

– Dzień dobry, *Her* Ropp – powiedział. Wyglądał najpierw na zaskoczonego, a potem na zaniepokojonego. – Czy zrobiłem coś złego?

Christian pokręcił głową.

– Nie. Przyjechałem zobaczyć się z twoim bratem, Sethem.

Chłopak odetchnął z ulgą.

– Przed chwilą poszedł na spacer. Pewnie znajdzie go pan nad stawem, obok pola Jalona.

– Czyli gdzie dokładnie?

– Niedaleko stąd. – Judah udzielił mu instrukcji, po czym dodał: – Może pan przejść przez nasze podwórko.

– Co oznacza, że będę musiał również przejść przez podwórko Jalona.

– *Ya*, ale on nie ma nic przeciwko. Wszyscy ciągle *geh* nad ten staw. Lubię w nim łowić ryby i jeździć na łyżwach.

– To musi być wyjątkowe miejsce.

Judah przytaknął.

– *Geh* z panem, ale… – Zwiesił głowę. – Nie wolno mi.

Christian był lekko zaciekawiony, czym Judah zasłużył sobie na ten zakaz, ale nie pytał, a i chłopiec nie spieszył z wyjaśnieniami.

– Do zobaczenia jutro – powiedział Christian.

– *Ya*. – Jego uczeń bynajmniej nie wydawał się podekscytowany tą perspektywą.

Odchodząc, Christian zastanawiał się, jak mógłby wzbudzić w chłopcach ze wspólnoty odrobinę więcej entuzjazmu do nauki. Niełatwe zadanie, to pewne, ale nie zamierzał się poddawać. Nie musieli uczyć się z takim zapałem, z jakim robił to on sam, ale pragnął, aby przynajmniej przestali odczuwać do szkoły odrazę.

Pogrążony w myślach, przeciął podwórko Yoderów, a potem działkę Jalona. Nikogo nie spotkał. Dotarł do kępy drzew, którą według słów Judaha należało minąć, by dojść nad staw.

W pewnym momencie zerwał się silny wiatr i Christian usłyszał łomot. Spojrzał w prawo i dostrzegł jakiś ruch. Znowu usłyszał łomot. Zaintrygowany ruszył do źródła dźwięku i zobaczył małą, doskonale ukrytą szopę.

Przy kolejnym podmuchu drzwi stanęły otworem. Z szopy wyszedł Seth i je złapał.

– Seth – zawołał Christian, idąc w jego stronę. – Judah powiedział, że jesteś nad stawem.

Seth otworzył szeroko oczy, wyraźnie zaskoczony wizytą. Wyglądał wręcz na zaszokowanego.

– Ja... yyy, wcześniej tam byłem. – Zatrzasnął drzwi i stanął przed nimi, jakby specjalnie blokował wejście.

Christian spojrzał na szopę, która wymagała kilku napraw. Judah nic o niej nie wspominał.

– Szukałeś mnie? – zapytał Seth.

– Tak. – Christian uznał, że to miejsce będzie równie dogodne do konwersacji jak każde inne. Wyjął z kiszeni notes i ołówek. – Zwrócono mi uwagę, że powinienem lepiej poznać członków wspólnoty.

Oszołomienie na twarzy Setha zastąpił kompletny brak zrozumienia.

– Co masz na myśli?

– Ty i ja należymy do tej samej grupy wiekowej. To całkiem logiczne, byśmy zostali przyjaciółmi. – Christian wycelował czubek ołówka w kartkę, gotów zapisać wszelkie istotne informacje, jakie mógłby potem przekazać Ruby. – Z zawodu jesteś farmerem. Czy oddajesz się również jakimś aktywnościom rekreacyjnym?

– Aktywnościom rekreacyjnym?

– Czy masz jakieś hobby? – Christian spojrzał na Setha i zauważył, że jego czarne spodnie pokryte są trocinami. Z kieszeni wystawała mu plastikowa żółta rączka, taka, jaką umieszcza się na końcu śrubokrętu.

Seth chyba zdał sobie sprawę, na co Christian patrzy, ponieważ szybko otrzepał spodnie i wcisnął rękę do kieszeni, zakrywając narzędzie.

– Nie mam czasu na hobby. Gospodarka to ciężka robota.

Christian zapisał w swoim notesie: „Brak hobby".

– A jakie są twoje ulubione potrawy?

Zdumienie Setha przerodziło się w czujność.

– O co chodzi z tym notesem?

– Z tym? – Może robienie notatek jednak nie było najlepszym pomysłem. Chris szybko ukrył notes i ołówek za plecami. – Nic takiego. Ja tylko... yyy... spisywałem listę zakupów.

– W środku rozmowy?

– Nie chciałbym zapomnieć o mleku. – Skrzywił się. Szło mu prawie tak źle jak podczas prób rozmowy z Marthą. Jak niekompetentny musiał być, skoro nie potrafił odbyć normalnej konwersacji z Sethem? – Zostawiłeś trochę wiórów – zauważył, próbując skierować rozmowę na bezpieczne tory. Wskazał na kolano Setha. – Tam.

Seth je strzepnął, po czym popatrzył na Christiana.

– *Danki* – powiedział cierpko. – Coś jeszcze?

Christian kołysał się na piętach, nie wiedząc, co powiedzieć. Podejrzewał, że Seth jest nim poirytowany.

– Nie? – rzucił Seth. – W takim razie jeśli skończyłeś swój wywiad, pójdę do domu.

Christian pokiwał głową, a gdy Seth go wyminął, zerknął na szopę, zaciekawiony, co może być w środku. Ciekawość jednak zniknęła, gdy tylko zdał sobie sprawę, że nie dość, że nie udało mu się zdobyć dla Ruby żadnych istotnych informacji, to jeszcze mógł się wydać Sethowi nieco osobliwy. No cóż.

Wzruszył ramionami i poszedł w stronę domu. Nie po raz pierwszy zostałby uznany za ekscentryka. Poza tym nie widział powodu, aby w ogóle wspominać Ruby o tej wizycie. I miał nadzieję, że Seth również tego nie zrobi.

Zbliżając się do domu, Selah przykryła latarkę dłonią, żeby stłumić światło. Minęła północ i wszystkie okna były ciemne. Wiedziała, że Christian już dawno położył się do łóżka. Czy przedtem do niej zajrzał? Nie, ponieważ gdyby to zrobił, odkryłby, że jej nie ma. Światła wciąż by się paliły, a on by na nią czekał. Oczywiście nie dlatego, że się o nią martwił, tylko z poczucia obowiązku. Tego akurat jej bratu nie brakowało.

Poczuła jednocześnie ulgę i rozczarowanie. Po raz kolejny udało jej się wymknąć niepostrzeżenie, ale w głębi duszy pragnęła, aby brat troszczył się o nią na tyle, by sprawdzać, czy wszystko u niej w porządku. Rano powiedziała mu, że boli ją głowa i nie może pójść do kościoła. Przyjął tę wymówkę ze swoją zwykłą, obojętną miną.

Jak zawsze jej uczucia nie miały sensu. Nic w jej życiu nie miało sensu. Zdjęła siatkę z piwnicznego okna i wkradła się do domu. Zamontowała siatkę z powrotem i zamknęła okno, po czym zdjęła buty i poszła na górę. Nie musiała się skradać, Christian miał mocny sen.

Weszła do swojego pokoju i zapaliła stojącą przy łóżku lampkę na baterie. Zrzuciła dżinsy i bluzę i włożyła koszulę nocną. Nie zadała sobie trudu, by związać włosy, które przez cały dzień nosiła rozpuszczone. Nie miała też ochoty zmywać makijażu, nałożonego przed wyjściem z domu. Upchnęła angielskie ubrania do walizki leżącej na dnie szafy i położyła się do łóżka.

Zdawała sobie sprawę, że dłużej już nie da rady tak żyć – w rozkroku między dwoma światami, z poczuciem, że tak naprawdę nie należy do żadnego z nich. Będzie musiała podjąć decyzję. I będzie musiała zrobić to wkrótce.

Rozdział dziewiąty

Następnego ranka Christian poszedł do szkoły na piechotę. Przestał myśleć o Ruby, Secie i Marcie i skupił się na nauczaniu. Zawsze przychodził o wiele wcześniej od uczniów, dzisiejszy dzień nie stanowił w tym względzie wyjątku. Godzinę po jego przyjściu rozpoczęły się lekcje.

Rozdał uczniom poranne zadanie i zarządził krótką powtórkę wiadomości, by wprowadzić ich w szkolny tryb. Ponieważ klasa składała się właściwie z samych chłopców, zdawał sobie sprawę, że musi przykuć i utrzymać ich uwagę, zwłaszcza po weekendzie.

Gdy uczniowie pracowali, przejrzał swój harmonogram. W zeszłym tygodniu zapisał, że musi uzyskać od Malachiego informację zwrotną na temat udoskonalonych prac domowych. Teraz nadeszła odpowiednia chwila, by poruszyć ten temat.

– Malachi – powiedział, podnosząc wzrok – podejdź tu, proszę.

Malachi nie poderwał się z krzesła od razu, jak robił zwykle. Ani drgnął. Strzelał tylko oczami na boki. W końcu wysunął się zza ławki.

Christian zmarszczył brwi, gdy ze spuszczoną głową chłopiec powoli sunął na przód klasy. Coś było nie tak z jego chodem. Gdy przyjrzał się uważnie, dostrzegł, że uczeń pochyla się w bok. Jedna kieszeń jego spodni była bardziej wypchana niż druga, a na granatowym materiale odbijały się jakieś kuliste przedmioty. Do tego każdemu ruchowi jego nóg towarzyszyło dziwne brzęczenie. Dźwięk był na tyle głośny, że zwrócił uwagę innych uczniów.

Splótł palce i położył dłonie na okładce podręcznika dla nauczycieli matematyki szóstej klasy.

– Malachi.

Chłopiec zerknął na niego niepewnie.

– *Ya*?

– Przypuszczam, że coś znajduje się w twojej kieszeni. Czy mam rację?

Malachi już chciał pokręcić głową, ale ostatecznie nią skinął.

– *Ya*. Znajduje się.

– Wyjaśnij to, proszę.

Uczeń spojrzał na Christiana z poczuciem winy.

– W *mei* kieszeni mam kulki. Ale obiecuję, że aż do przerwy nie będę się nimi bawił. Podwójnie obiecuję. Po prostu musiałem je gdzieś schować do tego czasu.

Christian był w stanie zrozumieć umiłowanie Malachiego do gry w kulki. Jednak chłopiec naruszył regulamin szkoły.

– Jakie są zasady dotyczące przynoszenia przedmiotów z domu?

– Najpierw muszę otrzymać pozwolenie od nauczyciela.

– Czy otrzymałeś takie pozwolenie?

Malachi pokręcił głową.

– *Nee*.

Christian wyciągnął dłoń.

– Daj mi je. Odzyskasz je po skończonych lekcjach.

Malachi wsunął rękę do kieszeni i wyciągnął kilka kolorowych kulek, które następnie podał nauczycielowi.

Christian otworzył szufladę biurka i schował kulki do środka. Stoczyły się po opakowaniu ołówków numer dwa.

– Teraz możesz wrócić na swoje miejsce. – Nie chciał dłużej rozpraszać uwagi pozostałych uczniów. Postanowił, że później przedyskutuje z Malachim kwestię pracy domowej. W tej chwili musiał zadbać, by uczniowie wrócili do swoich zadań.

– To nie wszystko. – Malachi wsunął rękę głębiej, wyciągnął drugą garść kulek, podał je Christianowi, po czym znowu zanurzył dłoń w kieszeni. – Mam jeszcze kilka.

Ile kulek jeden chłopiec może upchnąć w kieszeni? Najwidoczniej całkiem sporo. Christian wyciągnął dłoń po ostatnie kulki.

Kiedy Malachi mu je podawał, wymknęły się z jego garści i potoczyły po biurku. Kilkoro uczniów parsknęło, gdy zaczęły sypać się na podłogę. Emma Miller, o rok młodsza od Malachiego kuzynka Marthy, wstała i zaczęła pomagać chłopcu je zbierać.

Jedna z kulek przetoczyła się obok Nelsona Bontragera, który pochylił się i pstryknął ją w stronę Judaha Yodera. Z kolei Judah posłał ją do Jessego Bontragera, który złapał kulkę w dłoń.

– Wystarczy – powiedział Christian na tyle głośno, by zwrócić ich uwagę. – Jesse, poproszę kulkę.

Jesse wstał i podał mu kulkę.

– Skupcie się, proszę, wszyscy na zadaniu. – Nauczyciel posłał uczniom surowe spojrzenie. Poczuł satysfakcję, gdy natychmiast go posłuchali.

Malachi i Emma podali mu kulki.

– Przepraszam – wymamrotał Malachi cicho, gdy Emma wróciła na swoje miejsce.

Christian wrzucił kulki do szuflady.

– Następnym razem trzymaj je w pojemniku. Chociaż następnego razu nie będzie.

– Tak zrobię.

– Wróć na swoje miejsce.

Malachi odwrócił się i przeszedł kilka kroków, ale po chwili zawrócił do biurka Christiana. Jeszcze raz przeszukał kieszeń i wydobył z niej dwie kolejne kulki.

– Jesteś pewien, że to już wszystkie? – Nauczyciel powoli tracił cierpliwość. Wziął kulki i wstał.

– *Ya*. To wszystkie. – Kiedy Malachi wracał na swoje miejsce, Christian usłyszał jeszcze kilka chichotów i szeptów.

Położył szklane kulki na biurku, postanawiając, że później je schowa. Na kulki Malachiego zmarnowali cenny czas przeznaczony na edukację.

– Emma, Perry i Jesse – powiedział, idąc w kierunku stołu do czytania. – Zapraszam was na przód. I weźcie książki do matematyki.

Reszta poranka przebiegła gładko, podobnie jak przerwa na lunch, i epizod z kulkami poszedł w niepamięć. Christian wyprowadził uczniów na długą pauzę, idąc za Judahem, który wychodził z klasy ostatni.

Zamykał drzwi szkoły, kiedy jego pięta wylądowała na czymś twardym i śliskim. Prawa stopa mu się wymknęła, a druga zawadziła o próg. Zanim się zorientował, co się dzieje, spadł z trzech stopni i wylądował na małym kawałku betonu u podnóża schodów.

– *Herr* Ropp, nic panu nie jest? – Judah pochylił się nad nim.

Christian potrząsnął głową, próbując zebrać myśli. Jego prawa kostka była wykręcona pod nienaturalnym kątem pod lewą nogą.

– Nic mi nie jest – odrzekł, odsuwając chłopca. Co za niefortunny początek długiej przerwy. Jednak kiedy wyciągał prawą nogę spod lewej, jego kostkę przeszył ostry ból. Wzdrygnął się, starając się nie krzyknąć.

– Dlaczego pan nie wstaje, *Herr* Ropp? – zapytał Jesse, stając obok Judaha.

– Judah... – wysapał Christian przez zaciśnięte zęby. – Wyprowadź uczniów na plac zabaw.

Judah podniósł wzrok.

– Za późno. Pewnie już widzieli, co się stało.

Christian obrócił głowę i zobaczył, że pędzi ku niemu stadko dzieci. Wyciągnął rękę do Judaha.

– Pomóż mi wstać.

Z pomocą Nelsona Judah podniósł go na nogi, podczas gdy dookoła zebrali się już pozostali uczniowie. Christian chwycił się barierki i spróbował stanąć na prawej stopie. Przeszyła go kolejna fala bólu tak silnego, że aż ogarnęły go mdłości.

– Chyba przewrócił się na jednej z kulek Malachiego – orzekł Nelson.

– Myślałem, że wszystkie zebraliśmy. – Malachi był wyraźnie zmartwiony i zdenerwowany.

– Złamał pan nogę? – zapytała Emma, obserwując Christiana swoimi okrągłymi zielonymi oczami.

Pokręcił głową, chociaż wcale nie był tego pewien. Nigdy w życiu nie złamał żadnej kości, ale nie potrafił sobie wyobrazić, z jakiego innego powodu mógłby odczuwać tak intensywny, pulsujący ból. Jednak musiał trzymać fason, dla dobra uczniów. Odwrócił się i spróbował wejść na pierwszy schodek. Ale gdy tylko przeniósł ciężar na prawą stopę, wydał z siebie zduszony okrzyk.

– Tak, złamał. – Jesse spojrzał na nauczyciela. – Chce pan, żebym *geh* po pomoc?

Christian nie mógł zrozumieć, jak poślizgnięcie się na kulce i upadek z trzech stopni mogły spowodować tak poważne obrażenia.

– *Nee*…

Jednak Emma, która mieszkała obok szkoły, już pobiegła do domu. Christian stał, trzymając się barierki, a dzieci tłoczyły się wokół niego. W większości wyglądały na zatroskane, choć kilku starszych chłopców sprawiało wrażenie lekko rozbawionych. Malachi stał z boku, przygryzając wargę.

Emma błyskawicznie wróciła z matką i ojcem.

– Zaprowadzimy cię do środka. – Hezekiah Miller złapał Christiana pod ramię, a Judah podtrzymywał go z drugiej strony. Christian nie miał innego wyboru, jak pozwolić sobie pomóc, w pełni świadomy, że jego uczniowie obserwują rozwój sytuacji z niesłabnącą uwagą.

Matka Emmy, Amanda, zagoniła dzieci do klasy, a Hezekiah i Judah posadzili Christiana na najbliższym krześle.

– W ogóle nie możesz stanąć na tej nodze? – zapytał Hezekiah.

Christian pokręcił głową i podciągnął nogawkę. Kostka już spuchła i bez względu na pozycję pulsowała bólem. Zacisnął powieki.

– Judah – Hezekiah zwrócił się do chłopca – podaj drugie krzesło, żeby mógł unieść tę stopę.

Po chwili Judah wrócił z dziecięcym krzesełkiem, na którym Christian położył nogę. Nie uśmierzyło to bólu, ale poczuł lekką ulgę. Zerknął na klasę i zobaczył, że wszystkie dzieci siedzą w ciszy na swoich miejscach i przyglądają mu się z troską. Chociaż kręciło mu się w głowie, potrafił docenić, że tak grzecznie się zachowują.

– Myślę, że powinien obejrzeć cię lekarz – powiedział Hezekiah. – Mogłeś ją skręcić albo nawet złamać.

– Uczniowie…

– Uczniowie idą do domu. – Rosły mężczyzna z gęstą brodą sięgającą do piersi posłał Christianowi spojrzenie, które nie pozostawiało miejsca na sprzeciw. Następnie podszedł do Amandy, która stała z przodu klasy i obserwowała uczniów czujnie, jakby sprawdzała, czy którykolwiek waży się ruszyć z miejsca. Porozmawiał z nią przez chwilę, po czym wrócił do Christiana. – Amanda się ze mną zgadza. Wezwę taksówkę i pojadę z tobą na pogotowie.

Christian wiedział, że Hezekiah robi w domu zegarki i lornetki i że taka wyprawa zakłóci mu dzień pracy.

– Mogę *geh* sam... – zaczął, ale gdy zobaczył minę Hezekiaha, opadł na krzesło. – *Danki*.

Hezekiah wezwał taksówkę przez szkolny telefon komórkowy, który Christian dostał na wypadek sytuacji awaryjnych, a Amanda pożegnała uczniów. Christian patrzył bezradnie, jak mijają go w drodze do wyjścia, wszyscy bez wyjątku posyłając mu zaniepokojone spojrzenia, nawet ci, którzy na początku uważali jego upadek za zabawny. Malachi wyszedł ostatni. Popatrzył na Christiana żałośnie, po czym zniknął za drzwiami.

– Zaraz wrócę – powiedziała Amanda, wychodząc za dziećmi. – Chcę się upewnić, że pójdą prosto do domów.

Christian pokiwał głową. Nagle zaczął go boleć bok. Chociaż to było nic w porównaniu z bólem kostki. Czubkami palców rozmasował czoło. Jak ze złamaną kostką miał opanować gromadę aktywnych dzieci? A wszystko przez jedną małą kulkę...

W poniedziałek po kolacji Ruby znów zabrała się do planowania tygodnia. Odkryła, że rozpisywanie zajęć jest przydatne, i z entuzjazmem zapisała w kwadraciku oznakowanym „sobota": „Lekcja nr 2, Chris". Pod „niedziela" dodała: „nie ma kościoła", po czym cofnęła się do reszty tygodnia. Rubryczki były puste, nie miała innych zajęć poza pomaganiem Patience przy synkach i w innych obowiązkach domowych. Ponieważ opcja pracy położnej została wykluczona, a jej brat nadal uparcie nie pozwalał jej pomagać w gospodarstwie, Ruby musiała poszukać sobie zajęcia gdzie indziej.

Może w tym tygodniu znów pojechałaby do Barton. Znalezienie tam pracy nie byłoby złym rozwiązaniem, chociaż połowę jej pensji pochłonęłyby dojazdy taksówką do pracy i z powrotem. Barton było sympatycznym niewielkim miasteczkiem i znajdowała się w nim pasmanteria, do której Ruby chciała zajrzeć. Sama niewiele szyła, ale lubiła patrzeć na kolorowe włóczki, wstążki i przybory krawieckie. A gdy już będzie w mieście, będzie mogła popytać o jakąś posadę. W rubryce „środa" wpisała: „Barton".

Timothy przeszedł przez kuchnię do sieni; usłyszała, jak wkłada buty. Wstała i złapała go akurat w chwili, gdy otwierał kuchenne drzwi.

– Myślałam, że skończyłeś na dzisiaj pracę – powiedziała.

– Skończyłem. U Freemonta zwołano awaryjne zebranie rady szkolnej. Przed chwilą odebrałem telefon.

– Awaryjne? – Poczuła strach na myśl o Chrisie. – Czy coś się stało ze szkołą?

– Szkoła ma się świetnie. – Timothy zamknął za sobą drzwi i kontynuował rozmowę przez siatkę: – Gorzej z nauczycielem. Wkrótce i tak wieść się rozniesie. Skręcił kostkę. Naprawdę poważnie, z tego, co mówił Freemont.

Ruby wzięła głęboki oddech.

– Jak on to zrobił?

– Nie wiem. Jestem pewien, że na zebraniu poznam więcej szczegółów.

– Czy mogę iść z tobą? – Nie da rady tak siedzieć i czekać na wiadomości o Chrisie. – Może mogłabym w czymś pomóc.

– Jak? Nie jesteś członkiem rady ani pracownikiem szkoły.

Ruby nie mogła się przyznać, że aż tak martwi się o Chrisa. Natężenie lęku zaskoczyło ją samą, ale nie potrafiła myśleć spokojnie o tym, że on cierpi.

– Obiecuję, nie narobię żadnych kłopotów. Będę siedziała w kącie cicho jak myszka. Nawet nie zauważysz, że tam jestem.

– Wątpię w to.

– Timothy, to nie było zbyt uprzejme. – Skrzywiła się. – Może masz trochę racji, ale wciąż to nie było zbyt miłe.

Timothy podrapał się po karku.

– Masz rację, przepraszam. Jestem pewien, że nikt nie będzie miał nic przeciwko temu, żebyś podczas zebrania posiedziała z Mary.

Wspomnienie imienia Mary przywiodło Ruby na myśl Setha. Nie dodała dwóch do dwóch i nie zorientowała się, że zebranie odbywa się w jego domu. Powinna zacząć myśleć, jak porozmawiać z nim, jednocześnie go nie strasząc, ale z jakiegoś powodu nie mogła przestać martwić się o Chrisa. Później pomyśli o Secie.

Po krótkiej jeździe do Yoderów Ruby dołączyła do Mary w kuchni. Stanęła tak blisko drzwi prowadzących do salonu, jak to tylko było możliwe, pozostając jednocześnie poza zasięgiem wzroku członków rady. Starała się podsłuchać, o czym mówili, ale głosy mężczyzn zlewały się w niskie dudnienie i nie mogła rozróżnić słów.

– Nic z tego. – Mary wzięła jabłko ze stojącego na stole kosza i zaczęła je obierać. – Niejeden już próbował podsłuchiwać z kuchni rozmowy prowadzone w salonie. To za daleko, żeby coś usłyszeć, a jeśli podejdziesz bliżej, ryzykujesz, że ktoś cię przyłapie. Myślę, że Freemont specjalnie to tak zaplanował, kiedy budował ten dom. Nie żebym kiedykolwiek podsłuchiwała – dodała, chichocząc.

Twarz Ruby zapłonęła.

– Nie powinnam podsłuchiwać. – Usiadła przy stole, chcąc się na coś przydać. Później dowie się, co z Christianem. – Czy mogę ci pomóc z jabłkami?

– Oczywiście. – Mary wyjęła z szuflady drugi nóż, podała go Ruby i znów usiadła. – Cieszę się, że *yer* nos wygląda lepiej.

Ruby dotknęła jego czubka. Już nie bolał, siniak też prawie zniknął.

– Jeszcze raz *danki*, że się mną zajęłaś.

– *Nee* ma sprawy. A tak przy okazji, Seth czuł się z tego powodu okropnie. Szkoda, że go nie ma. Poszedł razem z Irą do Bontragerów. Wiem, że chce cię przeprosić. Nie zrobił tego tamtego wieczoru. Chyba obawiał się, że jego widok cię zdenerwuje.

– Nie ma takiej potrzeby. – Ruby wzięła jabłko i spojrzała w stronę salonu. Tak bardzo chciałaby wiedzieć, czy z Chrisem wszystko w porządku.

– Wydajesz się niezwykle zainteresowana zebraniem rady. – Mary układała plasterki obranego jabłka w stojącej przed nią dużej plastikowej misce.

Ruby wzruszyła ramionami, mając nadzieję, że wygląda nonszalancko.

– Nigdy na żadnym nie byłam. – Kiepska wymówka, ale przecież nie mogła zapytać wprost o zdrowie Chrisa.

Od razu wzbudziłaby podejrzenia. Oczywiście nie istniał żaden powód do podejrzeń. Byli przyjaciółmi i martwiła się o niego jak o przyjaciela.

– Zwykle trwa to krótko, odkąd rozbudowali szkołę i zatrudnili Chrisa. Chociaż ostatnie zebranie ciągnęło się nieco dłużej, ponieważ dyskutowali o Drugim Etapie.

– Drugim Etapie?

– Kolejna rozbudowa *schoolhaus*. Albo może budowa drugiego, gdzie indziej. Jeszcze nie zdecydowali. Nie muszą się spieszyć. Chris doskonale sobie radzi. – Mary potrząsnęła głową. – Trudno uwierzyć, że tak poważnie skręcił sobie kostkę, stając na kulce do gry.

A zatem o to chodzi. Ruby nigdy nie podejrzewałaby, że Chris trzymał w szkole kulki lub jakiekolwiek inne zabawki. Traktował naukę bardzo poważnie i – jak przypuszczała – jego uczniowie również.

– Jak on będzie uczył o kulach?

– Nie będzie. Właśnie po to jest to zebranie. Muszą przedyskutować zatrudnienie zastępcy.

Ruby wbiła nóż pod czerwoną skórkę jabłka.

– Na jak długo będzie potrzebne zastępstwo?

– Tydzień, może dwa. Skręcenie goi się szybciej niż złamanie, ale czasami potrafi być bardziej bolesne.

– To prawda. – Wiedziała o tym z własnego doświadczenia. Kiedy pierwszy raz jeździła na rolkach, skręciła nadgarstek. Chwyciła się barierki, jej ręka uciekła w jedną stronę, a stopy w drugą. Nadgarstek strasznie ją bolał przez kilka dni, ale potem szybko wrócił do formy.

Wrzuciła skórkę od jabłka do mniejszej miski.

– Mają już jakichś kandydatów?

Mary wzruszyła ramionami.

– Nie wiem, kto z naszej wspólnoty mógłby się tym zająć. Może Martha, ale ona pomaga w sklepie *onkel* Hezekiaha. Może Selah?

Z jakiegoś powodu Ruby nie potrafiła sobie wyobrazić Selah w klasie pełnej dzieci. Jednak potrafiła wyobrazić sobie kogoś innego na tym stanowisku. Odłożyła jabłko i spojrzała na Mary.

– Albo ja.

Mary przerwała obieranie.

– Byłabyś zainteresowana pracą nauczycielki?

– Zastępstwem – uściśliła Ruby. Ale gdy tylko to słowo wyfrunęło z jej ust, naszły ją wątpliwości. Nie sądziła, by była na tyle odpowiedzialna, aby uczyć dzieci przez cały rok. Ale może nadałaby się na krótki okres, o jakim wspomniała Mary. – To może być niezła zabawa.

– Nie jestem pewna, czy nazwałabym uczenie dzieci zabawą. – Mary popatrzyła na nią, po czym wstała od stołu. – Zaraz wracam.

Ruby zdążyła obrać dwa jabłka, gdy Mary wróciła.

– Członkowie rady chcą z tobą rozmawiać.

Nagle zwilgotniały jej dłonie.

– Dlaczego?

Mary wyszczerzyła zęby w uśmiechu.

– Chyba chcą przeprowadzić z tobą rozmowę o pracę.

– Rozmowę o pracę? – Po co mieliby to robić? Przecież zaproponowała tylko, że weźmie zastępstwo. Nie wiedziała, że musi przejść rozmowę kwalifikacyjną. Zawahała się. Może to jednak nie był dobry pomysł. Chociaż lubiła dzieci, a one potrzebowały nauczyciela. Odsunęła wątpliwości na bok, wytarła ręce w ścierkę i poszła do salonu.

Siedziało tam kilku mężczyzn. Większość rozpoznała, w tym, oczywiście, swojego brata Timothy'ego. Byli też biskup, Jalon Chupp i Thomas Bontrager. Dostrzegła przystojnego mężczyznę, który siedział obok Timothy'ego podczas ostatniej mszy. Zerknęła w kąt pokoju. W bujanym fotelu siedziała starsza kobieta i dziergała na szydełku coś, co przypominało szal. A może chustę. Ruby nie miała pojęcia.

– Ruby – powiedział Freemont, wstając. Wskazał na obecnych w pokoju. – Podejrzewam, że wszystkich już znasz.

– My się chyba nie spotkaliśmy. – Przystojny ciemnowłosy mężczyzna podniósł się i wyciągnął rękę. – Asa Bontrager. Miło cię poznać.

Szybko ucisnęła jego dłoń. Usiadł z powrotem, a Ruby, nie wiedząc, co zrobić z rękami, schowała je za plecami.

– Jestem Cevilla – przedstawiła się z uśmiechem staruszka. – Witaj na zebraniu rady.

– Mary powiedziała, że jesteś zainteresowana zastępstwem – zaczął Freemont, wracając na swoje miejsce.

– Cóż, ja, yyy… – Gdzie się podziały wszystkie słowa? Ze strachu poczuła ucisk w piersi. Proszę, tylko nie dostań czkawki. Nagle sobie przypomniała, że tu nie chodzi o nią. Chodzi o uczniów… i Chrisa. – Pomyślałam, że to może być zabawne.

– Zabawne? – Jalon uniósł brew.

Ruby zobaczyła, jak jej brat kryje twarz w dłoniach. To chyba nie była właściwa odpowiedź.

– Edukacyjnie zabawne, oczywiście – sprostowała. – Głęboko wierzę, że dzieci muszą się uczyć, ale ta nauka powinna być interesująca i stymulująca.

– Być zabawą. – Cevilla pokiwała głową i spojrzała na Ruby z aprobatą. – Niezły pomysł.

– Czy kiedykolwiek uczyłaś w szkole? – zapytał Asa.

– *Nee*. Ale mam duże doświadczenie z *kinner*. Opiekowałam się nimi, amiskimi i angielskimi, odkąd skończyłam dwanaście lat. Mogę dostarczyć referencje, jeśli są potrzebne. Na przykład od Timothy'ego.

Timothy wyglądał na trochę spokojniejszego.

– *Gut* sobie radzi z *kinner* – potwierdził.

– To tylko na kilka dni – powiedział Jalon. – Najwyżej tydzień. Gdybyś przyjęła tę posadę, nie musielibyśmy na tak długo zamykać szkoły.

Asa i Freemont pokiwali głowami.

– Mogłaby skonsultować się z Chrisem w sprawie planów lekcji – zauważył Asa, patrząc na Jalona.

To był dobry pomysł.

– Mogę to zrobić – pisnęła Ruby, pełna nowych nadziei. – W końcu jesteśmy przyjaciółmi.

Wszyscy mężczyźni odwrócili się, by na nią spojrzeć, jakby próbowali zrozumieć, co dokładnie ma na myśli, mówiąc o przyjaźni. Cevilla tylko zachichotała.

– No dobrze, Ruby – odezwał się Freemont. – Jeżeli wszyscy się zgodzimy, masz tę pracę. – Popatrzył po pozostałych członkach rady. – Czy ktoś ma jakieś obiekcje?

Ruby wstrzymała oddech i spojrzała na brata. Czy Timothy się zgodzi? Czy będzie się bał, że spali szkołę?

– Z mojej strony żadnych – powiedział Timothy, uśmiechając się do niej krzepiąco.

Odwzajemniła się szerokim uśmiechem, wdzięczna za jego poparcie.

– W takim razie mamy nauczycielkę na zastępstwo. – Freemont też posłał jej jeden ze swoich rzadko widywanych uśmiechów. – Może zaczniesz pojutrze? Będziesz miała czas, żeby porozmawiać z Chrisem o zasadach i procedurach. Jestem pewien, że *kinner* nie będą miały nic przeciwko jeszcze jednemu dniowi wakacji.

Członkowie rady szkoły kontynuowali zebranie, a Ruby stała tam, nie mogąc przestać się uśmiechać. Pewnie wyglądała śmiesznie albo dziwnie, ale to nie było dla niej teraz ważne. Dostała pracę. A co najlepsze, będzie uczyła dzieci. W rodzinnych stronach nigdy nie zaoferowano by jej tak ważnej posady. Tam za dobrze ją znali. Ale w Birch Creek była inna. Odpowiedzialna. Dojrzała. I zrobi wszystko, co w jej mocy, aby dobrze wywiązać się ze swojego zadania. Zadba, żeby rada szkoły nie pożałowała, że ją zatrudniła.

Rozdział dziesiąty

Zatrudnili *ciebie*?

Ruby wsparła ręce na biodrach, patrząc spode łba na Chrisa. Zachodziła w głowę, dlaczego powiedziała członkom rady, że sama chętnie przekaże mu ich decyzję. Przecież i tak musiała z nim porozmawiać.

– A czemu jesteś taki zdziwiony?

Oparł się na kulach.

– Mówisz mi to jeszcze przed *kaffee*.

– Nie wiedziałam, że *kaffee* jest dla ciebie aż tak ważna.

– Jest, jeśli ktoś budzi mnie o świcie.

Och… Ruby przygryzła dolną wargę. Może powinna była poczekać, aż Chris zje śniadanie. Sama wstała ponad godzinę temu, nie mogąc się doczekać rozpoczęcia nowej pracy. W drodze powrotnej z domu Freemonta usta jej się nie zamykały, aż w końcu Timothy musiał jej nakazać, by zamilkła choć na chwilę. Ale powiedział to dobrodusznym tonem, a ona mu podziękowała, że oddał na nią głos. „Nie zawiodę cię”, obiecała. Pokiwał tylko głową, z czego Ruby wywnioskowała, że ma pewne zastrzeżenia. Nie winiła go, sama też je miała, ale zamierzała zadbać, żeby ta praca wyszła na dobre i jej, i uczniom.

– Chcę jak najszybciej zacząć – powiedziała z pełnym nadziei uśmiechem. Człowiek tak oddany swojej pracy jak Chris na pewno to zrozumie. – Jestem gotowa i melduję się po rozkazy.

Spojrzał na nią zamglonym wzrokiem. Włosy sterczały mu z jednej strony w jeszcze większym nieładzie niż podczas ich sobotniej lekcji. Był nieogolony. Miał na sobie koszulkę i dżinsy i w niczym nie przypominał zapiętego pod samą szyję, sztywnego, jakby kij połknął, nauczyciela. Stojąc tak blisko niego, zdała sobie sprawę, że ładnie pachnie – jak suszące się na sznurku świeże pranie.

– Wejdź – powiedział zmęczonym głosem. Odwrócił się i stukając kulami o podłogę, ruszył do kuchni. – Zaparzę *kaffee*.

Spojrzała na kule. Podpierając się na nich niepewnie, Chris sprawiał wrażenie zmęczonego.

– Pozwól, że ja to zrobię – zaproponowała.

Zerknął na nią przez ramię.

– Poradzę sobie – rzucił ostrym tonem.

– Świetnie – mruknęła, idąc za nim do kuchni.

Pokuśtykał do kuchenki i wziął kawiarkę. Kiedy oparł się na kulach, dzbanuszek zawisł mu na palcu i Chris, pokonując kilka kroków do zlewu, prawie stracił równowagę.

Ruby stanowczo wyjęła mu kawiarkę z ręki.

– Powinieneś usiąść – orzekła. – Nie chcesz pogorszyć swojego stanu.

Pokiwał głową i pokuśtykał do stołu. Ruby napełniła czajniczek wodą, a gdy obok zlewu dostrzegła pojemnik z kawą, wsypała trzy łyżki do metalowego koszyczka, który następnie umieściła w kawiarce. Stawiając ją na kuchence, zerknęła na Chrisa. Siedział zgarbiony na krześle, co nie było do niego podobne, z twarzą wykrzywioną z bólu. Włączyła palnik i podeszła do niego.

– Kostka pewnie bardzo boli?

Zaczął kręcić głową, ale nagle zrezygnował.

– Nie ma sensu kłamać – wymamrotał, przechodząc na angielski. – Rzeczywiście boli.

– Kazali ci trzymać nogę wyżej?

– Tak.

– To dlaczego tego nie robisz? – Przysunęła jedno z kuchennych krzeseł, uniosła nogę Chrisa i delikatnie ułożyła ją na siedzeniu. Potem cofnęła się o krok, oceniła swoje dzieło i orzekła: – Potrzebujesz poduszki.

– Ruby, tak jest dobrze…

– Zaraz wracam. – Poszła do salonu, ponieważ pamiętała, że na kanapie leżą dwie małe poduszki. Wzięła jedną, wróciła do kuchni, delikatnie uniosła chorą nogę Chrisa i wsunęła poduszkę pod kostkę. – Lepiej?

– Tak. – Odchylił się na krześle i zamknął oczy.

Rozejrzała się po kuchni, zastanawiając się, co powinna teraz zrobić. Może i było wcześnie, ale zbliżała się pora śniadania.

– Gdzie jest Selah?

– Pewnie jeszcze śpi. – Otworzył jedno oko. – Wczoraj po południu zasnąłem, jak tylko wróciłem z ostrego dyżuru. Od tamtej pory jej nie widziałem.

– Czy powinnam ją obudzić?

Pokręcił głową, znów zamykając oko.

– Niech śpi.

– To kto ci zrobi śniadanie?

– Tak naprawdę nie jestem głodny. – Skrzyżował ramiona na piersi. – Pewnie później zrobię sobie kanapkę z masłem orzechowym.

– To nie wystarczy. Musisz odzyskać siły.

Podeszła do niego, a on, jakby to wyczuł, otworzył oczy. Okazały się całkiem ładne, gdy tak patrzyła w nie z bliska. Wiedziała, że są błękitne, ale teraz dostrzegła, że wokół tęczówek mają cieniutką otoczkę bladej zieleni, tak delikatną, że wcześniej jej nie zauważyła. Dosyć niezwykłe... jak cały on.

– Zrobię ci coś do jedzenia.

– Ruby...

– Wyobraź sobie, że potrafię gotować. No dobrze, gdzie jest spiżarnia?

– Podejrzewam, że moje protesty na nic się zdadzą?

– Słusznie podejrzewasz.

Uniósł rękę i wskazał na wysoką szafkę w kącie.

– Tam. Ponieważ mieszkamy z Selah sami, nie ma w niej zbyt wiele.

Ruby podeszła do szafki i otworzyła drzwi. Miał rację – spiżarnia była właściwie pusta. Znalazła bochenek chleba i masło orzechowe, ale on potrzebował czegoś konkretniejszego.

– Masz jajka?

Wskazał na małą lodówkę w drugim kącie kuchni.

– Może tam też być trochę szynki.

Ruby znalazła to, czego potrzebowała, i już po chwili kanapki z szynką, jajkiem i serem były gotowe. Usiadła, zamknęła oczy i zmówiła modlitwę przed posiłkiem. Gdy uniosła powieki, zobaczyła, że Chris się w nią wpatruje.

– No co? – zapytała, biorąc kanapkę i krojąc ją na pół.

– Ja... nie spodziewałem się tego wszystkiego.

– To tylko skromne śniadanie. Z naciskiem na „skromne".

– Jest wystarczające. – Popijał kawę, sprawiając wrażenie nieco bardziej rozbudzonego. – Bardziej niż wystarczające.

Ruby uśmiechnęła się w odpowiedzi. Przyglądała mu się, kiedy jedli. Teraz, gdy trochę się pozbierał, siedział prościej, przynajmniej na ile mógł, biorąc pod uwagę, że jedną nogę cały czas opierał na krześle. Przekroił swoją kanapkę na dwa trójkąty i odgryzał małe równe kęsy. Nie była zaskoczona, widząc, że nawet je precyzyjnie.

Kiedy wypił kolejny łyk kawy, nie wytrzymała.

– Nie wyglądasz na Chrisa.

Uniósł brew i odstawił kubek na stół.

– Przepraszam?

– Kiedy pierwszy raz się spotkałyśmy, Selah mówiła o tobie „Christian". Czy tak brzmi *yer* imię?

– Tak. – Odsunął talerz z na wpół dojedzoną kanapką.

– Coś nie tak z jedzeniem? – Nie była tak doskonałą kucharką jak jej matka czy Patience, ale gotowała przyzwoicie. Poza tym nawet ona nie potrafiłaby zepsuć kanapki.

Chris potrząsnął głową.

– Wszystko w porządku. Jak już wspomniałem, nie jestem bardzo głodny.

– Wciąż cię boli?

Kiedy skinął lekko głową, wstała od stołu, żeby obejrzeć jego kostkę. Był boso, podwinął nogawkę spodni. Na piętę miał założony usztywniacz, który nie wyglądał na zbyt wygodny.

– Przepraszam. Nie powinnam była tak wcześnie przychodzić.

Wskazał ręką, by usiadła.

– Nic się nie stało. Doceniam twój entuzjazm w stosunku do nowej pracy. Nie wiedziałem, że chcą ją zaproponować właśnie tobie.

– Właściwie to nie zaproponowali. – Wyprostowała ramiona. – Sama się zgłosiłam.

W jego oczach błysnęło zaskoczenie.

– Uczyłaś kiedyś w szkole?

Pokręciła głową.

– Ale wszystkiego zamierzam się nauczyć.

Uśmiechnął się półgębkiem, chociaż widziała, że cierpi.

Ruby pochyliła się nad nim z troską.

– Czy lekarz dał ci coś na ból?

– Tak, ale wolę nie zażywać medykamentów.

– Jak na mądrego *mann* podejmujesz bardzo niemądre decyzje.

Uśmiechnął się szerzej.

– Według ciebie kobiety nie lubią idealnych mężczyzn.

Zaczęła kiwać głową, ale znów straciła wątek, tym razem przez jego uśmiech. Chris naprawdę był atrakcyjny, czego nie zauważyła przy pierwszym spotkaniu. Doceniała też fakt, że nie kwestionował jej nauczycielskich umiejętności. Chociaż już miał okazję osobiście doświadczyć jej metod.

Po chwili w kuchni pojawiła się Selah, z długimi włosami w kompletnym nieładzie i w bluzie od dresu, narzuconej na koszulę nocną. Ruby nie sądziła, żeby ktoś mógł być bardziej rozczochrany niż Chris, ale Selah się to udało. Wyglądała, jakby stoczyła walkę z pościelą – i to pościel wygrała.

Nie patrząc ani na Ruby, ani na Chrisa, ziewnęła, wyjęła z szafki kubek, podeszła do kuchenki i nalała sobie kawy. Wypiła łyk, po czym odwróciła się i z zamkniętymi oczami oparła o blat. Gdy w końcu uniosła powieki, potoczyła wzrokiem po kuchni. Brwi podjechały jej do góry na widok Ruby.

– A ty co tu robisz? – zapytała, marszcząc czoło.

– Będzie zastępowała mnie w szkole, dopóki nie stanę na nogi. – Chris wskazał na swoją stopę na krześle. – W dokładnym tego słowa znaczeniu. Zaparzyła też kawę, którą właśnie pijesz.

– Och. – Selah wypiła kolejny łyk i znów ziewnęła.

– Została jeszcze jedna kanapka. – Ruby celowo zrobiła trzy, na wypadek gdyby siostra Chrisa chciała coś zjeść.

– Nie jestem głodna. – Selah dolała sobie kawy i wyszła. Po chwili na schodach rozległy się jej kroki.

Ruby wściekła poderwała się od stołu.

– Nawet nie zapytała, jak się czujesz. – Chwyciła swój pusty talerz.

– Żadne z nas nie jest skowronkiem, jakbyś nie zauważyła. Chociaż ja dokładam wszelkich starań, aby zawsze przyjść do szkoły dużo wcześniej niż moi uczniowie.

– To *nee* jest żadne usprawiedliwienie.

Chris westchnął.

– Selah jest... skomplikowana.

– Jest nieuprzejma. – Ruby wzięła jego talerz i zaniosła oba do zlewu. Przez chwilę szukała płynu do naczyń, a gdy

go znalazła, wycisnęła trochę do komory i odkręciła wodę.
– Powinna była wstać wcześniej i zrobić ci śniadanie.

– Wtedy nie spróbowałbym twoich przepysznych kanapek – odparł Chris.

Odwróciła się i spojrzała na niego, oszołomiona komplementem. Wiedziała, że ich mówienie nie przychodzi mu łatwo. Niezdarnie spróbował podnieść się z krzesła. Nie powinien robić tego sam. Podbiegła do niego, by mu pomóc.

– Proszę – powiedziała, podając mu kule. – I powoli. Chcesz, żebym z tobą poszła?

– Do łazienki? Absolutnie nie!

Roześmiała się, wywołując uśmiech także na jego twarzy. Czyli nie był aż tak sztywny, jak sądziła. Jej śmiech zamarł, kiedy popatrzyła na niego i ich spojrzenia się spotkały. Coś się w niej zadziało – ogarnęło ją ciepłe niejasne uczucie, od którego jej żołądek fiknął koziołka. To brzmiało okropnie, ale zrobiło jej się przyjemnie. Bardzo…

Do kuchni wróciła Selah.

– Co ty robisz? Chcesz zalać kuchnię?

Ruby odskoczyła od Chrisa, który poleciał na stół, aż jedna kula upadła na podłogę.

– Au! – jęknął.

Odwróciła się i zobaczyła, jak Selah zakręca kran.

Spieniona woda wypływała ze zlewu na podłogę.

– Przepraszam! – Och, znowu… Chociaż teraz było jeszcze gorzej, niż kiedy rozlała kawę, bo narobiła o wiele większego bałaganu. Ruby chwyciła leżącą na blacie ścierkę, ukucnęła i zaczęła wycierać wodę z podłogi.

– Następnym razem uważaj – warknęła Selah.

– Selah, wystarczy! – krzyknął Chris.

Ruby przerwała pracę i spojrzała na niego. Wyglądał na rozzłoszczonego. Naprawdę wściekłego.

– W tym *haus* Ruby jest gościem i tak masz ją traktować. – Chwycił mocno kule. – *Geh* się ubrać. Już dosyć zamarudziłaś dziś rano.

Zaskoczenie na twarzy Selah ustąpiło miejsca zawstydzeniu. Skinęła głową i natychmiast wyszła z kuchni.

Zwykle Ruby potrafiła szybko się otrząsnąć, kiedy ktoś ją uraził, ale tym razem nie mogła dojść do siebie. Nie tylko wstydziła się, że znowu narobiła bałaganu, ale było jej też przykro z powodu zachowania Selah. Nigdy wcześniej nikt tak jawnie nie okazywał jej niechęci. Ludzie bywali na nią źli, nawet jej przyjaciele. Lecz zawsze mieli ku temu dobry powód. Ogólnie była bardzo lubiana w swojej społeczności, nawet jeśli nie do końca ufano, że nie narobi bigosu. Jednak Selah, której wcale nie znała, zachowywała się tak, jakby nie mogła jej znieść.

– Ruby, nie bierz sobie jej zachowania do serca.

Wstała z podłogi i wyżęła ścierkę do zlewu.

– Nie biorę. – Kłamała, ale nie zamierzała przyznać, że jego siostra dopiekła jej do żywego.

– Pytałaś mnie wcześniej o moje imię – powiedział Chris.

Obróciła się, żeby na niego spojrzeć. Stał wsparty na kulach, wciąż było widać, że go boli. Jednak zmienił temat, a ona z radością mu na to pozwoliła.

– Już w siódmej klasie chciałem zostać nauczycielem. Uwielbiałem szkołę, uwielbiałem się uczyć i czytałem wszystko, co wpadło mi w ręce. Byłem zainteresowany każdym tematem, a gdy podrosłem, spodobała mi się idea dzielenia się wiedzą z dziećmi. Jednak takie zajęcie nie spotkało się z aprobatą moich rodziców.

Chociaż naczynia wciąż nie były umyte, Ruby podeszła do Chrisa i wysunęła dla niego krzesło. Usiadł, a ona zajęła miejsce naprzeciwko.

– Jak większość ojców mój również chciał, żebym przejął rodzinny interes.

– A czym on się zajmuje?

– Jest rzeźnikiem. Wyjątkowo utalentowanym. Pracował w zakładzie przetwórstwa mięsnego, ale pomagał też w oprawianiu zwierząt innym amiszom. – Chris odwrócił wzrok. – Kiedy pierwszy raz zobaczyłem go przy pracy, zwymiotowałem. Za drugim razem zemdlałem.

Kiwnęła głową ze współczuciem.

– Ja też tak reaguję na widok krwi.

– W końcu nauczyłem się opanowywać odruch wymiotny i udawało mi się przebrnąć przez zarzynanie bez torsji. Mój ojciec też się do tego przyczynił, nieustannie mi powtarzając, żebym „był mężczyzną". Twierdził, że tylko mali chłopcy „puszczają pawia". Chłopcy i kobiety.

– Wydaje się trochę okrutny.

Chris pokręcił głową.

– Nie jest okrutny. Po prostu szczerze wierzy w podział ról ze względu na płeć. Jest praca dla kobiet i jest praca dla mężczyzn. Zgadnij, do której kategorii według jego światopoglądu należy nauczanie.

– Ale to niesprawiedliwe. W niektórych amiskich szkołach uczą mężczyźni.

– Wiem. Podczas nauki i szkoleń poznałem kilku. To oni stali się dla mnie inspiracją. Ich praca przynosiła im radość i satysfakcję. Towarzyszyłem jednemu z nich i widziałem, jak radzi sobie ze swoją klasą. Od tamtej chwili wiedziałem, że Bóg chce, abym został nauczycielem. Niestety nie mogłem nim zostać we własnej wspólnocie.

– Przez *yer vatter*?

– Wiedziałem po prostu, że rada szkoły mnie nie zatrudni. Dla Ruby to nie miało sensu.

– Dlaczego nie?

– Ponieważ ojciec należał do rady. – Uśmiechnął się blado. – Nie pozwoliłem jednak, aby to mnie powstrzymało, i zacząłem szukać nowych możliwości. Przeglądałem ogłoszenia z innych okręgów i natrafiłem na anons z Birch Creek.

Ruby przekrzywiła głowę.

– To wszystko jest bardzo interesujące, Chris. Ale co ma wspólnego z *yer* imieniem?

Policzki lekko mu poczerwieniały, kiedy opowiadał, jak Freemont zapytał, czy może mówić mu „Chris".

– Chciałem wywrzeć dobre wrażenie na nim i reszcie rady i nie robić problemu z takiego drobiazgu jak imię, jakim chce zwracać się do mnie biskup. Dlatego wszyscy nazywają mnie „Chris". – Spojrzał na Ruby i dodał: – Wciąż się do tego nie przyzwyczaiłem.

– Wolałbyś, by mówiono do ciebie „Christian"? – zapytała.

Pokiwał głową.

– Wolałbym, abyś nikomu o tym nie mówiła. Przyzwyczaję się do Chrisa, a tłumaczenie ludziom całej historii jest trochę kłopotliwe.

– Ale nie mnie.

Popatrzył jej w oczy.

– Nie… tobie nie.

Jej żołądek znowu fiknął tego dziwnego koziołka. Chris powierzył jej sekret, i to taki, który uważał za żenujący. Ruby na pewno mogłaby go przebić w kwestii żenujących zdarzeń, ale to nie miało znaczenia. Liczył się tylko fakt, że ciężko mu było przyznać się do swojej tajemnicy, ale jej zaufał.

– Christian – powiedziała z uśmiechem. – Nie musisz się martwić. Nikomu nie zdradzę twojej tajemnicy. – Chciała zadać jeszcze jedno pytanie, ale się wahała, ponieważ bardzo jej się podobał ten krótki moment między nimi – o ile można to było tak nazwać. Jednak ciekawość zwyciężyła: – Dlaczego Selah z tobą mieszka?

Zmarszczył czoło.

– Często sam się nad tym zastanawiam. W wieczór przed moją wyprowadzką do Birch Creek zapytała mnie, czy mogłaby ze mną pojechać. Chociaż „błagała" byłoby bardziej precyzyjnym określeniem, ponieważ na początku się nie zgodziłem. Nie rozumiałem, dlaczego miałaby chcieć wyjechać z domu i zamieszkać we wspólnocie, w której nikogo nie znała. Nalegała, aż w końcu uległem. – Przerwał na chwilę. – Wciąż nie jestem pewien, co sprawiło, że pragnęła opuścić dom. Jesteśmy blisko pod względem wieku, ale pod żadnym innym. – Wbił wzrok w stół. – Nie wydaje się tutaj ani odrobinę szczęśliwsza, chociaż udało jej się zaprzyjaźnić z Marthą. – Gdy Ruby się skrzywiła, dodał: – Ale ona jest jedyną osobą, z którą Selah rozmawia. Co ma sens, jeśli wziąć pod uwagę, że Martha jest jedyną kobietą w jej grupie wiekowej poza tobą. Selah w ogóle trzyma się na uboczu.

Ruby pomyślała, że może to być u nich rodzinne. Oboje Roppowie się izolowali, co było niezwykłe wśród amiszów. Jedną z zalet dołączenia do Kościoła było utrzymywanie więzi społecznych. Z tego, co widziała, Chris trzymał się z dala od społeczności Birch Creek tak samo jak Selah.

– Powinniśmy zabrać się do planów lekcji – powiedział. – Mam w pokoju teczkę dla zastępcy, w której znajdziesz wszystkie informacje niezbędne do prowadzenia lekcji i zarządzania klasą. – Zerknął na swoją białą koszulkę. – Przebiorę się też w jakąś bardziej odpowiednią odzież.

Ruby prawie się roześmiała. Nie miała nic przeciwko koszulce i dżinsom, ale wiedziała, że jemu to przeszkadza.

– Czy *yer* pokój jest na górze? A łazienka? Potrzebujesz pomocy, żeby wejść po schodach? – zapytała.

– Nie. Kiedy się wprowadziliśmy, Selah nalegała, abym zajął dużą sypialnię na parterze, ponieważ ona lubi patrzeć na drzewa. Łazienka jest tuż obok. Poradzę sobie.

– Dokończę zmywanie.

Wstał z krzesła, tym razem bez pomocy. Spodziewała się, że rzuci jakąś uwagę, żeby znowu nie zalała kuchni, ale on po prostu wyszedł.

Właśnie to jej się w nim podobało. Nie był zbyt taktowny, ale też nie uciekał się do sarkazmu. Doceniała również jego szczerość. Chris – a właściwie Christian, co naprawdę lepiej do niego pasowało – był po prostu miłym człowiekiem.

Woda w zlewie zdążyła wystygnąć, więc Ruby wyciągnęła korek i napełniła komorę od nowa, tym razem do połowy.

Umyła naczynia po śniadaniu i właśnie zaczęła je wycierać, kiedy Christian przykuśtykał z powrotem do kuchni. W dłoni ściskał jaskrawoczerwoną teczkę.

– Prawie skończyłam – powiedziała. – Chcesz jeszcze *kaffee*?

Pokręcił głową i usiadł. Wyglądał na zmęczonego. Wykończonego. Ruby szybko wytarła naczynia i blaty, po czym usiadła obok niego.

Przez następną godzinę studiowali nazwiska uczniów i ich potrzeby, zasady i procedury obowiązujące w klasie, postępowanie w razie wypadku i zadania domowe na następne cztery dni.

– Nigdy nie sądziłem, że będę nieobecny dłużej – wyjaśnił. – W ogóle nie sądziłem, że będę miał przerwę w pracy.

Spojrzała na dokumenty. Wszystko zostało spisane schludnie i logicznie. Christian przykleił nawet we wnętrzu teczki małą kieszonkę, w której schował klucz do budynku szkoły. Tak starannie przygotowane materiały dodały jej pewności siebie.

– Nie martw się. *Yer* uczniowie są w dobrych rękach – zapewniła go.

Spojrzał na nią bez przekonania. Mogłaby poczuć się urażona, ale wiedziała, że w krótkim czasie, jaki się znali, zdarzyło jej się już kilka wypadków. Mimo wszystko jeśli chodziło o dzieci, czuła się pewnie.

– Możesz mi zaufać – powiedziała. – Wszystko będzie dobrze.

Po chwili wahania pokiwał głową.

– A teraz może *geh* się położyć? A jeszcze lepiej by było, gdybyś wziął te leki przeciwbólowe. Lekarz nie przepisał ci ich bez powodu.

– I chyba właśnie tak zrobię. – Ani drgnął. Ona też nie. – Mam nadzieję, że mi wybaczysz, jeśli nie odprowadzę cię do drzwi.

– Wybaczam – powiedziała Ruby, jednak wciąż nie ruszała się z miejsca.

– Możesz już iść – dodał.

– Nie pójdę, dopóki się nie położysz.

Uniósł brew.

– Nie ufasz mi?

Spojrzała na niego.

– *Ya* – powiedziała miękko. – Ufam ci. – Wzięła teczkę i wstała. – Uważaj na *yerself*, Christian.

Pokiwał głową, jego spojrzenie złagodniało.

– *Danki*, Ruby.

Wyszła z domu i ruszyła drogą, myśląc o Selah. Teraz, kiedy Christian jej wytłumaczył, jak nieszczęśliwa wydaje się być jego siostra, zastanawiała się, czy nie powinna wyciągnąć do niej ręki. Ludzie nie bywali nieszczęśliwi bez powodu i może Selah chciałaby o tym porozmawiać.

Jednak po chwili potrząsnęła głową. Ta sytuacja wymagała rozwagi i chociaż raz Ruby zamierzała się nią wykazać. Co jednak nie powstrzymało jej przed zmówieniem w myślach modlitwy za Christiana i jego siostrę. W tym momencie oboje potrzebowali uzdrawiającej obecności Boga.

Rozdział jedenasty

Zanim nadeszła środa, Christian w pełni pojął znaczenie terminu „klaustrofobia". Sytuacji bynajmniej nie poprawiał fakt, że Selah się do niego nie odzywała. Był już zmęczony jej niedojrzałością. Miała dziewiętnaście lat, a zachowywała się jak uczennica siódmej klasy. Nie oczekiwał, że będzie bez przerwy mu usługiwała, ale miło by było, gdyby okazała choć odrobinę współczucia. Na razie traktowała go, jakby był kawałkiem gumy do żucia, który przykleił się jej do podeszwy.

Do tego dochodziły kłopoty z nogą. Opuchlizna zeszła, ale kostka wciąż bolała, gdy usiłował przenieść ciężar ciała na tę kończynę. Leki przeciwbólowe wziął raz, po wyjściu Ruby, i tylko dlatego, że mu kazała. Musiał przyznać, że pomogły. Wrócił wtedy do łóżka i udało mu się przespać cały poranek.

Jednak sen i mniej dotkliwy ból tylko zwiększyły jego niecierpliwość, by jak najprędzej wrócić do klasy. Uczniowie go potrzebowali. A teraz, gdy nie był w pełni sił, zdał sobie sprawę, jak bardzo sam potrzebuje interakcji z uczniami. To nie było łatwe do zaakceptowania odkrycie. Aż do tej pory nie miał pojęcia, do jakiego stopnia jest emocjonalnie związany ze swoją pracą.

Przekuśtykał o kulach ze swojego pokoju do kuchni, wciąż myśląc o szkole. Nalał sobie szklankę mleka. Nie chodziło o to, że nie ufał Ruby. No dobrze, nie do końca jej ufał. Martwiła go jej skłonność do wypadków. Postawił szklankę na stole i wsparł się na kulach. Rzadko się niepokoił, jednak teraz czuł w żołądku twardy supeł. Czy stosowała się do wszystkich zasad? Czy uczniowie odpowiednio się zachowywali? Czy nie zapomniał powiedzieć jej o dodatkowych zadaniach dla Malachiego? A co z korepetycjami Perry'ego i Jessego? Powinien spotkać się z nimi jutro. Czy umieścił w teczce notatkę na ten temat?

I jeszcze ta konfundująca chwila, kiedy w oparach bólu poczuł pociąg do Ruby. Wczoraj, zanim Selah wpadła do kuchni i zakręciła lejącą się wodę – on sam w ogóle nie zauważył, że wylewa się ze zlewu – nie mógł oderwać od niej oczu. Stali tak blisko, a on dostrzegł, że jedna z jej brwi jest delikatnie wyżej niż druga, i nagle uderzyło go, jaka Ruby jest śliczna. Była nie tylko śliczna. Była też miła, hojna, a przede wszystkim była wieczną optymistką. W tamtej chwili jedyne, czego pragnął, to być blisko niej.

Patrząc wstecz, bez względu na to, jak zły był na Selah – bo nadal się na nią złościł – cieszył się, że im przerwała. Najwidoczniej wypadek spowodował zamęt w jego uczuciach, do czego nie był przyzwyczajony.

Kostka zaczęła pulsować tępym bólem. Christian usiadł przy stole i zamknął oczy. Do głowy przyszedł mu werset z Listu do Filipian: „O nic się już zbytnio nie troskajcie".

Zawsze ze wszystkich sił starał się mieć wszystko pod kontrolą. Jednak w tym momencie miał wrażenie, że w ogóle nie panuje nad sytuacją.

Do kuchni weszła Selah. Tak jak przez ostatnie dwa dni była ubrana w koszulę nocną. Znów go zignorowała i nalała sobie kawy, nawet na niego nie patrząc. Kawy, którą on z takim trudem przygotował. Odwróciła się, by wyjść z kuchni, gdy za nią zawołał:

– Selah.

Zatrzymała się i spojrzała na brata. Włosy miała rozczochrane, koszulę przekrzywioną, a twarz zmęczoną.

– Co? – zapytała bezbarwnym tonem.

Teraz, gdy już przykuł jej uwagę, Christian nie wiedział, co powiedzieć. Przypomniał sobie to, co czytał o zachowaniu i dyscyplinie nastolatków, chcąc się przygotować do pracy ze starszymi uczniami. Jedna ze wskazówek radziła unikać konfrontacyjnego zachowania.

– Zastanawiałem się, jak się czujesz.

– W porządku – odparła Selah.

A potem odwróciła się i wyszła z kuchni.

Christian zacisnął dłonie w pięści. Od wypadku siostra ani razu nie zapytała go o samopoczucie. Ani razu nie zaproponowała pomocy. Przez większość czasu siedziała zamknięta w swoim pokoju na górze. I bardzo dobrze. Jeśli to właśnie chciała robić, świetnie. On nie zamierzał wspinać się po schodach, żeby do niej zajrzeć, skoro jej nie zależało na nim nawet na tyle, by zapytać, jak się miewa.

Odsunął te uczucia na bok, gdy tylko się pojawiły. Drążenie tematu nic nie da. Rozmyślanie o sytuacjach, na które nie miał wpływu, było bezproduktywne. Zamiast tego przygotował sobie śniadanie – dwie kanapki z masłem orzechowym – i znów usiadł przy stole. Nie był zbyt głodny i udało mu się wmusić w siebie tylko trzy czwarte skromnego posiłku. Zauważył też, że kończyły im się zapasy jedzenia. Selah powinna pójść do sklepu. Czy może to także będzie musiał zrobić sam? Zwykle nie miał nic przeciwko robieniu zakupów, ale nie był zachwycony perspektywą radzenia sobie z wózkiem sklepowym i kulami jednocześnie, nie wspominając o gramoleniu się do dwukółki czy nawet taksówki.

Może to był dobry moment na odrobinę rozrywkowej lektury. Poszedł do salonu, usadowił się na kanapie i otworzył jedną ze swoich ulubionych powieści – *Myszy i ludzie*. Próbował się skupić, ale mu się nie udawało. Kilka razy nawet zapadł w płytką drzemkę, co nigdy mu się nie zdarzało podczas lektury Steinbecka. Znowu odpływał, gdy usłyszał pukanie do drzwi. Usiadł prosto i czekał, aż Selah zejdzie na dół i otworzy. Kiedy nie zareagowała, podniósł się z trudem i podszedł do drzwi.

Był zaskoczony, widząc w progu Phoebe Chupp z płaskim pudełkiem w dłoni. Szybki rzut oka pozwolił mu stwierdzić, że w naczyniu z pokrywką znajduje się zapiekanka. W drugiej ręce Phoebe trzymała białą plastikową siatkę, która wyglądała na pełną. Christian zauważył też Malachiego – stał za matką z podobną plastikową siatką w dłoni i wzrokiem wbitym w ziemię.

– *Gute morgen* – przywitał się Christian, otwierając szerzej drzwi. Do środka wpadł chłodny powiew jesiennego wiatru.

– W sumie już prawie „dobry wieczór". – Phoebe uśmiechnęła się, jej błękitne oczy lśniły.

– Już? – Tak długo spał na kanapie?

– Dochodzi piętnasta.

– Nie miałem pojęcia – odparł zdumiony. – Wejdźcie, proszę. – Odkuśtykał kilka kroków w tył i wpuścił gości do domu, po czym zatrzasnął drzwi. Spojrzał na Malachiego. – Witaj.

Chłopiec nie odrywał wzroku od podłogi.

– Dzień dobry – powiedział głosem niewiele głośniejszym od szeptu.

Phoebe wskazała głową na pojemnik.

– Przynieśliśmy ci zapiekankę z mięsem mielonym i makaronem. I kilka innych rzeczy, które naszym zdaniem ci się przydadzą.

– *Danki* – odpowiedział. – Selah jest na górze. Zawołam ją. Jeśli możecie, połóżcie te rzeczy na blacie w kuchni.

Phoebe i Malachi wyszli, a Christian poczłapał do podnóża schodów.

– Selah! – zawołał. – Mamy gości. – Czekał, ale nie usłyszał żadnej odpowiedzi. – Selah!

No dobrze, miarka się przebrała. Już miał wejść na górę, z kulami lub bez, kiedy do salonu wróciła Phoebe.

– Znaleźliśmy liścik. – Podała mu kartkę.

Wyszłam. Wrócę później.

Christian zmiął kartkę i wcisnął ją do kieszeni. Żadnego wyjaśnienia, żadnej godziny powrotu. Powinien docenić fakt, że Selah w ogóle zostawiła wiadomość, ale nie umiał się na to zdobyć. Chwycił mocno kule, próbując się opanować. Nie zamierzał wybuchać złością przy Phoebe i Malachim.

Phoebe wskazała mu, by poszedł za nią do kuchni.

– Włożyłam zapiekankę do piekarnika. Jest jeszcze ciepła, ale będziesz mógł ją sobie podgrzać, kiedy będziesz chciał. Przynieśliśmy też świeży chleb, masło, ogórki konserwowe i ciastka z wiórkami czekoladowymi.

– Dziękuję bardzo – powiedział, uspokajając się nieco i koncentrując na hojności Phoebe. – Nie musieliście zadawać sobie tyle trudu.

– Nie ma za co. – Phoebe podeszła do kuchennych drzwi, za którymi stał Malachi. – Chodź tutaj – wycedziła przez zęby.

Chłopiec podszedł do niej, powłócząc nogami. Położyła mu rękę na ramieniu.

– Malachi ma ci coś do powiedzenia. Będę w salonie, a wy dwaj sobie porozmawiajcie.

Malachi ani drgnął, wzrok wciąż miał spuszczony. Nie odezwał się słowem.

Christian pokuśtykał do krzesła i usiadł, opierając kule o stół.

– Usiądź, Malachi – zachęcił z uśmiechem. Chłopiec wyglądał już na wystarczająco nieszczęśliwego. Nie chciał, aby jeszcze posądził Christiana o niechęć.

Malachi przycupnął na brzeżku krzesła.

– Przepraszam – wyszeptał. – Ten wypadek to *mei* wina.

– To prawda.

Po raz pierwszy, odkąd wszedł, Malachi podniósł wzrok.

– Myślałem, że pozbieraliśmy wszystkie kulki. – Jego dolna warga zaczęła lekko drżeć. – Już nigdy nie przyniosę ich do szkoły. Obiecuję.

Christian nachylił się do chłopca.

– Malachi, możesz przynosić kulki do szkoły. Ale musisz przestrzegać zasad. Zostały ustanowione nie bez powodu. Najpierw powinieneś zapytać o pozwolenie. I przechowywać je w saszetce lub torebce. Rozumiesz?

Malachi pokiwał głową.

Christian się wyprostował i dodał:

– Przyjmuję *yer* przeprosiny.

Małe ramiona opadły z ulgą i Malachi usiadł wygodniej.

– *Yer mamm* mówiła, że przynieśliście ciastka.

– *Ya* – potwierdził chłopiec, lekko się prostując. – Jej ciastka są najlepsze.

– Miałbyś ochotę?

Malachi skinął głową.

– Ja podam.

Christian uśmiechnął się, kiedy jego uczeń podskoczył do blatu i wyjął z jednej z toreb talerz pełen ciastek.

– W lodówce jest mleko – poinstruował go. – A szklanki na prawo od zlewu.

Kilka minut później Malachi i Christian trzymali w ręku po ciastku. Przed nimi stały szklanki mleka. Christian przełamał swoje ciastko na pół i zanurzył jedną część w mleku.

– To jedyny sposób, w jaki można jeść ciastka z wiórkami czekoladowymi.

Malachi zrobił to samo i obydwaj ugryźli jednocześnie. Christian nie zanurzał ciastka w mleku, odkąd był dzieckiem, ale zabieg okazał się mieć na Malachiego odpowiedni wpływ. Chłopiec się rozluźnił. Nauczyciel zamierzał puścić w niepamięć niemiły epizod z rozsypanymi kulkami i skręconą kostką.

– Jak lekcje w szkole? – zapytał.

– *Gut*. – Twarz chłopca jeszcze bardziej pojaśniała. – Lubię pannę Ruby.

– Pannę Ruby?

– Poprosiła nas, żebyśmy tak do niej mówili. Powiedziała, że *Frau* Glick brzmi zbyt oficjalnie. Ona jest naprawdę wesoła. Dzisiaj uczyliśmy się o chmurach.

O chmurach? Christian zacisnął usta. Nie przypominał sobie, żeby ten temat figurował w jego planach lekcji.

– *Ya*. Zabrała nas na dwór i leżeliśmy na trawie na placu zabaw. Po niebie płynęły chmury, a my staraliśmy się zgadnąć, jakie mają kształty. Ja zobaczyłem dinozaura.

Christian zesztywniał.

– Coś jeszcze?

– Były jeszcze niedźwiedź i kwiat, a Judah myślał, że widzi rożek z lodami, ale moim zdaniem po prostu miał już ochotę na lunch.

Do kuchni weszła Phoebe.

– Wszystko w porządku?

– *Ya*. – Malachi poderwał się z krzesła. – Właśnie mówiłem *Herr* Roppowi, że szkoła jest fajna. – Popatrzył na matkę. – Mogę już *geh* do domu?

– O ile przeprosiłeś swojego nauczyciela.

– Przeprosiłem.

– W takim razie możesz *geh* do domu.

Malachi pomachał Christianowi i wybiegł z kuchni. Kilka sekund później trzasnęły drzwi wyjściowe.

Phoebe podeszła do stołu i usiadła, kładąc dłonie na kolanach.

– Przepraszam za to, co się stało – powiedziała, pochylając głowę. – *Nee* miałam pojęcia, że Malachi zabrał kulki do szkoły. Jalon przyniósł mu je poprzedniego dnia i się nimi bawili. Rano młodsza *schwester* Malachiego nie czuła się dobrze i musiałam się nią zająć. To pewnie wtedy wymknął się z kulkami.

– Rozumiem – odparł Christian. I rzeczywiście rozumiał. Jednak teraz nie martwił się Malachim. Kształty chmur? Nawet bez naukowych nazw? To byłoby odpowiednie zajęcie dla dzieci w wieku przedszkolnym lub nawet z zerówki, ale dla starszych uczniów to zwyczajna strata czasu. Poza tym chmury i cykl hydrologiczny stanowiły temat zajęć w przyszłym semestrze. Czego jeszcze ona uczyła – albo raczej nie uczyła?

– *Danki*, Chris – powiedziała Phoebe. – Bądź pewien, że Malachi został ukarany za swoje zachowanie. – Jej spojrzenie złagodniało. – Chociaż on naprawdę ma wyrzuty sumienia z powodu tego, że ucierpiałeś. Myślę, że to dla niego gorsze niż inne konsekwencje.

– To wspaniały młody człowiek – rzucił Christian z roztargnieniem. Czy Ruby realizowała którykolwiek z jego planów? Po co zadawała sobie trud, by je od niego wziąć, skoro nie miała zamiaru się ich trzymać?

– I nie musisz martwić się szkołą. Ruby doskonale sobie radzi. *Mei* młodsi *bruders* nie mogą się jej nachwalić, a nigdy wcześniej nie mówili tak o żadnym nauczycielu. – Usta Phoebe ułożyły się w okrągłe O. – To znaczy…

– Nic nie szkodzi. – Nie został nauczycielem, by być lubianym lub wychwalanym. Chciał edukować, a nie się bawić. – Ja… cieszę się, że uczniowie zaakceptowali tę zmianę.

– O tak. – Phoebe wstała. – Smacznej zapiekanki. A jeśli będziesz czegokolwiek potrzebował, daj znać Jalonowi lub mnie. Modlimy się, aby *yer* kostka szybko się zagoiła.

– *Danki*.

– Sama wyjdę.

Christian skinął jej głową, a gdy wyszła, złapał kule i wstał, żeby pochodzić po pomieszczeniu. Przypomniał sobie jednak, że nie może, co jeszcze bardziej go sfrustrowało. Ścisnął rączki kul tak mocno, że rozbolały go dłonie. Nie po to zainwestował tyle czasu i trudu w to, żeby szkoła w Birch Creek działała jak dobrze naoliwiona maszyna, aby teraz Ruby Glick zrujnowała to w jeden dzień.

Nagle jego myśli zdominował ból kłykci. Rozluźnił uchwyt, nadal nie puszczając kul.

Trochę się uspokoił. Po co aż tak się nakręcał? Przecież jedna lekcja zmarnowana na chmury to jeszcze nie koniec świata. Poza tym znał tylko relację Malachiego. Siedmiolatek nie był zbyt wiarygodnym źródłem informacji. Powinien się cieszyć, że jego uczniowie zaakceptowali Ruby. Wszyscy znaleźliby się w trudnej sytuacji, gdyby stało się inaczej.

Wypuścił powietrze. Może pochopne wyciąganie wniosków to uboczny skutek tabletek przeciwbólowych. Mimo wszystko nie mógł tego zignorować. Tylko jedna rzecz mogła przywrócić mu spokój. Musi na własne oczy zobaczyć, co się dzieje w szkole. Nie będzie nic robił, tylko poobserwuje. Może da Ruby po lekcji kilka wskazówek, jeśli okaże się to konieczne.

Rozluźnił ramiona. Świadomość, że jutro będzie w szkole i sam zobaczy, jak uczy Ruby, przyniosła mu ukojenie. Zdał sobie sprawę, że zupełnie zapomniał o lunchu, więc pokuśtykał do kuchenki, otworzył drzwiczki piekarnika i dotknął naczynia z zapiekanką. Było letnie. Włączył piekarnik i poszedł do salonu. Tym razem był w stanie skupić się na książce.

Selah nie wróciła do domu na kolację. Christian zastanawiał się, czy na nią nie zaczekać, ale potrzebował sił na jutro. Poza tym nie był jej strażnikiem, nawet jeśli ponosił odpowiedzialność za jej utrzymanie. Ostatnio miał wystarczająco dużo problemów z radzeniem sobie z samym sobą.

W drodze do szkoły Ruby pogwizdywała. Świeciło słońce, powiewał rześki, ale niezbyt chłodny wiatr. Liście opadły z drzew, w powietrzu unosiła się orzeźwiająca woń jesieni, a ona miała przed sobą kolejny dzień w roli nauczycielki.

To miał być dopiero jej drugi dzień zastępstwa za Christiana, ale już po pięciu minutach w klasie wiedziała, że to miejsce dla niej. Uwielbiała być otoczona przez dzieci, pracować z nimi, widzieć ich wytężoną uwagę, kiedy z nimi rozmawiała lub opowiadała im jakąś historię. Już dawno powinna była zostać nauczycielką, ale obawiała się odpowiedzialności.

Nie była to łatwa praca – po południu była wykończona, ale w przyjemny sposób. Pierwszego dnia musiała ugruntować swój autorytet, zwłaszcza wobec dwóch chłopców Bontragerów, którzy uznali, że świetnym żartem będzie przyklejenie na jej krześle przeżutej gumy. Na szczęście dostrzegła ją, zanim usiadła. Nie zrobiła z tego wielkiej afery, po prostu wzięła gumę przez chusteczkę i wyrzuciła do kosza. Perry i Jesse sami się zdradzili, chichocząc, więc po lekcjach kazała im wyczyścić wszystkie ławki i stoły w ramach konsekwencji, których opis Christian również umieścił w teczce. On naprawdę pomyślał o wszystkim.

Poza zabawą. Mieli dłuższą przerwę, ale nie przewidział żadnego czasu na spontaniczne działania. Nawet pora odpoczynku i cichego czytania została wyznaczona. To sprowokowało ją do decyzji, by odrobinę odejść od planów Christiana. Po południu zabrała uczniów na dwór, by popatrzyli na chmury. Wiercili się w klasie i potrzebowali świeżego powietrza. Niedługo zrobi się zimno, a ona zawsze starała się korzystać ze słońca, kiedy to tylko było możliwe. Nawet starszym dzieciom się podobało, chociaż widziała, że na początku czuły się trochę głupio, leżąc na trawie razem z młodszymi.

Uśmiechnęła się. Skoro mowa o spontaniczności, wczoraj rano wpadła na doskonały pomysł. Jedna z uczennic, Emma, wspomniała o swoim kociaku i zapytała, czy mogłaby przynieść go do szkoły. Na początku Ruby chciała odmówić, ale zmieniła zdanie. Jako dziecko uwielbiała szkolne prezentacje, a czy to nie będzie świetna zabawa mieć w klasie przez cały dzień uroczego kociaka? Potem rozszerzyła swój pomysł i postanowiła zorganizować Dzień Zwierzaka. Nie, tego nie było w planach Christiana, ale później je skoryguje. Wyobraziła sobie, jak psy będą leżeć u stóp uczniów, a koty na ich kolanach. Sama w dzieciństwie nie miała zwierząt – matka była uczulona na sierść – i teraz z radością spędziłaby czas w towarzystwie jednego lub dwóch futrzastych przyjaciół.

Otworzyła drzwi szkoły, położyła teczkę Christiana na biurku, po czym napisała na tablicy datę i dzień tygodnia. Obrzuciła wzrokiem klasę i upewniła się, że wszędzie jest schludnie i czysto, dokładnie tak, jak dbał o to Christian. Byłby zadowolony, widząc, jak Ruby troszczy się o szkołę pod jego nieobecność. Zastanawiała się, jak on się czuje. Miała nadzieję, że z kostką już lepiej. Może po południu złoży mu wizytę.

Tuż przed rozpoczęciem lekcji odryglowała drzwi, by wpuścić dzieci.

– *Gute morgen*… – zaczęła i otworzyła szeroko usta ze zdumienia.

Emma przyniosła kotka, który był rozmiaru średniego psa. Ale nie to ją zaskoczyło. Nie spodziewała się, że prawie wszyscy uczniowie przyprowadzą ze sobą zwierzęta!

Ruby zobaczyła myszoskoczka w przezroczystej kuli, dwa psy bez smyczy, trzy koty, które już na siebie syczały, jedną świnię… Zaraz, świnię? Tyle dobrze, że była na smyczy. Dwóch uczniów niosło pudełka – mogła sobie tylko wyobrazić, co jest w środku. A Fanny Beachy, mała dziewczynka, której rodzina, jak powiedział Christian, przeprowadziła się tutaj dopiero w zeszłym tygodniu, trzymała w ramionach – o rety! – kurczaka.

– Dzień dobry, panno Ruby – przywitała się, unosząc ptaka. – To Piórcia. Jest *mei* kurczaczkiem.

– Twoje zwierzątko to kurka? – zapytała Ruby słabo.

– *Ya*. I każdego dnia składa jedno jajko. Chociaż dzisiaj jeszcze nie złożyła. – Fanny weszła do klasy, tuląc ptaka jak niemowlę.

Ostatni wszedł do klasy Malachi Chupp. Wyglądał na nieszczęśliwego.

– Co się stało? – spytała Ruby.

– *Mei daed* nie pozwolił mi wziąć Błękitka.

– Kim jest Błękitek?

– To *mei* kot. Powiedział, że przynoszenie kota do szkoły to nie jest *gut* pomysł. – Chłopiec wbił ręce w kieszenie i powlókł się na swoje miejsce.

Ruby zamknęła drzwi i oparła się o nie. Ojciec Malachiego najprawdopodobniej miał rację. Uczniowie siedzieli na swoich miejscach, próbując zapanować nad zwierzętami. Bezskutecznie. Dwa koty zwiedzały klasę, a kociak Emmy raczył się rośliną stojącą w kącie. Myszoskoczek toczył się w kuli po podłodze, obszczekiwany przez dwa psy. Przynajmniej Piórcia wciąż spoczywała w ramionach Fanny, a mała świnka siedziała u stóp Judaha. Kto by przypuszczał, że zwierzęta gospodarskie okażą się najgrzeczniejsze.

Ruby czuła, jak żołądek opada jej do stóp. To się nie uda. Popędziła na przód klasy.

– *Buwe* i *maedel*! – zawołała, próbując przekrzyczeć hałas. – Proszę, zapanujcie nad swoimi zwierzętami!

Perry zabrał swojego kota, który teraz okładał świnkę po nosie. Na szczęście nie wydawało się to robić na niej wrażenia.

– Kicia nie lubi psów – poinformowała Emma, próbując wywabić swoją podopieczną spod stołu do czytania. – Boi się.

Cóż, przynajmniej przestała pożerać roślinę.

– Głupi kot. – Samuel Beachy zagwizdał na swojego psa, który gonił myszoskoczka.

– Panno Ruby, a Jesse włożył mi żabę za koszulę.

Odwróciła się i zobaczyła, jak Nelson, wijąc się, wyciąga koszulę ze spodni. Po chwili na podłogę spadła mała żabka i usiadła osłupiała.

– Jesse, trzymaj swoją żabę w pudełku! – krzyknęła Ruby.

– Panno Ruby, chce pani potrzymać Tulisia?

Ruby się obróciła, pewna, że ujrzy słodkiego puchatego króliczka lub kotka. Zamiast tego Caleb Beachy wyciągnął ku niej czarnego węża. Wrzasnęła – czego na pewno nie powinna była robić.

Jej krzyk zdenerwował świnię, która z głośnym kwikiem zaczęła szarżować po klasie. Judah rzucił się w pogoń, psy rozbiegły się, szczekając, koty syczały i miauczały, a kula myszoskoczka turlała się po podłodze, omijając ławki i krzesła, poprzewracane przez inne zwierzęta.

Nagle Ruby usłyszała płacz. Odwróciła się do stojącej obok Fanny.

– Panno Ruby, Piórcia uciekła… – Łzy płynęły po małej twarzyczce.

Ruby jednak nie mogła teraz martwić się kurczakiem. Chwyciła myszoskoczka, który prawdopodobnie już stracił kilka lat ze swojego krótkiego życia.

– *Kinner*! – zawołała. – Zapanujcie nad swoimi zwierzętami!

– Próbujemy! – odkrzyknął Judah. Nawet uczniowie, którzy nie przyprowadzili pupili, próbowali chwytać zwierzęta.

Nagle otworzyły się drzwi. Psy wypadły na zewnątrz, za nimi trzej chłopcy, trzy koty i jedna kwicząca świnia. Reszta uczniów też wybiegła przez drzwi.

– *Kinner*! – Ruby popędziła za nimi, dzierżąc pod pachą kulę z myszoskoczkiem niczym piłkę. – Wracajcie tutaj!

Zatrzymała się gwałtownie na widok Christiana. Stał z plecami przyklejonymi do barierki ganku i najbardziej zdumioną miną, jaką kiedykolwiek u niego widziała.

Szybko odzyskał panowanie nad sobą, włożył dwa palce do ust i zagwizdał przeciągle. Dzieci się zatrzymały. Nawet psy i świnia zamarły, tylko koty gnały dalej, zupełnie ignorując Christiana. Właściciele psów i świni szybko złapali swoje zwierzęta. Reszta uczniów stała jak wmurowana.

– Co tu się dzieje? – zapytał Christian, odwracając się do Ruby.

– Mamy Dzień Zwierzaka – wyszeptała.

Niespodziewanie Piórcia wylądowała na głowie Christiana. Podniósł wzrok, gdy sadowiła się na jego kapeluszu, po czym posłał Ruby mordercze spojrzenie.

Skuliła się, tuląc do siebie kulę z myszoskoczkiem. O rety. Tym razem naprawdę narobiła bigosu.

Rozdział dwunasty

Ruby siedziała na krześle nauczyciela, podczas gdy członkowie rady szkoły oglądali klasę – a raczej to, co z niej zostało. Kiedy Christian zapanował nad uczniami – a Piórcia wróciła do swojej właścicielki – odesłał dzieci ze zwierzakami do domów. „Powiedzcie rodzicom, że w szkole wystąpił pewien problem", dodał, patrząc na Ruby.

Ruby oddała kulę z myszoskoczkiem Mahlonowi Bontragerowi. Jakimś cudem Nelson znalazł w trawie swoją żabę, a Caleb schował węża Tulisia z powrotem do pudełka. Uczniowie byli zachwyceni kolejnym wolnym dniem. Kiedy już się rozeszli, Christian pokuśtykał po schodach, używając tylko jednej kuli, a Ruby poszła za nim. Że też musiał wybrać taki moment na tę niezapowiedzianą wizytę. Gdy zobaczyła klasę, natychmiast wiedziała, że zostanie zwolniona. Christian nie krzyczał. Nie powiedział ani słowa. Ale twarz miał czerwoną, a w jego oczach płonęła wściekłość, choć ze wszystkich sił starał się ją powstrzymać. Ruby chciała powiedzieć, że jej przykro, ale jak mogła przeprosić za coś takiego? Zamiast tego zaczęła podnosić jedno z krzeseł. „Zostaw – polecił. – Chcę, żeby zobaczyli to członkowie rady".

Po czym minął ją, kuśtykając, znalazł w szufladzie biurka telefon komórkowy i wyszedł na zewnątrz. Przez otwarte okno słyszała, jak dzwoni do Freemonta.

Wszyscy członkowie rady pracowali niedaleko i zjawili się w szkole w ciągu godziny. Ruby mogła tylko czekać na wyrok, kiedy potrząsali głowami i rozmawiali przyciszonymi głosami. Freemont o mało nie wdepnął w ptasią kupę przy wejściu. Świnia naniosła błota i innych brudów. Mała, schludnie uporządkowana szafka z książkami Christiana została przewrócona. Na okładce jednej z książek leżało nieskazitelnie białe jajko.

– Mogło być gorzej – zauważył Thomas Bontrager ze spokojem, na który mógł się zdobyć tylko ojciec dwunastu synów.

– Jak? – zapytał Jalon.

– Mose mógł przyprowadzić kucyka. Traktuje to zwierzę lepiej niż swoich *bruders*.

Jalon nie uznał tego za zabawne. Nikt nie uznał – szczególnie Christian, który stał w kącie, wsparty na kuli, i patrzył, w jak opłakanym stanie znalazła się jego niegdyś wzorowo uporządkowana klasa.

– Naprawdę mi przykro – powiedziała Ruby. Timothy spojrzał na nią i pokręcił głową, dając jej znać, by zamilkła, ale ona nie mogła przestać mówić: – Myślałam, że to będzie świetna zabawa, kiedy *kinner* przyprowadzą swoje zwierzęta.

– Dlaczego nie wysłałaś w tej sprawie notki do rodziców? – zapytał Freemont.

– I dlaczego kazałaś im wszystkim przyjść ze zwierzętami tego samego dnia? – Asa potrząsnął głową. – Przecież było jasne, że to się musi skończyć katastrofą.

Ale Ruby tego nie przewidziała. Uznała, że to genialny pomysł. Choć nie do końca go przemyślała. Wbiła wzrok w swoje kolana. Nigdy w życiu nie czuła się tak zawstydzona i zniechęcona, nawet po pożarach stajni.

– Wszystko posprzątam – obiecała, po czym uniosła głowę. Bała się zadać kolejne pytanie, ale musiała poznać odpowiedź. – Czy jestem zwolniona?

Mężczyźni popatrzyli po sobie w milczeniu. Christian spojrzał na nią, a miejsce wściekłości zastąpił jego zwykły, obojętny wyraz twarzy.

– Rozumiem. – Wyciągnęła dłonie spod ud i wstała. Nie powinna być zaskoczona. W kilka minut obróciła szkołę w ruinę i odebrała dzieciom kolejny dzień edukacji. Zasługiwała na utratę pracy.

– W poniedziałek wrócę do szkoły. – Christian pokuśtykał na środek klasy, gdzie zebrali się mężczyźni. – Uczniowie już przyzwyczaili się do Ruby – dodał. – Z tego, co słyszałem, realizuje z nimi program. Dzisiejszy dzień stanowił wyjątek.

– W takim razie rekomendujesz, aby nadal cię zastępowała? – spytał Freemont.

Christian przytaknął.

– Nie widzę powodu, dla którego uczniowie mieliby tracić kolejne dni nauki. Ruby już obiecała, że posprząta ten bałagan, co nie zajmie jej więcej niż jeden dzień. Jutro zajęcia szkolne zostaną wznowione i lekcje odbędą się jak zwykle, o ile – posłał Ruby surowe spojrzenie – obieca, że będzie się sztywno trzymała planów, które rozpisałem.

– Ruby? – Timothy popatrzył na nią. – Myślisz, że jesteś w stanie to zrobić?

Z entuzjazmem pokiwała głową.

– *Danki*. Natychmiast zabiorę się do sprzątania! – Zaczęła podnosić krzesła i wyrównywać ławki, a mężczyźni, wszyscy poza Chrisem, opuścili budynek szkoły.

– Środki czystości są w szafce. – Christian miał nieodgadniony wyraz twarzy i głos pozbawiony emocji. – Znajdziesz tam też wiadro i kilka nowych gąbek. Wodę możesz zaczerpnąć z pompy na tyłach budynku.

Spoglądając na niego, pokiwała głową.

– Dlaczego się za mną wstawiłeś? Nie jesteś zły?

Przez chwilę milczał. Tylko na nią patrzył.

– To była logiczna decyzja – oznajmił w końcu, po czym odwrócił się i wziął do ręki jajko. – Nie zapomnij tego. – Położył je na biurku i wyszedł.

Ruby spędziła resztę dnia, szorując klasę, dopóki wszystko nie lśniło. Na szczęście roślina okazała się tylko lekko obgryziona, więc ją podlała i postawiła na parapecie, żeby złapała trochę popołudniowego słońca. Przesunęła wszystkie ławki na bok i na czworakach wyszorowała podłogę. Potem ponownie ustawiła ławki i krzesła, je też wycierając. Poszukała innych niespodzianek pozostawionych przez zwierzęta, ale na szczęście nic więcej nie znalazła. Odstawiła książki Christiana z powrotem na półkę, ale nie pamiętała, w jakiej stały kolejności. Ponieważ wiedziała, jaki jest zorganizowany, ustawiła je alfabetycznie.

Gdy zamykała drzwi szkoły na klucz, była wyczerpana i umierała z głodu. Wcześniej nie chciała tracić czasu na lunch. Kiedy po długim spacerze dotarła do domu Timothy'ego, marzyła już tylko o kanapce i łóżku.

Ale rodzina oczekiwała, że zje z nimi kolację.

Po modlitwie Timothy zapytał:

– Zdążyłaś wszystko zrobić?

Ruby pokiwała ze znużeniem głową.

– *Ya*.

Sięgnął po bułkę.

– To nie był zły pomysł, Ruby. Po prostu go nie przemyślałaś.

Wzruszyła ramionami i mruknęła:

– Co za niespodzianka.

– Bardzo bym się cieszyła, gdybym jako *kinner* mogła przyprowadzić *mei* zwierzątko do szkoły – zauważyła Patience.

Ruby doceniała fakt, że usiłują ją pocieszyć. Jednak na to nie zasługiwała. Popełniła ogromny błąd, w którego wyniku dzieci straciły kolejny dzień nauki. Z tego powodu miała największe wyrzuty sumienia.

– Przepraszam was – powiedziała, patrząc na brata i jego żonę. – Chciałabym *geh* na górę do *mei* pokoju.

– Ja pomogę przy zmywaniu – zaoferował Timothy. – Ty *geh*.

Powlekła się po schodach i padła na łóżko. Tak bardzo chciała rozpocząć nowy rozdział swojego życia, pokazać, że jest dojrzała i rozsądna. A postąpiła dokładnie na odwrót. Nie nadawała się na nauczycielkę. To było jasne. Zaczynała myśleć, że nie nadaje się też na żonę i matkę. A jeśli popełni jakiś katastrofalny błąd w kwestii swoich dzieci? Chociaż te rozważania i tak były jałowe – kiedy wszyscy się dowiedzą, co zrobiła, żaden mężczyzna nie będzie nią zainteresowany. Potrafiła sprawiać jedynie kłopoty…

~

Patience patrzyła, jak Ruby wychodzi z kuchni. Biedna dziewczyna, była taka przygnębiona. Odwróciła się do męża z nadzieją, że nie zamierzał wykorzystać tej okazji, by wytknąć Ruby jej wady. Timothy zawsze był sprawiedliwy, ale od przyjazdu Ruby Patience przekonała się, że nie w stosunku do siostry. A teraz Ruby pokazała, dlaczego tak było.

Jednak Timothy nadal bez słowa sprzątał ze stołu. Ziewnął, stawiając stertę naczyń przy zlewie. Patience przyjrzała mu się uważniej. Dostrzegła ciemne kręgi pod jego zaczerwienionymi oczami. Odsunęła myśli o niedoli Ruby i skupiła się na mężu. Nie mogła już dłużej milczeć.

– Dlaczego nie zatrudnisz kogoś do pomocy w gospodarstwie?

Spojrzał na nią.

– Nie potrzebuję żadnej pomocy.

– Jesteś wykończony. – Podniosła się od stołu i podeszła do niego. – Ostatnio wstajesz dwie godziny wcześniej niż zwykle.

– Muszę zająć się krowami.

– Tak wcześnie? Jeśli masz tyle pracy, we wspólnocie jest mnóstwo młodych ludzi z doświadczeniem w gospodarce, których mógłbyś zatrudnić.

– Powiedziałem, że nie potrzebuję pomocy – powtórzył, jednak na nią nie patrzył, co oznaczało, że coś jest nie tak.

– Timothy?

– *Mamm*, jeszcze mleka. – Tobias uniósł kubek.

Obróciła się do syna.

– Za chwilę. – Znów spojrzała na Timothy'ego. – O czymś mi nie mówisz.

– Naczynia same się nie pozmywają...

– Timothy Glick, nie wyjdziesz stąd, dopóki mi nie powiesz, co się dzieje! – Patience rzadko podnosiła głos na dzieci, a na męża nigdy, ale nie mogła pozwolić, aby nadal tak się zapracowywał. Był tak zmęczony, że zasypiał, gdy tylko dotknął głową poduszki.

Zamyślił się, po czym na nią spojrzał.

– Najpierw nalej Tobiasowi mleka – powiedział, wysuwając krzesło, z którego przed chwilą wstał. – A potem wszystko ci wyjaśnię.

Patience napełniła kubek niekapek, podała Tobiasowi, po czym usiadła obok męża. Czekała, aż zacznie mówić.

– Nie zastanawiałaś się, dlaczego odkąd zostałem pastorem, nie wygłosiłem żadnego kazania? – zapytał.

Zmarszczyła brwi.

– *Nee*. Nie myślałam o tym.

Timothy spojrzał jej w oczy.

– Tak podejrzewałem, ponieważ kiedy Emmanuel był biskupem, sam wygłaszał wszystkie kazania.

Patience pokiwała głową. Mieszkała w Birch Creek od dziecka i Emmanuel Troyer, poprzedni biskup, był jedynym – oprócz Freemonta – przedstawicielem Kościoła, jakiego znała. Emmanuel założył Birch Creek i powiedział, że ponieważ wspólnota jest mała, nie potrzebują pastora ani diakona. Teraz wiedziała, że postąpił tak, ponieważ miał przed zgromadzeniem tajemnice, które doprowadziły do tego, że wyjechał stąd w niesławie. Nikt nie wiedział, gdzie teraz przebywa, chociaż jego żona Rhoda była pewna, że wróci. Mniejszymi optymistami byli jego synowie, Aden i Solomon. Nic więcej Patience nie wiedziała.

Jednak w tej chwili zdała sobie sprawę, że Timothy, odkąd został wybrany pastorem, nie był sobą. Niewiele na ten temat rozmawiali, wkrótce potem przyjechała Ruby, a Patience była zajęta chłopcami i pracą położnej.

– Głównym obowiązkiem pastora jest wygłaszanie niedzielnych kazań – podjął Timothy. – Powinienem był zacząć je głosić wkrótce po tym, jak zostałem wybrany.

– Więc dlaczego nie zacząłeś?

Pociągnął się za brodę.

– Ponieważ nie wiem jak. Poprosiłem Freemonta, żeby dał mi trochę czasu, abym mógł się przygotować, a on się zgodził. Jednak to było prawie miesiąc temu.

Patience dotknęła jego ramienia.

– Jestem pewna, że Pan będzie z tobą, gdy będziesz mówił, Timothy. Jest z Freemontem. Wszyscy to widzą.

– Ale Freemont jest *gut* mówcą, a ja… nie.

– Skąd wiesz? Wygłaszałeś już kiedyś kazanie?

Pokręcił głową. Jego szare oczy, jak nigdy dotąd, były pełne zwątpienia.

– Nie, ale pamiętasz, jak w marcu Noah poprosił mnie, żebym dokończył licytację na rzecz szkoły?

– *Ya*. – Noah Schlabach, zawodowy licytator i bratanek Cevilli, zgodził się poprowadzić aukcję charytatywną zorganizowaną przez wspólnotę w celu zebrania pieniędzy na rozbudowę szkoły. Pod koniec aukcji źle się poczuł. Później wszyscy dowiedzieli się, że to przez chorobę Meniere'a, która powoduje poważne zawroty głowy i utratę słuchu. Od tamtego czasu zamieszkał z Cevillą i spotykał się z Ivy Yoder, córką Freemonta. Patience była pewna, że wkrótce się pobiorą.

– Nie mogłem mu odmówić, kiedy był w takim złym stanie. Ale tak naprawdę z nerwów o mało nie zemdlałem.

Patience zmarszczyła czoło.

– Przecież świetnie sobie poradziłeś z aukcją tych ostatnich przedmiotów. – Może nie miał swobody Noaha, ale nikt we wspólnocie jej nie posiadał. Sądziła, że dobrze sobie poradził, biorąc pod uwagę, że został postawiony pod ścianą.

– Próbowałem się trzymać. – Timothy potrząsnął głową. – Jakoś przez to przebrnąłem, ale obiecałem sobie, że nigdy więcej nie będę przemawiał publicznie. – Przycisnął kciuk do blatu tak mocno, że aż zbielał mu paznokieć. – Bóg ma poczucie humoru, prawda?

– Tak się martwisz, że nie możesz spać? To dlatego tak wcześnie wstajesz?

– Och, nie mam kłopotów ze snem. Wstaję, żeby się uczyć. – Luke zaczął kwilić w swoim krzesełku i Timothy wstał, by wziąć go na ręce. – Chodzę do stajni z *mei* Biblią i konkordancją i staram się nauczyć, ile tylko mogę. – Wrócił na miejsce, sadzając sobie Luke'a na kolanie. – Dlatego jestem taki zmęczony.

– Dlaczego nic nie powiedziałeś?

Dotknął jasnobrązowych włosów chłopca.

– Ponieważ nie chciałem się przyznać, że nie zawsze uważnie słucham podczas mszy. I że rzadko otwieram Biblię. Myślałem, że wiem wystarczająco dużo i bez tego.

Ale teraz, kiedy muszę wygłosić kazanie... zdałem sobie sprawę, że nie wiem nic. Jednak w następną niedzielę wygłoszę kazanie, choćby nie wiem co. Nie mogę zrzucać całego ciężaru na barki Freemonta.

Serce Patience wezbrało uczuciem.

– Jestem pewna, że sobie poradzisz.

– Robi mi się niedobrze za każdym razem, gdy o tym myślę.

Ujęła jego dłoń.

– Pomogę ci. Pomodlimy się razem o twój spokój. I mogę ci pomóc w nauce. Już nie musisz tak wcześnie wstawać. Możemy się uczyć, jak *kinner geh* do łóżek.

– Nie chcę cię tym obciążać.

– Nie obciążasz. – Pochyliła się i pocałowała go. – Studiowanie z tobą Biblii będzie dla mnie zaszczytem. A jeśli zdenerwujesz się podczas kazania, po prostu popatrz na mnie. Będę ci kibicowała. W milczeniu oczywiście. – Uśmiechnęła się szeroko.

Timothy odwzajemnił uśmiech.

– *Danki, lieb*.

Tobias zaczął walić kubkiem o stół i Patience podeszła do niego.

– Masz rację w sprawie wzięcia kogoś do gospodarstwa. – Timothy wstał. – O tym też myślałem. Ruby kilka razy proponowała mi pomoc, ale jej odmówiłem.

– Myślisz, żeby teraz ją zatrudnić? – zapytała Patience, chociaż byłaby zaskoczona, gdyby rozważał taką możliwość, zwłaszcza po dzisiejszym dniu.

– *Nee*. I nie z powodu tego, co stało się w *schoolhaus*, chociaż to dałoby mi do myślenia, gdybym miał taki zamiar.

– Luke położył głowę na ramieniu Timothy'ego. – Praca w gospodarstwie po prostu nie jest dla Ruby.

– Zawód położnej też nie. – Ani nauczycielki? Jednak tego Patience nie była taka pewna. Nigdy nie widziała Ruby szczęśliwszej niż wczoraj, po pierwszym dniu w szkole. Wróciła do domu z mnóstwem historyjek o uczniach, które opowiadała, pomagając Patience przy kolacji. A jak tylko pozmywała naczynia, zabrała się do przeglądania lekcji na dzisiaj. Bił od niej zupełnie niespotykany entuzjazm, choć przecież podchodziła z energią i zapałem nawet do najbardziej prozaicznych zajęć. Może jej kariera nauczycielki w Birch Creek wkrótce dobiegnie końca, ale to nie oznaczało, że nie mogłaby znaleźć posady w innej wspólnocie – gdyby zechciała i gdyby się nauczyła, jak właściwie kierować uczniami.

– Ale wiem, że Bóg ma dla niej coś w zanadrzu, co objawi w swoim czasie – powiedział Timothy. – Myślałem, że może to nauczanie, ale… – Wzruszył ramionami. – Wierzę, że On wie, co robi, jeśli chodzi o Ruby.

Patience uśmiechnęła się, kiedy Timothy pochylił się do Luke'a i wyszeptał mu coś do uszka, a chłopiec ukrył buzię w jego koszuli. Cieszyła się, ponieważ mąż od tygodni nie wyglądał na tak zrelaksowanego. Zrobi wszystko, co w jej mocy, żeby mu pomóc. Timothy będzie wspaniałym pastorem, była tego pewna. I on sam również w to uwierzy. Z jej i Boską pomocą.

~

W piątek rano kostka Christiana była w na tyle dobrej formie, że mógł oprzeć na tej nodze cały ciężar ciała. Nadal potrzebował kuli, ale nie był już od niej zależny. Mógł dotrzymać obietnicy złożonej członkom rady szkoły i w poniedziałek wrócić do pracy.

Nie potrafił przestać myśleć o szkole, a zwłaszcza o Ruby. Wiedział, że chciała dobrze i że pomysł szkolnej prezentacji z udziałem ulubionego zwierzaka miał sens, gdyby tylko został właściwie zrealizowany. Czego Ruby nie dopilnowała. Nie miał pojęcia, o czym myślała, kiedy poleciła wszystkim dzieciom przyprowadzić swoje zwierzęta w tym samym dniu. Nie wspominając, że było to kolejne odstępstwo od jego planów lekcji. I chociaż obiecała jemu i radzie szkoły, że będzie tych planów przestrzegać, do końca jej w tej kwestii nie ufał.

Nie mogąc dłużej znieść niepewności, postanowił, że wpadnie do szkoły z kolejną wizytą, tym razem po południu, tuż po lunchu. Jadł jajecznicę z grzanką, kiedy Selah zeszła na dół. Ku jego zaskoczeniu była w pełni ubrana, w zieloną sukienkę i niebieski rozpinany sweter, a upięte włosy przykryła białą chustką.

– *Gute morgen* – powiedziała, idąc po kawę.

Wciąż na niego nie patrzyła, ale przynajmniej się przywitała.

– *Gute morgen*.

Odwróciła się i oparła o blat.

– Wyglądasz, jakbyś był gotowy do wyjścia.

– Idę do szkoły, po lunchu.

– Żeby skontrolować Ruby? – Uśmiechnęła się kpiąco. – Słyszałam o Dniu Zwierzaka. Cóż to musiał być za widok.

– Był. Ale wyciągnęła z tego błędu wnioski.

Selah prychnęła.

– Ciekawe.

Christian zmarszczył brwi.

– Dlaczego jej nie lubisz? – zapytał. To nie był najlepszy moment, by drążyć ten temat, ale skoro Selah była w gadatliwym nastroju, postanowił to wykorzystać. Poza tym był zdziwiony i zirytowany jej zachowaniem wobec Ruby.

– Jest zbyt szczęśliwa. Zbyt radosna. Nie można być bez przerwy tak pełnym entuzjazmu.

Selah nie widziała twarzy Ruby w szkole, kiedy myślała, że zostanie zwolniona. Wyglądała, jakby zrzucono na jej barki cały ciężar tego świata, jakby wszystkich zawiodła. Christian nie mógł patrzeć na nią w takim stanie, chociaż wiedział, że sama postawiła się w takiej sytuacji. Każdy popełnia błędy i każdy zasługuje na drugą szansę.

– Ona nie jest normalna. – Selah odstawiła kubek.

– A ty jesteś? – Christian obrócił się na krześle twarzą do siostry. – Bo ostatnio *yer* zachowanie temu zaprzecza.

Wzruszyła ramionami.

– Nie jesteś *mei vatter*.

– Ale jestem za ciebie odpowiedzialny.

– Dlaczego? Bo jesteś starszy? – Przewróciła oczami.

– *Ya*, ponieważ jestem *yer* starszym *bruder*. Troszczę się o ciebie…

– Nie wciskaj mi kitu. – Posłała mu wściekłe spojrzenie. – Ty nie troszczysz się o nikogo. Nie jesteś w stanie.

– To nie jest prawda…

Selah odwróciła się gwałtownie i wypadła z kuchni. Christian chwycił kulę i poszedł za nią najszybciej, jak mógł.

– Musimy o tym porozmawiać, Selah.

Ale ona już pobiegła na górę. Drzwi jej pokoju zatrzasnęły się z hukiem.

Christian zamachnął się kulą i walnął w ścianę. Zamarł zszokowany. Co on zrobił? Nigdy w życiu nikogo nie zaatakował, zwłaszcza fizycznie. Mógł coś rozbić, a i tak nie zbliżyłby się ani o krok do rozwiązania problemu.

Ale co mogłoby rozwiązać jego problemy z Selah?

~

Ruby spojrzała na rząd jabłek na swoim biurku i uśmiechnęła się. Kilkoro uczniów przyniosło je w ramach przeprosin za to, co wczoraj nawyrabiały ich zwierzęta. Na samym końcu leżało małe piórko – niewątpliwie przeprosiny od Piórci.

Wzruszona, wyjaśniła uczniom, że to nie ich wina, że to ona powinna była staranniej przemyśleć ten pomysł.

– Niech to będzie lekcja dla nas wszystkich – dodała. – Jak ważne jest, by nie działać impulsywnie.

– A co to znaczy „impulsywnie"? – zapytał Malachi.

– Kiedy robisz coś, czego wcześniej nie przemyślałeś.

– Jak wtedy, kiedy Perry rzucił dżemem w kuchenny sufit? – dopytywał Jesse.

– Nie wiedziałem, że się przyklei – bronił się Perry, patrząc na brata z ukosa.

– Ponieważ tego nie przemyślałeś! – podsumował Jesse.

Ruby uśmiechnęła się jeszcze szerzej, słuchając chłopców i spoglądając na klasę. Wszyscy zachowywali się dziś wzorowo, a ona, tak jak obiecała Christianowi i radzie szkoły, sztywno trzymała się planów lekcji. W tej chwili czytali w ciszy, nawet starsi chłopcy, chociaż wiedziała, że nie lubią czytać. Nie była na tyle niemądra, by sądzić, że zachowują się tak ze względu na nią. Wszyscy byli trochę przestraszeni tym, co się stało. Pewnego dnia będą w stanie spojrzeć wstecz i dostrzec zabawną stronę tego wydarzenia. Ale na razie wcale nie było im do śmiechu.

Drzwi otworzyły się i ku jej zaskoczeniu do klasy wszedł Christian. Wyglądał o wiele lepiej niż poprzedniego dnia i nawet stawał trochę na nadwyrężonej nodze, chociaż nadal korzystał z kuli. Na jego widok uczniowie zaczęli szeptać między sobą.

– Dzieci – powiedziała, wstając ze swojego krzesła – uciszcie się, proszę. Zostało wam jeszcze pięć minut czytania.

Pokiwali głowami i wrócili do książek. Ruby zauważyła, że Christian jest pod wrażeniem, i musiała przyznać, że świetnie się z tym poczuła. Cieszyła się, że w końcu mógł zobaczyć, w jak dobrym stanie jest jego klasa.

Podeszła do niego.

– Kolejna niespodziewana wizyta?

Skinął głową.

– Upewniam się tylko, że dotrzymujesz słowa.

Ruby zrzedła mina.

– Nie ufasz mi.

Wyglądał na lekko skruszonego, co ją zaskoczyło.

– Nie o to chodzi – powiedział w *dietsch*. – Po prostu…

– Nic nie szkodzi. – Spojrzała na niego. – Nie powinieneś mi ufać po tym, co stało się wczoraj. Muszę na nowo zdobyć twoje zaufanie. – Wskazała na ławkę stojącą z tyłu klasy.

– Może usiądziesz? Przynieść ci trochę wody? – Machnęła ręką w kierunku biurka. – Albo jabłko?

Uniósł brew, widząc leżące na biurku owoce.

– Nie trzeba, *danki*. – Podszedł do ławki, usiadł i oparł kulę o ścianę.

Ruby tymczasem odwróciła się i poszła na przód klasy.

– Odłóżcie, proszę, książki. Według planu klasy od szóstej do ósmej zaczną teraz lekcję przyrody. Rozdział dziesiąty, paragraf drugi. Klasy od trzeciej do piątej, dobierzcie się w pary do ćwiczeń ze słownikiem. A dzieci od zerówki do klasy drugiej zapraszam do stolika na lekcję plastyki.

Dzieci, cicho rozmawiając między sobą, sprawnie przegrupowały się do swoich zadań. Ruby musiała uznać zasługę Christiana. Dzięki jego harmonogramom i konsekwencji zajęcia w szkole zyskały spójną strukturę, niezbędną przy tak wielu uczniach różniących się wiekiem, etapem edukacji i zdolnościami. Rozłożyła na stole przybory plastyczne i poprosiła Fanny, żeby je rozdała, a sama przeszła się po sali, sprawdzając, czy wszyscy zajęli się swoimi zadaniami.

Kilka minut po tym, jak zaczęła wycinać dynie do dekoracji gazetki ściennej na październik, Judah uniósł rękę.

– Nie rozumiem piątego pytania.

– Ja też nie – zawtórował mu Salomon.

Wstała, by do nich podejść, ale Christian też się podniósł i pierwszy pokuśtykał do chłopców. Wsparty na kuli, zaczął im tłumaczyć zadanie. Pokiwali głowami i wrócili do pracy.

Ruby z uśmiechem usiadła i ponownie sięgnęła po nożyczki. Po kilku minutach Christian podszedł do uczniów pracujących ze słownikiem, żeby im pomóc. Wydawał się bez kłopotu poruszać między obiema grupami, więc mu na to pozwoliła, a sama pomogła Mosemu i Mahlonowi w wycinaniu dyni.

To były ostatnie lekcje tego dnia. Uczniowie pozbierali swoje okrycia i pudełka na lunch, po czym ruszyli do drzwi.

– Czy wraca pan w poniedziałek, *Herr* Ropp? – zapytało jedno z dzieci.

Christian pokiwał głową.

– Wszystko wróci do normalności.

Emma podbiegła do niego i objęła go mocno za nogi.

– Tęskniłam za panem – wyznała, po czym wypadła z sali za wszystkimi.

Na widok miny Christiana Ruby poczuła ucisk w gardle. Wyglądał tak, jakby nikt nigdy wcześniej go nie uściskał. Na jego ustach błąkał się delikatny uśmiech, który zniknął, gdy tylko ruszył w jej stronę.

Uzbroiła się, szykując się na jego krytykę. Chociaż według niej popołudnie przebiegło wzorowo, nie była żadnym ekspertem. Prawdopodobnie popełniła szereg błędów lub po prostu wiele rzeczy mogła zrobić lepiej – i była gotowa o tym usłyszeć. Splotła dłonie w oczekiwaniu.

Christian odstawił kulę na bok.

– Jestem gotów się tego pozbyć. Obtarłem sobie całe ramię – wyjaśnił.

– A jak *yer* kostka?

– Lepiej. W poniedziałek nie powinienem już potrzebować kuli.

Wyjrzała przez okno.

– Na pewno się cieszysz, że wracasz do swojej klasy.

– Tak. Tęskniłem za nauczaniem. – Zamilkł na chwilę. – Wspaniale sobie poradziłaś, Ruby.

Podniosła wzrok oszołomiona.

– Naprawdę?

– Poza tym wczorajszym wypadkiem...

– Wypadkiem? Chyba masz na myśli katastrofę.

– Nie widzę powodu, byśmy mieli drążyć ten temat, zwłaszcza że dzisiaj postępowałaś zgodnie z procedurami. Jestem pod wrażeniem. Wyglądałaś jak doświadczona nauczycielka.

– Naprawdę?

– *Ya*. – Znowu zamilkł, odwracając na chwilę wzrok. – Bardzo się cieszę, że *mei* uczniowie byli w *gut* rękach.

Ruby bez namysłu klasnęła w dłonie.

– To najmilsze słowa, jakie kiedykolwiek usłyszałam! – Uśmiechnęła się szeroko. – I bardzo mi się podobało bycie nauczycielką. Cóż, poza tą sprawą ze zwierzakami, ale to już nigdy się nie powtórzy.

– To nie był taki zły pomysł. – Christian musnął palcami podbródek. – Być może sam wprowadzę coś podobnego w przyszłości, ale na ściśle określonych zasadach.

Ruby nie mogła w to uwierzyć. Nie tylko ją chwalił, ale jeszcze być może wykorzysta jeden z jej pomysłów. Z uśmiechem zaczęła zbierać ścinki papieru i wrzucać je do kosza. Kiedy ona chowała przybory plastyczne, Christian siedział przy biurku i studiował plany lekcji. Przez kilka minut pracowali w ciszy.

W końcu Ruby położyła na stole mały stosik krzywych dyń.

– Czy mam zrobić coś jeszcze? – zapytała.

Nie odrywał wzroku od swojego zeszytu.

– Ja już się wszystkim zajmę.

– No dobrze – odparła, ale ani drgnęła. – Christian?

Podniósł wzrok.

– *Ya*?

– *Danki* za drugą szansę. Nie zasługiwałam na nią, ale cieszę się, że mi ją dałeś.

Pokiwał głową.

– Każdy zasługuje na drugą szansę, Ruby. Zwłaszcza jeśli chodzi o nauczanie. Istnieją zasady, wskazówki i teorie edukacyjne, ale jest również miejsce na próby i błędy. Niektóre przedsięwzięcia, które realizujemy w klasie, nie wychodzą dokładnie tak, jak planowaliśmy.

Zauważyła, że użył formy „my", ale nie skomentowała tego.

– Założę się, że tobie wszystko wychodzi idealnie.

Ku jej zaskoczeniu Christian się roześmiał. Szczerym, głębokim śmiechem.

– To nieprawda. – Nagle spoważniał. – Zapytaj Selah. – I wrócił do swoich planów.

– Czy coś się stało?

Wzruszył ramionami. Znów miał ten pozbawiony emocji wyraz twarzy.

– Nie wiem. Nie rozmawia ze mną.

– Ale ty się o nią martwisz.

Zawahał się chwilę, po czym pokiwał głową.

– Jest dorosła. To, co robi, to nie *mei* sprawa.

– Jest *yer schwester* i się o nią troszczysz, więc w pewien sposób to jest *yer* sprawa.

– Ona ma na ten temat odmienne zdanie.

Ruby chciałaby móc zrobić coś, żeby im obojgu pomóc, ale ponieważ Selah ewidentnie jej nie lubiła, a ona nie powinna wtykać nosa w ich rodzinne sprawy, milczała. Od tej pory zamierzała podejmować przemyślane działania i nie pakować się impulsywnie w problemy innych ludzi.

– Chyba już *geh* do domu. – Podniosła torebkę i siatkę na lunch, leżące na podłodze obok biurka. Nagle przypomniała sobie, co chodziło jej po głowie od momentu przyjścia Christiana. – Czy spotkamy się jutro przy drzewie na naszej lekcji? – zapytała.

Uniósł wzrok. Wydawał się prowadzić wewnętrzny spór.

– Chciałbym, ale czy miałabyś coś przeciwko temu, żebyśmy poczekali do przyszłego tygodnia? Wolałbym mieć pewność, że będę przygotowany na mój poniedziałkowy powrót.

– Oczywiście. Rozumiem.

– Nie zapomniałaś o czymś? – zapytał, kiedy szła już do drzwi.

– O czym?

– O tym. – Wskazał długopisem jabłka.

– Och. – Wróciła i wzięła kilka owoców. – Może ty weź resztę. Poza tym. – Capnęła piórko. – Pióro Piórci należy do mnie.

Uśmiechnął się.

– Jest twoje.

~

Przez następny tydzień Ruby nie widziała się z Christianem. Zajmowała się chłopcami, podczas gdy Patience składała wizyty trzem ciężarnym i odebrała poród Sadie Troyer, której córeczka przyszła na świat o tydzień za wcześnie, ale w doskonałym zdrowiu. Gdy Patience wróciła tego wieczoru do domu, była wykończona. Przed jej powrotem Ruby przygotowała kolację, wykąpała dzieci i położyła je spać.

Podgrzewała dla Patience kolację, a Timothy podał żonie kubek herbaty.

– Wydaje mi się, że tej pracy jest za dużo jak na jedną osobę – zauważył.

Patience upiła łyk.

– Muszę się z tobą zgodzić. Nie wiem, co bym zrobiła, gdybym nie miała Ruby do opieki nad *kinner*.

– Myślisz, że znajdziesz kogoś do pomocy?

– We wspólnocie? *Nee*, nie w tej chwili.

Ruby podała bratowej kotlet z szynki i purée z batatów.

– Przykro mi, że nie mogę ci pomóc.

– Nic nie szkodzi. Poza tym wydaje mi się, że chyba już znalazłaś zajęcie, które naprawdę sprawia ci przyjemność.

Ruby nie odpowiedziała od razu. Patience miała rację. Jedyne, o czym myślała w tym tygodniu, to praca nauczycielki, byli uczniowie i – z jakiegoś powodu – Christian. Bardzo jej brakowało ich spotkania przy drzewie i nie mogła się doczekać, aż go jutro zobaczy.

– Zrobię w domu wszystko, co będzie trzeba.

– Opieka nad *kinner* i *haus* jest dokładnie tym, czego teraz potrzebuję. W następnym tygodniu będę zaglądała do Sadie i jej córeczki, ale reszta kobiet ma się dobrze. I żadna więcej nie jest w ciąży – o ile mi wiadomo. Teraz wszystko powinno się na jakiś czas uspokoić.

Ruby uśmiechnęła się, zadowolona nie tylko z powodu tego, że jest taką pomocą dla Patience, ale też że bratowa złapie trochę oddechu.

Patience dokończyła kolację i poszła zajrzeć do dzieci. Kiedy Ruby zmywała, do kuchni wszedł Timothy, który właśnie skończył wieczorne obowiązki.

– *Danki*, Ruby – powiedział, stając obok niej. Po świeżym mydlanym zapachu poznała, że już się wykąpał.

Wytarła ręce w ścierkę.

– Za co?

– Że tak pomagasz Patience. – Oparł się o blat. On też wyglądał na zmęczonego. – Uwielbia swoją pracę, ale mamy teraz jakąś eksplozję demograficzną. Co oczywiście jest błogosławieństwem, tyle że podróże po całym okręgu dużo ją kosztują. I wiem, że tęskni za *buwe*. Cieszę się, że tu jesteś i możesz jej pomóc... nam pomóc.

Ruby przełknęła. Narobiła ostatnio trochę bałaganu, a mimo wszystko brat nadal jej ufał, i to w kwestii dla niego najważniejszej – swojej rodziny.

– Zrobiłabym wszystko dla ciebie i *yer familye* – powiedziała ze łzami w oczach.

Skinął głową.

– Wiem. – Uśmiechnął się. – Powinienem dać znać *mamm* i *daed*, jaka jesteś odpowiedzialna.

Roześmiała się i wróciła do zmywania.

– Nie uwierzyliby ci.

– Och, myślę, że by uwierzyli – rzucił, nagle poważniejąc. – Zmieniłaś się, Ruby. Powiedziałaś, że udowodnisz, jaka jesteś dojrzała i odpowiedzialna, i zrobiłaś to.

– Zrujnowałam *schoolhaus*, Timothy.

– A potem posprzątałaś. Wyciągnęłaś wnioski i korzystasz z tego, czego się nauczyłaś. To właśnie jest dojrzałość. *Mamm* i *daed* by się ucieszyli.

Po tych słowach Timothy wziął muffinkę z jagodami i wyszedł z kuchni.

Ruby wpatrywała się w pienistą wodę. Nie czuła się inaczej. Ale musiała przyznać, że zyskała trochę pewności siebie, zwłaszcza po pochwałach Christiana. Może rzeczywiście się zmieniła – szybciej, niż przypuszczała – dzięki Christianowi i zaufaniu, jakie w niej pokładał.

Rozdział trzynasty

W sobotę po pierwszym tygodniu w szkole Christianowi w ogóle już nie dokuczał ból kostki. Przez cały tydzień lekcje przebiegały sprawnie. Chociaż do grudnia pozostało jeszcze kilka miesięcy, Christian zaczął już planować bożonarodzeniowe przedstawienie. W społecznościach amiszów świąteczne przedstawienia były bardzo ważne i Birch Creek nie stanowiło pod tym względem wyjątku. Ponieważ Christian po raz pierwszy przygotowywał program sam, chciał mieć pewność, że będzie kroczył drogą wyznaczoną przez starannie przygotowaną mapę.

Jednak podczas pracy nad programem jego myśli wciąż zbaczały w kierunku Ruby. Tak dobrze sobie radziła z młodszymi uczniami, miała cierpliwość, o którą on zwykle musiał się modlić, kiedy zajmował się innymi czynnościami, w których nie był biegły, jak choćby plastyka. Jednak prace plastyczne stanowiły istotny element edukacji, zwłaszcza u młodszych dzieci. Przyszło mu do głowy, że pewnie Ruby miałaby jakieś cenne spostrzeżenia dotyczące przedstawienia, i postanowił zapytać ją o to na następnej lekcji – o ile będzie o niej pamiętała.

Była pierwsza sobota października i powietrze pachniało jesienią. Przyniósł ze sobą książkę i usiadł pod drzewem, które szybko traciło liście. Oparł się o solidny pień, otworzył ją i zaczął czytać. Ale nie mógł się skupić. Chociaż przez większość życia bez trudu pogrążał się w lekturze, bez względu na to, jak była nużąca, ostatnio miał z tym kłopoty. Odłożył książkę i popatrzył na rozciągające się przed nim pastwisko.

Przez ostatni tydzień, podczas spokojniejszych chwil w szkole, więcej niż raz, siedząc przy biurku, podnosił wzrok i zastanawiał się – a może miał nadzieję – czy Ruby zaraz nie wejdzie do sali z niespodziewaną wizytą. U uczniów, oczywiście. Przypuszczał, że nawiązała z nimi więź, a jego podejrzenia się potwierdziły, kiedy Emma powiedziała, że tęskni za panną Ruby.

– Kiedy wróci? – zapytała.

– Jej powrotu nie ma w planach – odpowiedział.

Emma się skrzywiła.

Christian pochylił się nad dziewczynką.

– Ale zobaczysz ją w kościele, *ya*? Zawsze możesz się z nią tam przywitać.

To uspokoiło uczennicę, jednak nie uspokoiło jego, chociaż nie miał pojęcia dlaczego. Wiedział, że głównym powodem przyjazdu Ruby do Birch Creek była chęć znalezienia męża. Prawdopodobnie Setha Yodera. A on obiecał jej pomóc, chociaż jego rozmowa z Sethem nie okazała się zbyt owocna. Zmarszczył brwi. Wtedy propozycja pomocy wydawała się dobrym pomysłem. Jednak teraz nie był już tego taki pewny – i nie był pewny, dlaczego nie jest pewny.

Zmarszczył brwi jeszcze mocniej. Jak na kogoś, kto uważał się za prostolinijną osobę, jego myśli podążały ostatnio wyjątkowo krętymi ścieżkami.

– Christian!

Odwrócił głowę i dostrzegł Ruby. Machała do niego z drogi. Podniósł się i strzepnął ze spodni źdźbło trawy. Sprawdził, czy kapelusz mu się nie przekrzywił. Dobrze, leżał prosto.

– Witaj – odpowiedział, też do niej machając.

Przyspieszyła kroku, prawie biegła w jego stronę, aż zatrzymała się przed nim gwałtownie.

– Byłam pewna, że zapomniałeś o naszej lekcji.

Uśmiechnął się.

– Ja myślałem tak samo o tobie.

– Nie zapomniałam, ponieważ ją sobie zapisałam. – Uniosła podbródek i wyszczerzyła zęby w uśmiechu. – Korzystam teraz z kalendarza.

Christian o mało nie parsknął śmiechem.

– Mówisz tak, jakbyś nigdy wcześniej z niego nie korzystała.

– Bo nie korzystałam.

Zmarszczył brwi.

– Nigdy?

– W szkole nauczycielka chciała, żebyśmy od szóstej klasy używali planów lekcji, ale ja jakoś nie mogłam dopilnować swojego. Co tydzień go gubiłam i *mei* rodzice w końcu zmęczyli się dostarczaniem nowych. Jednak tym razem postanowiłam trzymać się rozpiski.

– To nie jest takie trudne.

Spojrzała na niego kpiąco.

– Łatwo ci mówić. Ty pewnie masz rozplanowaną każdą minutę dnia.

– Nie każdą minutę. – Wsunął ręce w kieszenie. – To by było zbyt ekstremalne.

– To każdą godzinę. – Kiedy milczał, dodała: – Założę się, że czas na sen też masz rozplanowany.

– Teraz to już przesadzasz. – Nie zamierzał się przyznać, że jeszcze do niedawna tak robił. Przestał dopiero kilka miesięcy temu. – A skoro mówimy o planach, co zaplanowałaś na lekcję numer dwa?

– Tematykę konwersacji.

– Potrafię prowadzić konwersację na przeróżne tematy – oznajmił.

– Ach, ale czy potrafisz konwersować na tematy ciekawe? – Założyła ręce za plecy. – Na tematy, które zainteresowałyby kobietę?

Zasępił się. Nie był pewien, jak odpowiedzieć na to pytanie.

– Dokładnie tak myślałam. – Złapała go za rękę i usiedli pod drzewem. Ruby uderzyła kolanem w książkę, którą przyniósł, i podniosła ją. – *Myślenie krytyczne i inteligencja strategiczna: analiza*. Widzę, że lubisz lekką lekturę.

Christian próbował zabrać jej książkę, ale odsunęła ją poza zasięg jego rąk. Pochylił się na czworakach, jednak stracił równowagę i upadł wprost na Ruby.

– Oj! – rzuciła, po czym się roześmiała. – Przynajmniej tym razem to nie ja wpadłam na ciebie.

Jej śmiech był zaraźliwy i on też zaczął chichotać. To wywołało u niej kolejny wybuch śmiechu, oczy jej lśniły. Ich twarze dzieliło raptem kilka centymetrów. Christian czuł słodki zapach jej skóry, widział trzy piegi na lewym policzku, których wcześniej nie zauważył. Sposób, w jaki jej oczy pociemniały...

– Christian?

– *Ya*?

– To nie jest część lekcji.

– Och... – Och. Wycofał się na czworakach, aż wpadł na drzewo. – Przepraszam – wymamrotał.

Oddała mu książkę.

– Nic się *nee* stało. Jestem przyzwyczajona do niezręcznych sytuacji.

Ale on wcale nie czuł się niezręcznie. Będąc blisko niej, czuł się... dobrze.

– Dobrze, zróbmy burzę mózgów w kwestii tematów, jakie mógłbyś poruszyć w rozmowie z Marthą.

Martha... Nie myślał o Marcie przez cały tydzień. Nie pomyślał o niej nawet dzisiaj, kiedy czekał na Ruby. A już na pewno nie myślał o niej teraz. Musiał ponownie skupić się na swoim celu.

– Dobrze.

Spojrzała na niego wyczekująco.

– Gdzie jest *yer* notes?

Zamarł. Jak mógł zapomnieć swojego notesu? Zawsze robił notatki, kiedy uczył się czegoś nowego.

– Nie przyniosłem go ze sobą. W tym tygodniu byłem tak zajęty, że zapomniałem przypomnieć samemu sobie o zabraniu notesu i ołówka.

Potem słuchał, gdy opowiadała mu, jak pilnowała chłopców, podczas gdy Patience składała wizyty przyszłym matkom i odbierała dziecko Sadie Troyer.

– Cieszyłam się, że mogłam im pomóc. I oczywiście moi bratankowie są najwspanialszymi *buwe* na świecie.

Uniósł prawą brew.

– Jesteś nieco nieobiektywna?

– *Nee*. – Pochyliła się. – Jestem bardzo nieobiektywna.

Christian się rozluźnił. Dobrze było widzieć ją taką – zabawną, pewną siebie, swobodną. Już nigdy nie chciał oglądać jej tak nieszczęśliwej jak w Dzień Zwierzaka.

– Emma za tobą tęskni – powiedział. – Inni uczniowie też.

– Naprawdę? – Wyglądała na autentycznie zaskoczoną. – Jakie to słodkie. – Przerwała na chwilę. – A skoro mowa o słodyczy... jak się miewa Selah?

– *Mei schwester* nie jest tematem do konwersacji – uciął.

– Och, przepraszam. Nie chciałam być wścibska.

Odwrócił wzrok.

– To nie *yer* wina. Między nami panuje impas i nie widzę szansy na jego przełamanie.

– Może potrzebuje jakiegoś dodatkowego zajęcia poza opieką nad tobą i domem.

– Wiem, że tak, ale nie wydaje się zainteresowana szukaniem pracy. Kiedy się tu przeprowadziliśmy, nawet zaproponowałem jej zostanie *mei* asystentką.

– Nie skorzystała z okazji?

Łypnął na nią.

– *Yer* sarkazm mi nie umknął.

Przysunęła się bliżej niego, tak naturalnie, że zastanawiał się, czy w ogóle to zauważyła.

– Christian, może powinieneś...

– Jak powiedziałem. – Uniósł dłoń. – Ona nie jest tematem do rozmowy.

– Rozumiem. – Cofnęła się nieco. – W takim razie porozmawiajmy o Marcie.

Martha. Racja. To dlatego tu byli.

– Skoro nie masz notesu, zaufam, że *yer* fantastyczny umysł zapamięta tę rozmowę. – Uśmiechnęła się. – No dobrze, co Martha lubi?

– Lubi?

– No wiesz, jej ulubione potrawy, hobby. Co lubi robić? Jakie ma nadzieje i marzenia?

– *Nee* mam pojęcia. – Zdał sobie sprawę, że wciąż niewiele o niej wie. – Czy nie taki jest cel tej lekcji? Abym mógł z nią porozmawiać i się tego dowiedzieć?

– *Ya*, ale… jeśli nic o niej nie wiesz, to dlaczego myślisz, że nadaje się na twoją żonę?

– Mógłbym zadać ci to samo pytanie o Setha Yodera.

– Ja trochę o Secie wiem – odparła, krzyżując ramiona.

– Na przykład co?

– Lubi ciasto.

Christian uśmiechnął się kpiąco.

– Wszyscy lubią ciasto.

– Ja nie.

To go zaskoczyło.

– Dlaczego?

– Na ogół jest dla mnie za słodkie. W cieście jest tyle cukru, potem dodajesz jeszcze polewę, też bardzo słodką. – Skrzywiła się. – Wolę placek.

– Jaki?

– Każdy. – Skrzyżowała nogi. – Z malinami, brzoskwiniami, borówkami, truskawkami, rabarbarem... Tak naprawdę nie jadłam jeszcze placka, który by mi nie smakował. A ty?

– Ja też lubię placek. I ciasto. I żadne z nich nigdy nie wydawało mi się za słodkie.

– Robimy postępy. – Uklękła. – Właśnie odbyliśmy rozmowę, w trakcie której dowiedzieliśmy się czegoś o sobie nawzajem. To nie było takie trudne, prawda?

Nie, nie było. Rozmawianie z Ruby w ogóle było łatwe. Odkąd się spotkali. Naturalne. Jakby im sądzone...

– Teraz musisz tylko to samo zrobić z Marthą.

Christian przekrzywił głowę i spojrzał na Ruby. Nagle coś mu zaświtało.

– A jeśli nie chcę?

– Nie rozumiem?

On też przed nią uklęknął.

– Jeśli już nie chcę poznawać Marthy?

Spojrzała na niego drwiąco.

– To niemądre. Jak zamierzasz się z nią ożenić, jeśli jej nie poznasz?

– W takim razie ożenię się z kimś innym. – Coraz bardziej podobał mu się ten pomysł. Tak, to mogłoby się udać... im obojgu.

Ruby przewróciła oczami.

– Z kim?

Pochylił się.

– Z tobą.

Ruby opadła na pupę.

– Coś ty powiedział?

– Że ożenię się z tobą.

To musiał być żart. Nie była jednak pewna, czy Christian potrafi żartować, zwłaszcza że w tej chwili minę miał tak poważną jak nigdy dotąd.

– Żartujesz, *ya*?

– Nigdy nie żartowałbym w tak poważnej kwestii.

– Ale… – Nie miała pojęcia, co odpowiedzieć. Wyobrażała sobie, jak to będzie, kiedy ktoś się jej oświadczy, i na pewno nie wyglądało to w ten sposób. – A dlaczego sądzisz, że ja za ciebie wyjdę? – Słowa same wyfrunęły z jej ust i już miała przeprosić, ale dostrzegła, że on wcale nie wydaje się urażony.

– Logiczne pytanie. Oczywiście musiałbym cię do tego przekonać.

– Oczywiście – mruknęła. Nadal nie była pewna, jak zareagować. Chwilę temu rozmawiali o Marcie i trochę o Secie – musiała przyznać, że w ogóle o nim nie myślała; przypomniała sobie dopiero dziesięć minut przed rozpoczęciem lekcji – a teraz usłyszała oświadczyny. No, coś w stylu oświadczeń. W sumie bardziej polecenie. Wydane poprawną angielszczyzną. – Nie możesz komuś tak po prostu powiedzieć, że się z nim ożenisz.

– Dlaczego nie?

– Ponieważ to tak nie działa.

Wstała. On też się podniósł.

– Dlaczego nie?

– Ponieważ… ponieważ… Nie jestem do końca pewna, po prostu to nie jest romantyczne.

– A czy małżeństwo musi być romantyczne?

– Oczywiście!

– Pozwolę sobie mieć odmienne zdanie. Wiele małżeństw zostało zawartych z pobudek praktycznych i świetnie się sprawdziło. W niektórych kulturach nadal się sprawdza.

– Ale nie w naszej.

– O ile ci wiadomo. Ruby, spójrzmy na fakty. Po pierwsze, oboje jesteśmy gotowi na małżeństwo. Po drugie, oboje mamy ograniczone możliwości.

– Ty masz ograniczone możliwości – odparła. – Ja mam ich całkiem sporo.

– A mimo to nie jesteś w stanie porozmawiać z jedną z nich bez czkawki lub kontuzji.

Był szczery. I wkurzający.

– Próbowałam tylko dwa razy.

– Co doprowadza nas do punktu numer trzy. Ze mną nie musisz próbować.

Zamarła, czując, jak przeszywa ją dreszcz, co było dziwne, biorąc pod uwagę, że przecież to był Christian. Pan Logiczny. Pan Pozbawiony Emocji. Pan Uczucia Są Bez Znaczenia. A mimo to z jakiegoś niewytłumaczalnego powodu poczuła… coś.

– Jesteśmy przyjaciółmi, prawda? – zapytał.

Pokiwała głową, chociaż była to najdziwniejsza przyjaźń, jaką kiedykolwiek nawiązała.

– Możemy ze sobą rozmawiać, nawet się sobie zwierzać. Oboje mamy ten sam cel: małżeństwo. Niektóre pary, które pobrały się z rozsądku, nie miały ze sobą tak wiele wspólnego.

– A od kiedy to jesteś ekspertem w tym temacie?

Zmarszczył brwi.

– Dużo czytam.

Zaczerpnęła tchu i odwróciła głowę. Musiała przyznać, że to, co mówił, miało jakiś sens.

– Ale co z miłością? – spytała, znów na niego patrząc. – Jestem pewna, że o niej słyszałeś. Wiesz, to uczucie, przez które motyle fruwają ci w brzuchu na myśl o drugiej osobie. Zrobiłbyś wszystko, by mieć pewność, że ta osoba jest bezpieczna i szczęśliwa.

– Tak. Zdaję sobie sprawę z istnienia takiego uczucia.

– I?

– Trwałe małżeństwo nie musi się opierać na miłości. Na obopólnym szacunku tak. Małżonkowie bezwzględnie muszą się wzajemnie dobrze traktować. Ale miłość nie jest niezbędna… – Przerwał. – Kochasz Setha?

Pytanie ją zaskoczyło.

– No cóż, *nee*…

– A mimo to uznałaś go za odpowiedniego kandydata na męża.

– *Ya*, ale nie byłam gotowa natychmiast za niego wyjść. Założyłam, że się w sobie zakochamy.

– A gdybyście się nie zakochali?

– Znalazłabym kogoś innego.

Przysunął się bliżej.

– A jeśli ten ktoś inny właśnie przed tobą stoi?

Znowu przeszedł ją dreszcz. Ale gdy spojrzała Christianowi w twarz, nie dostrzegła na niej żadnych uczuć.

– Od jak dawna nad tym myślałeś?

– Od około dziesięciu minut.

– Od całych dziesięciu minut? – Cofnęła się. – I jesteś taki pewien, że właśnie to powinieneś zrobić? Że oboje powinniśmy?

– To logiczne rozwiązanie.

Ruby nigdy w życiu nie zrobiła nic logicznego, przynajmniej niecelowo. Kierowała się emocjami i impulsem. Jednak czy właśnie nie tę cechę próbowała w sobie zmienić? Stać się bardziej odpowiedzialną, podejmować decyzje dyktowane nie przez serce, lecz przez rozum?

– Zdaję sobie sprawę, że cię zaskoczyłem – powiedział Christian. – Wypadałoby, abyśmy oboje się w tej kwestii pomodlili.

– *Ya* – zgodziła się. – Wypadałoby.

– I... – spuścił wzrok – ...przepraszam, jeśli cię uraziłem albo poczułaś się do czegokolwiek zmuszona. Nie takie miałem intencje. – Spojrzał w dal. – Może powinienem był staranniej to przemyśleć, zanim podjąłem z tobą tę rozmowę.

– Może. – Po raz pierwszy, odkąd poruszył temat małżeństwa, wydawał się niepewny. Zmartwiony, najwyraźniej nie chciał urazić jej uczuć, co ją wzruszyło. – Pomodlę się w tej intencji – obiecała. – Rzeczywiście w kilku kwestiach miałeś rację.

Pokiwał głową.

– Ja też będę się modlił.

Stali tam, w podmuchach wiatru. Ruby otuliła się swetrem.

– Chyba w takim razie możemy skończyć dzisiejszą lekcję.

– Tak. – Po kolejnej chwili milczenia zapytał: – Jak sądzisz, kiedy będzie najlepszy moment, byśmy się spotkali i jeszcze raz przedyskutowali tę kwestię?

– W tygodniu?

– Może w środę?

Skinęła.

– W środę.

– W neutralnej lokalizacji?

Logiczny do samego końca.

– Tutaj będzie dobrze.

– O piętnastej?

Pokiwała głową.

– Dobrze. W takim razie do zobaczenia.

Po raz pierwszy, odkąd wpadła na niego w dniu, w którym się poznali, zrobiło się między nimi niezręcznie. Patrzył na nią przez chwilę i Ruby zastanawiała się, o czym myśli. Ale odwrócił się i odszedł, zanim zdążyła cokolwiek odkryć.

Opadła na trawę, żałując, że w ogóle zgodziła się rozważyć oświadczyny Christiana. To nie miało żadnego sensu. Impulsywność jego propozycji powinna była uruchomić w jej głowie dzwonek alarmowy. I uruchomiła... Tylko że nie dzwonił tak głośno, jak jej zdaniem powinien był dzwonić.

Ruby potrząsnęła głową, próbując odzyskać rozsądek. Nie, nie mogła wyjść za Christiana. Nie potrafiła sobie wyobrazić małżeństwa z kimś, kogo nie kochała, nawet jeśli wszystkie inne przyczyny zawarcia owego związku wydawały się logiczne. Ale obiecała mu, że się pomodli, i zrobi to. Jednak podjęła już decyzję i była jej niemal pewna. Owszem, zamierzała wyjść za mąż, ale na pewno nie za Christiana Roppa.

~

Przez całą drogę do domu Christian rozmyślał o swoich oświadczynach. Już po kilku krokach zaczęły ogarniać go wątpliwości. Jego tok rozumowania był prawidłowy, ale wiedział, że zupełnie zaskoczył Ruby. Zupełnie zaskoczył też samego siebie.

Usiadł na szczycie schodów prowadzących na ganek. Po dzisiejszych spacerach bolała go kostka. Jednak ból nie mógł się równać z mętlikiem, który panował w jego głowie. Wielkie nieba, co mi się w ogóle ubzdurało?

Siatkowe drzwi za jego plecami trzasnęły, ale Christian się nie odwrócił. Wiedział, że to Selah, lecz nie był w tej chwili w nastroju, by się z nią użerać.

– Co jest z tobą nie tak? – zapytała, schodząc po schodach. Obróciła się i spojrzała mu w twarz.

– Pytanie ironiczne, wziąwszy pod uwagę, że to ty je zadajesz – mruknął.

– Wyglądasz, jakbyś zobaczył ducha.

To nie był dobry znak. Nie powinien być przerażony perspektywą małżeństwa z Ruby. I nie był. Był... skonsternowany.

Selah skrzyżowała ramiona i popatrzyła na niego z góry.

– Opowiedz mi o tym.

Uniósł brwi.

– Chcesz prowadzić konwersację? Ze mną?

– Chcę wiedzieć, co się dzieje. Zaciekawiłeś mnie. Czy to ma coś wspólnego z Marthą?

Zaprzeczył.

Przekrzywiła głowę i przyjrzała mu się uważniej.

– Interesujące.

– Co?

– Wspomniałam jej imię, a ty się nie zarumieniłeś, nie odwróciłeś wzroku ani nie zacząłeś się jąkać. Co oznacza, że dałeś sobie z nią spokój.

Przypuszczał, że chyba tak. I to bez specjalnych fajerwerków. Oraz wątpliwości po fakcie.

– Czyli nie chodzi o Marthę. Dzisiaj mamy sobotę… – Przez jej twarz przemknął uśmiech. – Widziałeś się z Ruby.

Nie przypominał sobie, aby mówił jej o spotkaniu z Ruby.

– Skąd wiesz?

– Nie jestem tak oderwana od rzeczywistości jak ty. Ale nie mówimy o mnie. O co chodzi z tobą i Ruby?

Od tygodni nie widział Selah tak ożywionej. Jednak nie miał ochoty na tę rozmowę. W milczeniu skubał kołnierzyk koszuli.

– Spotykacie się ze sobą?

Nie był pewien, jak odpowiedzieć na to pytanie. Przełknął ślinę i uciekł wzrokiem.

– Nie sądzę, aby to była twoja sprawa.

– Bo nie jest. Ale już dostałam odpowiedź. – Selah rozplotła ramiona. – Idę dziś do sklepu. Co chcesz w tym tygodniu jeść na kolację?

To pytanie przykuło jego uwagę.

– Idziesz na zakupy? I będziesz gotować?

– *Ya*. Przepraszam, że ostatnio tak ciężko było ze mną wytrzymać.

– W porządku.

– *Nee*, to nie było w porządku. – Po jej twarzy przemknął cień, ale zaraz się uśmiechnęła. – Poprawię się.

– Mówisz jak Ruby. – Nie miał zamiaru wypowiadać tych słów na głos.

– A zatem was dwoje coś łączy. – Selah spojrzała na niego z namysłem. – Nigdy bym nie pomyślała, że moglibyście być razem.

– Ponieważ jej nie lubisz.

Wyglądała na zawstydzoną.

– To również nie było w porządku z mojej strony. – Brązowy liść sfrunął z dębu za jej plecami. – Czy zaprosiłeś ją już na randkę?

Christian zdał sobie sprawę, że siostra nie przestanie go wypytywać, dopóki nie usłyszy odpowiedzi. Jeśli miał być szczery, wolał widzieć ją taką niż opryskliwą i zamkniętą w sobie. Wbrew własnemu rozsądkowi odpowiedział więc:

– Nie do końca.

– Co masz na myśli? – Uśmiechnęła się krzywo. – Albo ją zaprosiłeś na randkę, albo nie.

– Ja… uch… poprosiłem ją o coś.

– Znowu zachowujesz się *seltsam*. Naprawdę musisz ją lubić.

Christian zdjął kapelusz i przeczesał palcami włosy. Powinien je przyciąć. Może Ruby mogłaby go ostrzyc? Jego ręka zamarła w połowie drogi. Rzeczywiście lubił Ruby. I dlatego ich małżeństwo miało sens. Tak, rozumiał, że miłość stanowi pewien czynnik. Ale w jego mniemaniu nie najważniejszy. Miłość rodzi się z przyjaźni i wspólnego stawiania czoła wyzwaniom. A on chciał robić to z kimś, kogo przynajmniej lubił. Uniósł kapelusz, by nałożyć go z powrotem na głowę.

– Nie bądź takim strachajłą, Christian. To tylko randka. Przecież nie poprosiłeś jej, żeby za ciebie wyszła.

Kapelusz wysunął mu się z rąk i upadł na ziemię.

Selah osłupiała.

– Christian... nie poprosiłeś jej o rękę, prawda? – Z jej głosu zniknęły kpiące nuty. – Och *nee*... Co ci przyszło do głowy? To fatalny pomysł!

Nagle ogarnęła go panika. Widok bezgranicznego zdumienia na twarzy siostry przywołał go do rzeczywistości. Nie mógł ożenić się z Ruby Glick. Co on narobił? Schwycił leżący na ziemi kapelusz i odszedł.

Selah pospieszyła za nim.

– Christian, nie możesz zrzucić takiej bomby, a potem uciec.

Próbując odzyskać trzeźwość umysłu, Christian odwrócił się i odchrząknął, chociaż czuł się tak, jakby ktoś zaciskał pętlę na jego szyi.

– Niczego nie zrzuciłem. Wyraziłaś tylko przypuszczenie.

– Słuszne. – Skrzywiła się. – Teraz wyglądasz, jakbyś miał zemdleć. – Dotknęła jego ramienia. – Chcesz *geh* do środka?

Pokręcił głową. To wszystko przeradzało się w jakiś koszmar. Zawstydzający koszmar. Musiał to naprawić. Powiedzieć Ruby, że zmienił zdanie. Że na chwilę stracił poczytalność. Że małżeństwo jest absolutnie wykluczone. Wróci do poprzedniego planu. Pozna lepiej Marthę, a potem, gdy nadejdą odpowiedni czas i uczucie, poprosi ją, by za niego wyszła...

– Christian!

Otworzył oczy. Nawet nie był świadom, że je zamknął.

– Słucham?

Wyraz twarzy Selah przepełniała troska.

– Nie widziałam cię w takim stanie, odkąd byliśmy *kinner*. – Ścisnęła go za ramię. – Bez względu na to, co się stało, wszystko będzie dobrze.

Spojrzał na dłoń siostry i poczuł, że jej dotyk przynosi mu ukojenie, niepomny, że to ta sama Selah, która przez ostatnich kilka tygodni ledwo zaszczycała go spojrzeniem. Miała rację. Wszystko będzie dobrze, ponieważ on rozwiąże ten niedorzeczny problem, który sam stworzył.

Wziął głęboki oddech.

– *Danki*, Selah. Już mi lepiej.

Skinęła, opuszczając rękę.

– A teraz mi wszystko opowiedz.

Wypuścił powietrze.

– Poprosiłem Ruby o rękę.

– Dlaczego to zrobiłeś?

– Ponieważ wtedy wydawało mi się to dobrym pomysłem.

– Wtedy? Christian, ty nigdy nie robisz niczego pod wpływem chwili.

– Wiem. – Podrapał się po karku. – Po dłuższej refleksji nie jestem pewien, dlaczego tym razem postąpiłem inaczej.

– I co powiedziała?

– Słucham?

– Kiedy poprosiłeś ją, żeby za ciebie wyszła?

– Powiedziała, że się nad tym zastanowi.

Selah wyglądała na zaskoczoną.

– Ona naprawdę bierze taką możliwość pod uwagę?

– Pod modlitwę, mówiąc precyzyjnie.

Siostra postukała się palcem w podbródek.

– Podejrzewam, że zdarzały się już dziwniejsze rzeczy, chociaż w tej chwili nic takiego nie przychodzi mi do głowy. Jednak, Christian, jest pewna ważna kwestia. Czy ty ją kochasz?

– Oboje wiemy, że miłość nie jest niezbędna do *gut* małżeństwa.

Selah przewróciła oczami.

– Jeśli nawiązujesz do *mamm* i *daed*, to trudno ich wziąć za wzorowy przykład.

– Są wzorowym przykładem partnerstwa.

– Małżeństwo to coś więcej niż partnerstwo. – Odwróciła wzrok. – A przynajmniej tak powinno być. – Spojrzała mu w oczy. – Jeśli naprawdę wierzysz, że powinniście się z Ruby pobrać, to musisz się o nią postarać. Zwolnij. Zanieś jej prezent, powiedz, że się pospieszyłeś i że chcesz zacząć wszystko od nowa.

Pokiwał głową. To, co mówiła, miało sens. A jemu należało się lekkie utarcie nosa za złożenie tak nierozsądnej propozycji. Przypomniał sobie wcześniejszą rozmowę z Ruby, zanim postradał zmysły i się oświadczył.

– Zawiozę jej placek.

– Myślałam raczej o niewielkiej świeczce albo…

– Placek z malinami. Ucieszy się. Jeszcze zdążę go kupić w piekarni Carolyn Yoder i jej zawieźć. – Odwrócił się do Selah. – Dziękuję. Niezmiernie mi pomogłaś.

Selah się uśmiechnęła – i był to pierwszy szczery uśmiech, jaki widział u niej od dawna.

– Cieszę się, że mogłam się na coś przydać… – zaczęła, ale Christian, pełen optymizmu, szedł już w stronę stajni, by zaprząc Einsteina do dwukółki. Placek, odwołanie oświadczyn i sugestia, by zwolnili i rozpoczęli zaloty, o ile w ogóle powinni je zaczynać. To naprawi sytuację, a on i Ruby wrócą do zwykłych, swobodnych kontaktów… przyjaźni… czy co tam ich łączyło.

Rozdział czternasty

Ruby nie miała pojęcia, jak długo siedziała pod drzewem, zanim ruszyła do domu, wciąż rozmyślając o Christianie i jego oświadczynach. Modliła się, ale wiedziała, że potrzeba będzie więcej niż kilku szeptanych modlitw, unoszonych przez jesienny wiatr, by zrozumieć, czego chce od niej Bóg. Przynajmniej nie musiała dzisiaj podejmować decyzji.

W domu znalazła liścik od Timothy'ego i Patience. Zabrali dzieci do Sadie i Adena na całe popołudnie i wrócą na kolację. Poczuła lekkie rozczarowanie. Miała nadzieję, że zabawa z bratankami odwróci jej myśli od Christiana. Teraz była w domu zupełnie sama. Mogła przynajmniej wziąć się do przygotowania kolacji. Gulasz drobiowy brzmiał całkiem nieźle.

Przygotowała składniki i właśnie włożyła kurczaka do piekarnika, kiedy usłyszała pukanie do drzwi. Umyła ręce, wytarła je i poszła sprawdzić, kto przyszedł. Otworzyła drzwi i szczęka jej opadła.

– Cześć, Ruby. – Przed nią stał Seth Yoder.

Cofnęła się o krok, zahaczając piętą o chodnik. Na szczęście udało jej się utrzymać równowagę i nie upaść.

– Co ty tu robisz?

– Jeszcze cię nie przeprosiłem za to, że uderzyłem cię drzwiami. – Zaszurał nogami. – *Mamm* przesyła to. – Podał jej mały koszyk.

Wzięła go i zajrzała do środka. Ciastka z wiórkami czekoladowymi.

– *Mei* bratankowie będą zachwyceni.

– Ciesz się, że to nie pączki – mruknął i spojrzał na nią. – *Yer* nos wygląda lepiej.

Odruchowo dotknęła swojej twarzy.

– Tak. Już nawet nie boli. Chcesz wejść?

– Uch, pewnie. – Otworzyła szerzej drzwi. – Coś ładnie pachnie.

– Właśnie wstawiłam kurczaka do piekarnika. Na kolację będzie gulasz drobiowy. Zaniosę ciastka do kuchni. – Wskazała mu, by poszedł za nią.

W kuchni postawiła koszyk na stole i odwróciła się do Setha.

– Przekaż matce moje podziękowania.

Przekrzywił głowę i przyjrzał się jej uważniej.

– Wydajesz się dziś jakaś inna – stwierdził.

– Naprawdę?

Pokiwał głową.

– Ale nie potrafię dokładnie powiedzieć, na czym polega różnica.

Wzruszyła ramionami.

– Jestem tą samą Ruby. Niezdarną, nerwową…

– To jest to. – Pstryknął palcami. – Nie jesteś ani niezdarna, ani nerwowa.

Zmarszczyła brwi. Miał rację. Nie dostała czkawki, udało jej się nie przewrócić, prowadziła konwersację na przyzwoitym poziomie z obiektem swoich uczuć i… nic nie czuła. Żadnych motyli, żadnych wilgotnych dłoni, nic.

– To dziwne.

Jego spojrzenie złagodniało.

– Nie nazwałbym tego dziwnym.

– Och? A jak byś to nazwał?

Seth się uśmiechnął.

– Miłe. Powiedziałbym, że to miłe.

Ponownie ktoś zapukał do drzwi.

– A któż to może być? – zastanowiła się Ruby. – Zaraz wrócę.

Poszła otworzyć. I po raz drugi opadła jej szczęka.

– Christian?

Stał tam, z kwadratowym pudełkiem w dłoni i dziwnym wyrazem twarzy, jakby uwierał go kołnierzyk koszuli. Otworzył usta, ale nie wydobył się z nich żaden dźwięk. Wyciągnął w jej stronę pudełko.

Spojrzała na karton.

– Co to jest?

– Placek.

– Przyniosłeś mi placek.

Skinął i uniósł wieczko.

– Z malinami. Dzisiaj pieczony.

Jaki miły gest. I niespodziewany.

– *Danki*.

– To prezent.

– Chcesz wejść?

– Tak. Tak, chcę.

Przesunęła się, żeby go wpuścić, po czym zamknęła drzwi.

– Nie musiałeś przynosić mi prezentu.

Christian przełknął.

– Musimy porozmawiać o tym, co się dzisiaj stało.

– Powiedziałeś, że dasz mi czas do namysłu.

– Wiem. Ale myślę, że pewne kwestie powinniśmy przedyskutować bardziej szczegółowo.

– Na przykład jakie?

– Wszystko w porządku? – Do salonu wszedł Seth. Obrzucił gościa chłodnym spojrzeniem. – Witaj, Chris.

– Seth.

Christian przestał bełkotać i przybrał nieprzenikniony wyraz twarzy.

– Nie wiedziałem, że masz towarzystwo, Ruby.

Spojrzała na obu mężczyzn, którzy wydawali się mierzyć nawzajem wzrokiem. Dlaczego? Nie miała pojęcia.

– Nie wiedziałem, że ona się ciebie spodziewa – rzucił Seth.

– Nie spodziewałam się – powiedziała.

– Odnoszę wrażenie, iż to nie jest twoja sprawa, że wpadłem z niezapowiedzianą wizytą. – Christian mocniej zacisnął palce na pudełku z plackiem.

– On naprawdę zawsze tak mówi, *ya*? – Seth zwrócił się do Ruby.

Z westchnieniem pokiwała głową.

– Na ogół.

Christian zesztywniał jeszcze bardziej, co ją zaskoczyło, ponieważ i tak już stał, jakby kij połknął.

– Widzę, że popełniłem błąd – powiedział cicho. – I to niejeden.

Teraz ona nic nie rozumiała.

– Christian, daj mi ten placek i porozmawiajmy. – Chciała wziąć od niego pudełko, ale go nie puszczał.

– Chyba powinienem już iść – wtrącił Seth i minął ich oboje, zmierzając do drzwi.

Jednak Ruby ledwo go słyszała. Dlaczego Christian nie chciał puścić tego placka?

– Christian, dlaczego się tak zachowujesz? – Pociągnęła pudełko w swoją stronę.

– W zaistniałych okolicznościach zachowuję się absolutnie normalnie. – Nie puszczał.

– Twojego zachowania na pewno nie można uznać za normalne. – Znów pociągnęła. – A teraz daj mi…

Puścił pudełko i placek wystrzelił w powietrze – trafiając Ruby prosto w twarz.

Christian nie sądził, że ten dzień mógłby potoczyć się jeszcze gorzej, ale w ułamku sekundy właśnie tak się stało. Z szeroko otwartymi ustami patrzył, jak placek z malinami ląduje na twarzy Ruby. Kawałki kruszonki spadły na jej biały *kapp*, a jaskrawoczerwone nadzienie spływało z policzków na szyję.

– Och *nee*… – zawołał, doskakując do niej. Zaczął wycierać jej twarz palcami, ale to tylko pogarszało sprawę.

– Zostaw. – Odepchnęła go. – Christian… – Wydała z siebie ni to warkot, ni to pisk i pomaszerowała do kuchni.

Poszedł za nią.

– Przepraszam.

Podeszła do zlewu, odkręciła kran i zaczęła ochlapywać twarz wodą.

– Co się z tobą dzieje? – zapytała, ścierając resztki placka z policzków.

– Ja... *nee* mam pojęcia.

Odwróciła się i spojrzała na niego zmrużonymi oczami spomiędzy kawałków czerwonych malin, po czym westchnęła.

– Idę się umyć na górę.

– Ja już pójdę...

– O *nee*, nigdzie nie pójdziesz. – Uniosła podbródek. Nawet z twarzą utytłaną plackiem wyglądała na nieustępliwą. – Jesteś mi winien wyjaśnienia, Christianie Ropp.

Christian usiadł bez słowa przy kuchennym stole.

Po kilku minutach Ruby wróciła na dół z umytą twarzą, w czystej sukience i świeżym *kapp*. Wyglądała ładnie. Bardzo ładnie. Zabębnił palcami o blat stołu.

Usiadła naprzeciwko niego.

– No dobrze, o czym chciałeś porozmawiać?

Otworzył usta, żeby coś powiedzieć, ale znów nie wydobył się z nich żaden dźwięk. Dlaczego zachowywał się tak przy Ruby? Przecież nie była Marthą. Dotychczas nie miał żadnych trudności w rozmawianiu z nią.

– Christian?

Podobał mu się sposób, w jaki wymawiała jego prawdziwe imię. I że go używała, chociaż wcale jej o to nie prosił.

Pochyliła się i przekrzywiła głowę.

– Halo? Jest tam kto w tym *yer* wielkim mózgu? – Uśmiechnęła się, ale kiedy spojrzała mu w oczy, uśmiech zniknął.

Przeszył go ciepły dreszcz. Wiedział, że to tylko emocje wzbudziły synapsy w mózgu, od czego przyspieszyło mu tętno. Przyciąganie. Prosta reakcja chemiczna, która wcale nie była taka prosta. Kiedy Ruby siedziała tak blisko niego, naszła go nieprzeparta chęć, by dotknąć jej twarzy… i uległ tej chęci.

Miała miękką skórę. Ciepłą, co zapewne wyjaśniało delikatny odcień różu na jej policzkach. Delikatnie przesunął palcem po jej skórze i usłyszał, jak Ruby gwałtownie wstrzymuje oddech. To kompletnie pozbawiło go rozsądku. Logika, racjonalne myślenie i przewidywanie konsekwencji – wszystko to wyparowało mu z głowy, kiedy się pochylił i delikatnie pocałował ją w usta.

Gdy się odsunął, Ruby wpatrywała się w niego szeroko otwartymi oczami.

– Dlaczego to zrobiłeś?

Jej pytanie, połączone ze zszokowanym wyrazem twarzy – i bardzo dużym prawdopodobieństwem, że ten pocałunek jej się nie spodobał – przywróciło Christianowi zdrowe zmysły. Pierś mu się zacisnęła i nie było to miłe uczucie. Zerwał się z krzesła i odwrócił do niej plecami.

– Ja… ja… – Nie mogło już być wątpliwości. Postradał rozum, a pięć sekund temu utracił również godność. – Przepraszam – rzucił, wciąż niezdolny na nią spojrzeć.

Nagle poczuł stukanie w ramię.

– W porządku, Christian.

Odwrócił się powoli. Jej życzliwość znów rozniecila te obce uczucia, z którymi nie miał pojęcia, co zrobić.

– Popełniłem błąd... więcej niż jeden od naszej dzisiejszej lekcji. – Starał się wyzuć swój głos z emocji i miał nadzieję, że mu się to udawało, ponieważ w jego wnętrzu szalała burza uczuć. – Powiedziałem, że dam ci czas. Zamiast tego rzuciłem ci w twarz plackiem, a potem... a potem...

– A potem mnie pocałowałeś. – Uśmiechnęła się. – A myślałam, że to ja zachowuję się niezręcznie, jeśli chodzi o romanse.

Te słowa ani trochę nie wzmocniły jego ego.

– Po prostu zapomnij, że cokolwiek powiedziałem... i zrobiłem.

Chciał ją wyminąć, ale Ruby położyła mu dłoń na ramieniu.

– Jak mogłabym zapomnieć pocałunek?

– To był błąd.

To wyznanie starło uśmiech z jej twarzy.

– Błąd – powtórzyła.

Pokiwał głową.

– Tak. Jeden z wielu, jakie dziś popełniłem.

– Tak jak placek.

– *Ya*.

Jej twarz się ściągnęła.

– I oświadczyny.

Przełknął ślinę.

– Tak. To był niemądry pomysł, zrodzony pod wpływem chwili. Dlatego to takie ważne, aby nie podejmować nieprzemyślanych działań. – Christian wyprostował ramiona. Czuł, że zaczyna odzyskiwać równowagę, dopóki nie dostrzegł zawodu w jej oczach. Dalej wszystko psuł, ale nie było już odwrotu. – Skoro wszystko sobie wyjaśniliśmy, udam się z powrotem do domu. – Tym razem, gdy ruszył do wyjścia, nie powstrzymała go... dopóki nie doszedł do drzwi.

– A gdybym się zgodziła?

Christian się odwrócił.

– Zgodziła na co?

– Gdybym się zgodziła za ciebie wyjść?

~

Jak zwykle Ruby nie mogła zostawić spraw swojemu biegowi. Christian wskazał jej drogę ucieczki – nie wspominając o słodkim pocałunku. I właśnie przez ten pocałunek nie mogła pozwolić mu odejść, jak gdyby nic się między nimi nie wydarzyło. Dostrzegła coś w jego oczach, coś innego niż codzienna, zwykła beznamiętność. A co ważniejsze, sama poczuła coś w sercu. I dlatego nie mogła się powstrzymać przed zadaniem tego pytania.

Uniósł lewą brew.

– Pytanie retoryczne, zważywszy na fakt, że właśnie wycofałem moje oświadczyny, prawda?

Bezceremonialna odpowiedź, ale z jakiegoś powodu nie tak ostra, jak się spodziewała.

– Ale gdybyś nie wycofał, a ja bym się zgodziła za ciebie wyjść, co byś zrobił?

– Ja... podejrzewam, że byśmy się pobrali.

– Tak po prostu?

Skinął głową. Zobaczyła, jak podskakuje mu jabłko Adama.

– Ale do tego nie dojdzie.

– Ponieważ zmieniłeś zdanie.

– Tak. Zmieniłem zdanie.

– To dlaczego mnie pocałowałeś?

Wypuścił powietrze i odwrócił wzrok. Nie odpowiedział.

Wtedy otworzyły się drzwi i do kuchni wszedł Timothy z młodszym synem w ramionach. Zatrzymał się na widok Christiana.

– Witaj – powiedział, po czym posłał Ruby pytające spojrzenie.

Christian skinął mu głową.

– Właśnie wychodziłem.

Obrócił się na pięcie i wybiegł z kuchni. Po chwili usłyszeli trzask drzwi wejściowych.

Timothy zmarszczył czoło i posadził Luke'a w jego krzesełku.

– Coś się stało? – zapytał.

Ruby zaczęła kiwać głową, ale zaraz powoli nią pokręciła. Jak miała wyjaśnić bratu, co się wydarzyło między nią a Christianem, skoro sama tego nie rozumiała? Powiedział, że oświadczając się, popełnił błąd, ale kiedy spojrzała mu w oczy, poczuła, że coś się między nimi dzieje. A pocałunek? Jak mógł się zachowywać tak, jakby nic nie znaczył? Czy on nie ma żadnych uczuć? Czy tylko wmawiała sobie, że jest inaczej?

– Czy coś się pali? – zapytał Timothy, gdy do kuchni weszła Patience, prowadząc Tobiasa za rękę.

– Och *nee*! – Ruby podbiegła do piekarnika i otworzyła go. W kłębach dymu wyciągnęła ze środka brytfankę. Spojrzała na osmolonego kurczaka i rzuciła rękawice na blat. – Zrujnowany!

– Może po prostu zdejmiemy skórę...

– Przepraszam. – Do oczu napłynęły jej łzy. Świetnie, teraz będzie płakać nad spalonym kurczakiem. – Wybaczcie mi...

Popędziła na górę i zatrzasnęła za sobą drzwi sypialni. Otarła oczy. Dlaczego pozwalała, by Christian ranił w ten sposób jej uczucia? Okazało się, że jest niestały. W jednej chwili podobała mu się Martha, a w drugiej oświadczał się Ruby – i ją całował. Jaki mężczyzna tak postępuje? Na pewno żaden miły. I nie taki, który byłby dobrym mężem.

W ogóle nie powinna była proponować mu pomocy. To był jej pierwszy błąd. A drugim było odpuszczenie sobie Setha. Może przyszedł tu, żeby zaprosić ją na randkę? I to też Christian zrujnował. Wszystko było zrujnowane... A co gorsza, była w stanie myśleć tylko o tym głupim pocałunku.

Minęły dwa tygodnie od dnia, w którym Christian ją pocałował, i przez ten czas Ruby trzymała się od niego z daleka. Oczywiście następnego dnia widziała go w kościele, ale go zignorowała, co nie było trudne, ponieważ on również nie zwracał na nią uwagi. I bardzo dobrze, przynajmniej było jej łatwiej go nie dostrzegać, poza szybkim spojrzeniem, jakim obrzuciła go tuż przed kazaniem Timothy'ego. Chociaż była dumna z brata, który po raz pierwszy wygłaszał kazanie – do czego, jak wiedziała, przygotowywał się każdego wieczoru przez prawie dwa tygodnie – nie mogła się powstrzymać przed zerknięciem na Christiana. Ani przed odnotowaniem, jaki jest przystojny. Starała się przegonić go z głowy i skupić na słowach Timothy'ego, jednak jej myśli nie przestawały błądzić.

Znajdowała się dokładnie w tym samym punkcie, w którym była prawie dwa miesiące temu – nie miała ani pracy, ani kandydata na męża. Nie mogła się zmusić, by zabiegać o Setha. To nie wydawało się w porządku, nie po tym, jak Christian ją pocałował. Zrozumiała też, że nie żywi do Setha żadnych uczuć, więc nie miało sensu zdobywanie go… ani nikogo innego. A teraz, kiedy wiedziała, co myśli o niej Christian – że jest błędem – jej perspektywy na małżeństwo w Birch Creek stały się równe zeru.

Mimo to nie chciała wracać do domu. Lubiła mieszkać w Birch Creek i nadal pomagała Timothy'emu i Patience. Potrzebowała czasu, żeby zrozumieć, czego naprawdę chce, zanim wróci do Lancaster. Musiała ułożyć dla siebie nowy plan.

W następnym tygodniu pomagała w przygotowywaniu jedzenia dla budowniczych stodoły. Społeczność miała wznieść dwa budynki – stodołę i duży warsztat dla Solomona Troyera, który powiększał swoją firmę stolarską. Ruby upiekła kilkanaście tuzinów ciastek – z wiórkami czekoladowymi, z masłem orzechowym i oczywiście jej ulubione ciastka potworki, do których dorzuciła dodatkową garść kolorowych draży czekoladowych. Wiedziała, że dzieciakom ze wspólnoty będą smakować.

W sobotni poranek poszła do Troyerów. Teraz już wszystkich znała. Z niektórymi była bliżej – na przykład z Marthą. Innych znała z imienia. Razem z Patience zabrały się do przygotowywania stołów i jedzenia, podczas gdy mężczyźni budowali. Matka Patience pilnowała Tobiasa i Luke'a w domu swoich rodziców.

Ruby postawiła talerz z ciastkami obok pozostałych słodkości i przystanęła, obserwując mężczyzn przy pracy. Zawsze ją zadziwiało, jak szybko wiele rąk może wznieść dużą stodołę czy inny budynek gospodarczy. Widywała to często w swojej społeczności. Tutaj nie było inaczej. Grupa mężczyzn – młodych, starych i nastolatków – pracowała razem jak dobrze naoliwiona maszyna.

Nagle dostrzegła Christiana. Stał z boku z młotkiem w dłoni i wyglądał, jakby nie był pewny, co z nim zrobić. Westchnęła.

– Wszystko w porządku? – usłyszała za sobą.

Odwróciła się do Marthy, która obok jej ciastek stawiała talerz pełen brownie.

Pokiwała głową.

– *Ya*. Wszystko wspaniale.

– Och. Jestem zaskoczona, że tak mówisz, ponieważ właśnie wydałaś z siebie potężne westchnienie.

Ruby zacisnęła wargi. Dlaczego nie mogła przestać myśleć o Christianie? Nie spodziewała się, że on tu będzie, a już na pewno, że będzie pomagał przy budowie stodoły. Z tego, co wiedziała, nadal trzymał się na uboczu, a Selah właściwie zniknęła ze wspólnoty.

Patrzyła, jak podchodzi do niego Malachi Chupp. Christian pochylił się, słuchając uważnie słów chłopca, po czym skinął głową i poszedł za nim na jeden z rogów stodoły. Tam ukucnął obok malca i obaj zaczęli zbijać dwie deski.

– Jakie to słodkie – zauważyła Martha. – Chris ma naprawdę dobre podejście do *kinner*, *ya*?

Ruby pokiwała głową, nadal go obserwując. Zdała sobie sprawę, że myliła się, myśląc, iż nie wie, co robić z młotkiem. Nawet poprawił chwyt Malachiego na trzonku. Gdy dołączyli do nich Jesse i Nelson Bontragerowie, Christian bez trudu wszedł w rolę nauczyciela. A ją coś ścisnęło za serce.

– Będzie kiedyś *gut vatter*. – Martha poprawiła talerz z brownie.

– Podoba ci się? – zapytała Ruby.

– Chris? – Martha się roześmiała. – Jest miłym *mann*, ale *nee*. – Pochyliła się i dodała szeptem: – Mam na oku kogoś innego.

Ruby wypuściła powietrze, chociaż nie miała pojęcia, że je wstrzymywała.

– A oto on – rzuciła Martha.

Minął je Zeb Bontrager, niosąc na ramieniu trzy drewniane belki. Teraz to Martha westchnęła.

Przynajmniej nie była zainteresowana Sethem Yoderem. Ruby przeczesała okolicę wzrokiem, aż dostrzegła go, wysoko nad ziemią. Pomagał kilku mężczyznom umocować wiązary. Jednak tylko na niego zerknęła i zaraz znów wbiła wzrok w Christiana. Czy powinna mu powiedzieć, że Martha interesuje się Zebem? Była pewna, że on znów szuka sposobu, by się z nią umówić. Z wyjątkiem improwizowanych oświadczyn Christian trzymał się planu. Jednak teraz jego starania o Marthę stały się bezcelowe. Ale co ona miała z tym wspólnego?

– Rozmawiałaś ostatnio z Selah? – zapytała Martha, przerywając jej rozmyślania.

Ruby pokręciła głową.

– Rzadko z nią rozmawiam. – Powstrzymała się przed dodaniem, że Selah jej nie lubi. Wstydziła się do tego przyznać.

– Dziwnie się ostatnio zachowuje. Kiedy wprowadziła się do Birch Creek, była przyjacielska i miła. Nadal się stara, przynajmniej przy mnie, ale widzę, że coś jest nie tak. Miałam nadzieję, że dziś ją tu spotkam. Minęły prawie dwa tygodnie, odkąd się ostatnio widziałyśmy.

Ruby nie odpowiedziała. To także nie była jej sprawa. Ostatnie, czego chciała, to wtrącać się w sprawy Christiana i Selah. Cokolwiek się z nimi działo – i z samą Selah – stanowiło ich problem.

– Powinnam *geh* pomóc *mamm* z kanapkami. – Martha odwróciła się do niej z uśmiechem. – Chciałabyś się do nas przyłączyć?

Ruby ostatni raz zerknęła na Christiana i skinęła głową.

– Bardzo chętnie.

W porze lunchu stoły były nakryte, a jedzenie przygotowane. Po zmówionej w milczeniu modlitwie mężczyźni i chłopcy ustawili się w kolejce. Ruby nakładała każdemu głodnemu robotnikowi fasolkę w sosie pomidorowym.

– Nie lubię fasoli – marudził Malachi.

– Ja też nie – poparł go Jesse.

– A ja tak. – Judah Yoder wyciągnął swój talerz w stronę Ruby. – Wezmę ich porcje.

Zachichotała i nałożyła mu jedną łyżkę.

– Dokładkę dostaniesz, jak coś zostanie.

Judah skrzywił się lekko, ale wzruszył ramionami i odszedł. Ruby zamieszała w wielkim metalowym kotle, a kiedy podniosła wzrok, zobaczyła, że stoi przed nią Christian z talerzem w dłoni.

– Czy chciałbyś trochę fasolki? – zapytała. Głos miała spokojny, ale z jakiegoś powodu poczuła się rozdygotana. To tylko Christian. Nikt wyjątkowy, przekonywała samą siebie.

– Poproszę.

Chociaż bardzo się starała go ignorować, spojrzała mu w oczy. Błękitne, łagodne i pełne… skruchy? Żalu? Bo na pewno nie zainteresowania, prawda?

– Ruby, wstrzymujesz kolejkę.

Spojrzała na brata stojącego dwie osoby dalej.

– Przepraszam. – Gwałtownie wetknęła łyżkę w fasolkę, aż sos prysnął jej na fartuch. Oczywiście. Wiedziała, że nie uda jej się przebrnąć przez ten dzień w czystym fartuchu. Ostrożnie nałożyła potrawę na talerz Christiana.

– *Danki* – powiedział cicho i poszedł dalej.

Ruby nadal za nim patrzyła, kiedy usłyszała:

– Cześć.

Zamrugała i odwróciła głowę. Przed nią stał Seth z talerzem.

– Och, cześć…

– Poproszę fasolki.

Znów zerknęła na Christiana, który właśnie brał od Marthy sałatkę brokułową. Zaczęli rozmawiać i Ruby wytężyła słuch.

– Yyy, Ruby?

Odwróciła się akurat na czas, by zobaczyć, że nie trafiła w talerz Setha. Porcja fasolki pacnęła na biały plastikowy obrus.

– Świetnie! – rzuciła głośniej, niż zamierzała. Nabrała kolejną łyżkę i plasnęła mu na talerz, zła na siebie nie tylko za fasolkę, ale też za to, że zwracała tak dużą uwagę na Christiana i Marthę.

– *Danki*... – Seth popatrzył na sos spływający z brzegu talerza.

Ruby już miała przeprosić, kiedy usłyszała śmiech Marthy. Podniosła wzrok i zobaczyła, jak Christian uśmiecha się do niej przed odejściem.

Coś się w niej skręcało, gdy serwowała jedzenie kolejnym mężczyznom. Jeśli Marcie nie podobał się Christian, to dlaczego z nim flirtowała?

– Ruby – usłyszała głos Timothy'ego.

– Co? – warknęła, spoglądając na brata.

– Robisz bałagan.

Spuściła wzrok i zobaczyła, że obok fasolki, którą rozlała wcześniej, leżały jeszcze dwie małe kupki.

– Chciałam podawać sałatkę ziemniaczaną – mruknęła, nakładając bratu pełną łyżkę.

– Skup się na tym, co robisz. – Posłał jej surowe spojrzenie i odszedł.

Miał rację. Ruby skoncentrowała się na uważnej obsłudze, dopóki wszyscy nie dostali jedzenia.

Kiedy mężczyźni skończyli posiłek, kobiety napełniły swoje talerze i usiadły. Ruby poszukała wzrokiem Marthy. Dostrzegła ją obok stołu; znów rozmawiała z Christianem.

Ruby podeszła do nich i postawiła swój talerz.

– Przeszkadzam?

– *Nee* – odpowiedziała Martha. – Christian właśnie opowiadał mi o nowej lodziarni, jest tuż pod Birch Creek.

– Och, doprawdy? – Ruby skrzyżowała ramiona na piersi. – Lody, co?

Christian na nią spojrzał.

– *Ya*. Lody.

– Nie wiedziałam, że lubisz lody.

– Lubię.

Mierzyli się wzrokiem przez długą chwilę. W jego oczach znów pojawiło się to coś, czego Ruby nie potrafiła nazwać. Wiedziała tylko, że nie chce, aby Martha poszła z nim na lody.

– Może wy dwoje powinniście *geh* – zasugerowała Martha.

Oboje na nią spojrzeli.

– Co? – zapytali jednocześnie.

– Powinniście pójść do nowej lodziarni. – Uśmiechnęła się. – Poszłabym z wami, ale mam nietolerancję laktozy. – Zwróciła się do Ruby: – W jaki dzień jesteś wolna?

– Uch… w przyszłą sobotę? – palnęła. To był pierwszy dzień, jaki przyszedł jej do głowy. Nigdy nie potrafiła szybko reagować w takich sytuacjach.

– A ty, Chris? – drążyła Martha. – Masz czas w sobotę?

Przeniósł wzrok na Ruby i odparł bez wahania:

– Sobota mi pasuje.

Ruby otworzyła usta ze zdumienia. Czy oni właśnie umówili się na randkę?

Martha uśmiechnęła się jeszcze szerzej.

– Oczekuję szczegółowego raportu z wizyty w lodziarni. *Mei* rodzicom bardzo smakował deser bananowy.

Christian wolno pokiwał głową.

– Lepiej wrócę do pracy.

Posłał Ruby ostatnie spojrzenie i odszedł.

Martha zachichotała i odwróciła się do Ruby.

– Nie ma za co.

– Mam ci podziękować?

– Za umówienie cię z Chrisem.

Ruby opadła szczęka.

– Zrobiłaś to specjalnie?

– Oczywiście. – Martha zrobiła przebiegłą minę. – Słodko razem wyglądacie.

Nic nie mogło być dalsze od prawdy, ale Ruby skinęła głową. To nie miało znaczenia, ponieważ ona i Christian nie pójdą razem do lodziarni ani nigdzie indziej.

Razem z Marthą zjadła lunch i już do końca unikała tematu Christiana.

Wieczorem stodoła i warsztat były gotowe. Wszyscy byli zmęczeni, ale zadowoleni z efektu. Ruby pakowała rondle do dwukółki Timothy'ego, kiedy ktoś postukał ją w ramię. Odwróciła się i ujrzała Christiana.

Kiedy milczał, sama zaczęła mówić wbrew rozsądkowi. Nigdy nic dobrego nie wynikło z jej nerwowej paplaniny.

– Ach, ta Martha – rzuciła ze śmiechem, który zapewne przypominał dźwięk wydawany przez duszonego konia. – Zawsze żartuje.

– Nie odniosłem takiego wrażenia – odparł.

Ruby oparła się o dwukółkę.

– Żartowała dziś na temat lodziarni.

Uniósł brew.

– Tak powiedziała?

– Uch, *nee*... Nie dokładnie.

– W takim razie co dokładnie powiedziała?

Ruby otworzyła usta, ale zaraz je zamknęła. Jak miała przyznać, że zostali umówieni przez kobietę, która tak naprawdę podobała się Christianowi? I której on się nie podobał. Jakim sposobem to wszystko tak bardzo wymknęło się spod kontroli?

– O której mam przyjechać po ciebie w sobotę? – zapytał, jakby dowiadywał się o pogodę, a nie potwierdzał randkę.

Otworzyła szeroko oczy.

– Przyjechać po mnie?

– Żeby zabrać cię do lodziarni.

– Naprawdę jedziemy?

Skinął głową.

– Zgodziłem się zabrać cię do lodziarni. Nie rzucam słów na wiatr.

– Chyba że chodzi o oświadczyny. – Uch... Nie powinna była mówić tego na głos.

Jego spojrzenie spochmurniało.

– Już to wyjaśniłem.

– Nie do końca.

Wypuścił głośno powietrze.

– Idziesz ze mną czy nie?

Ruby lubiła lody. I zgodzili się pójść razem przy świadku. Tylko dlatego zamierzała wziąć udział w tym absurdzie.

– *Ya*. Ale to nie jest randka.

– Absolutnie nie.

– Świetnie. Chciałam tylko, żeby to było jasne.

– Jasne jak słońce – powiedział Christian, po czym odwrócił się i ruszył przed siebie.

– O osiemnastej – zawołała za nim.

Nie odwracając się, pokiwał głową.

Patrzyła, jak odchodzi. Przynajmniej zje lody. Jednak jakaś część niej – maleńka, którą próbowała ignorować, ale jej się nie udawało – już nie mogła się doczekać sobotniego wieczoru. I to wcale nie dlatego, że uwielbiała blok czekoladowy.

Rozdział piętnasty

Następnej soboty Ruby czekała na Christiana. Stała przy oknie i patrzyła na podjazd. Lada moment podjedzie po nią dwukółką. Lada chwila.

Odwróciła się i spojrzała na wiszący na ścianie zegar. Pięć minut spóźnienia. To nic wielkiego, prawda? Nawet jak na mężczyznę, który zawsze miał wszystko zaplanowane i cenił sobie punktualność. Zmarszczyła czoło i znów wyjrzała przez okno.

– Widzisz tam coś interesującego?

Odwróciła się do Patience, która właśnie weszła do salonu. Ruby opuściła zasłonę.

– *Nee*.

Podeszła do kanapy i opadła na poduszki. Nie przejmowałaby się, gdyby spóźniał się ktokolwiek inny. Ale chodziło o Christiana. Pana Punktualnego. I Pana Nie Mogę Się Zdecydować.

– Coś się stało? – Bratowa usiadła w fotelu naprzeciwko niej.

– Gdzie są *buwe*? – zapytała Ruby.

– Na zewnątrz, bawią się z Timothym. Już niedługo wieczory będą zbyt ciemne i zimne, żeby mogli się bawić na dworze. – Uśmiechnęła się przebiegle. – A tak w ogóle to zgrabna zmiana tematu.

Ruby westchnęła. Oparła rękę na podłokietniku i wsparła podbródek na dłoni.

– Czekałam na kogoś. Ale on nie przyjechał.

– On? – Patience rozsiadła się wygodniej i splotła dłonie na kolanach.

– Chris Ropp. Miał po mnie przyjechać i zabrać mnie na lody.

– Do tej nowej lodziarni na Clarendon?

Czy tylko ona nie wiedziała o nowej lodziarni?

Pokiwała głową.

– *Ya*.

– Słyszałam, że mają świetny deser lodowy z gorącą polewą czekoladową.

– Najwyraźniej ja się dziś o tym nie przekonam – mruknęła.

Patience skrzyżowała nogi.

– Pewnie się trochę spóźni.

– Może. – Ruby znów zerknęła na zegarek. Już prawie dziesięć po. Nie przyjedzie.

– Nie wiedziałam, że coś was łączy…

– Bo nie łączy! – O rety, skrzeczała jak puszczyk. – Nie łączy – powtórzyła trochę ciszej.

Patience pokiwała głową.

– Rozumiem. Może poukładamy puzzle, zanim przyjedzie?

Ruby skinęła, zadowolona, że będzie mogła skupić się na czymś innym. Patience podeszła do szafki stojącej po drugiej stronie pokoju, w której trzymali z Timothym gry, układanki i kilka mniejszych zabawek dla dzieci. Wyjęła pudełko i zamknęła drzwiczki.

– Ta nie zajmie nam dużo czasu – zapewniła, kładąc pudełko na stoliku kawowym.

Ruby usiadła na podłodze i podniosła pokrywkę. Obrazek przedstawiał piękny wiejski krajobraz, z jaskrawoczerwoną stodołą w tle i porozrzucanymi tu i ówdzie belami siana. Rozsypała elementy układanki na stole i razem z Patience zaczęły układać.

Były w połowie, kiedy wrócił Timothy z chłopcami.

– Troszkę się ubrudziliśmy – poinformował z zawstydzoną miną.

Ruby podniosła wzrok, a Patience głośno wciągnęła powietrze.

– Troszkę?

Chłopcy byli cali pokryci błotem. Ich maleńkie białe ząbki wyszczerzone w uśmiechu lśniły na czarnych twarzach.

– Tarzaliście się ze świniami w błocie? – zapytała Ruby, wstając z podłogi.

– Chyba wtedy byliby czystsi. – Patience przewróciła oczami w stronę Timothy'ego, który sam nie wyglądał dużo lepiej. – *Buwe* – dodała, odbierając Luke'a od ojca i poganiając Tobiasa w stronę schodów.

– Pomogę ci przy kąpieli – zaproponował Timothy ze śmiechem.

– Sam musisz się wykąpać.

Ruby spojrzała na puzzle i znów za okno. Może powinna sprawdzić pocztę głosową, tak na wszelki wypadek. Christian miał przecież telefon komórkowy, który dała mu rada szkoły. Ale kiedy wymknęła się do budki i wybrała numer poczty, nic nie usłyszała. Christian na pewno nie przyjedzie. Powinna być mądrzejsza i w ogóle się z nim nie umawiać. Po powrocie do domu próbowała ponownie skoncentrować się na układance, ale nie mogła się skupić. Co za tupet, żeby tak ją wystawić! Nie umawiali się na randkę, ale mieli wspólne plany. Mógł przynajmniej zadzwonić.

Skrzywiła się. Już ona mu jutro w kościele powie, co o tym myśli, bez wątpienia.

Następnego ranka Ruby nie była już taka zła, ale nadal zirytowana. Postanowiła też, że jednak nie będzie łajać Christiana. Po prostu go zignoruje. Dostała nauczkę, żeby więcej mu nie ufać. Jakakolwiek relacja ich łączyła, właśnie dobiegła końca.

Pomogła Patience przygotować chłopców do kościoła i wkrótce ruszyli w drogę. Kiedy przyjechali do Abigail i Asy Bontragerów, Ruby wbiła wzrok w stodołę, w której odbywało się nabożeństwo. Oczywiście witała się z ludźmi, których mijała, ale nie rozglądała się za Christianem.

Po skończonej mszy poczuła się lepiej. Śpiew sprawił jej przyjemność, a nabożeństwo przypomniało, co w życiu jest naprawdę ważne – skupienie na Bogu. Zapomniała o tym ostatnio. Tak naprawdę skupiała się głównie na sobie. I oczywiście na Christianie. Przepraszam, Boże.

Mieli zostać na posiłek, więc Ruby zaproponowała, że pomoże w przygotowaniu jedzenia.

– *Danki*, Ruby, ale mamy mnóstwo rąk do pomocy – powiedziała Abigail.

Ruby spojrzała na tłoczące się w kuchni kobiety i pokiwała głową. I tak pewnie by coś rozlała. Wyszła na zewnątrz i podeszła do stodoły, z dala od miejsca, gdzie rozmawiali mężczyźni i bawiły się dzieci. Oparła się o szorstkie deski i westchnęła, krzyżując ramiona na piersi. Ogarnęło ją zniechęcenie. Chociaż była wściekła na Christiana, poczuła się rozczarowana, że nie widziała go w kościele. Mógł siedzieć poza zasięgiem jej wzroku. A może w ogóle dzisiaj nie przyszedł – chociaż to byłoby dziwne. Nie potrafiła sobie wyobrazić, by mógł opuścić mszę.

Musiała przestać ciągle o nim myśleć. Na tym polegał jej największy problem. Christian za bardzo panoszył się w jej myślach, które powinna zwrócić ku Bogu. Musiała zacząć podążać za Jego wolą, nie swoją.

– I to od teraz – wyszeptała, patrząc w zachmurzone niebo. – Bądź wola *Yer*, bez względu na wszystko.

Po kilku chwilach cichej modlitwy odwróciła się, żeby wrócić do domu. Na pewno lunch już się zaczął. Skręcając za róg stodoły, wpadła na coś solidnego – i natychmiast ogarnęło ją déjà vu. *Christian*. Cofnęła się o krok i zmarszczyła czoło. Muszą przestać spotykać się w ten sposób. Poza tym przypomniała sobie, że miała go ignorować.

– Przepraszam – powiedziała, nie patrząc na niego, i spróbowała go wyminąć.

Ale on złapał ją za ramiona.

– Dzięki Bogu, że cię znalazłem!

Przyjrzała mu się uważniej. Jego wygląd ją zaszokował! Christian miał dzikie spojrzenie. Był bez kapelusza. Nie miał nawet na sobie kościelnego ubrania i wyglądał, jakby przyszedł tu w tym, w czym spał. Nie ogolił się. Nigdy wcześniej nie widziała go tak zaniedbanego. Ani tak spanikowanego.

– Co się stało? – zapytała, odruchowo dotykając jego ramienia.

– Chodzi o Selah. Zniknęła.

~

Christian nigdy w życiu nie czuł się tak przerażony i pozbawiony kontroli. Odkąd odkrył, że Selah zniknęła, nawet jego puls oszalał. Zwolnił odrobinę dopiero teraz, na jej widok. Nie miał pojęcia, co innego mógłby zrobić – poza odszukaniem Ruby.

– Nie wiem, gdzie ona jest – powiedział łamiącym się głosem.

Bez słowa wzięła go za rękę i pociągnęła za stodołę. Nie puszczając jego dłoni, zapytała spokojnie:

– Co się wydarzyło?

– Wczorajszy dzień spędziłem w Barton – zaczął szybko w *dietsch*. – Miałem parę spraw do załatwienia. Wróciłem po południu i zacząłem się szykować, żeby pojechać po ciebie... tak przy okazji, przepraszam...

– Nie przejmuj się tym.

– Poszedłem na górę, żeby powiedzieć Selah, że wychodzę. Drzwi do jej pokoju były uchylone, co było niezwykłe, więc wszedłem do środka. Wszystko zniknęło. Jej ubrania, książki, mała szmaciana lalka, którą miała od dziecka i przywiozła ze sobą z Nowego Jorku. Nie zostawiła żadnego listu, nic, żeby mnie poinformować, kiedy wyjechała albo dokąd. Na początku się nie zdenerwowałem. Pomyślałem, że wróciła do domu. Była tutaj taka nieszczęśliwa, w zeszłym tygodniu czuła się jeszcze gorzej. Chociaż przez chwilę myślałem, że lepiej sobie radzi.

Potrząsnął głową. Przez kilka dni po porażce z plackiem Selah dotrzymywała słowa i zaczęła się starać. Gotowała, sprzątała i rozmawiała z nim. Ale potem zdenerwowała się, kiedy zapytał, dlaczego do pieczeni podała fasolkę szparagową – to danie główne zawsze jedli z groszkiem – i wróciły ciche dni. Co w sumie mu nie przeszkadzało, ponieważ i tak bezustannie rozmyślał o Ruby. O tym, jak bardzo narozrabiał. Chciał z nią porozmawiać, spróbować naprawić sytuację. Brakowało mu jej – ich lekcji, rozmów, tego, że przy niej mógł być sobą. Jednak to on ją zranił i musiał jej to wynagrodzić. Kiedy Martha zaproponowała, żeby poszli na lody, natychmiast skorzystał z okazji. Ucieszył się, że Ruby zgodziła się z nim pójść. Pomyślał, że zmierzają we właściwym kierunku.

I wtedy zniknęła Selah.

– I co było dalej? – zapytała Ruby.

Jej pytanie przywołało go do rzeczywistości.

– Zadzwoniłem do *mamm*, a ona powiedziała, że od kilku tygodni nie miała z Selah kontaktu. Nie chciałem martwić *mei* rodziców, więc wymyśliłem jakąś wymówkę, dlaczego się niepokoję, i powiedziałem, że prawdopodobnie umówiła się z przyjaciółmi. – Christian przeczesał palcami włosy. – Nawet nie pamiętam, co dokładnie im powiedziałem.

– I co potem?

– Poszedłem jej szukać. Spędziłem większość nocy, próbując ją znaleźć, nikogo nie angażując. Wciąż nie miałem stuprocentowej pewności, że coś jest nie tak. Ale czułem to w trzewiach.

– I przyjechałeś tutaj.

Skinął głową.

– Nie wiedziałem, co innego mógłbym zrobić. Nadal nie wiem. Akurat podjechałem, kiedy dostrzegłem cię przy stodole. – Bez namysłu ścisnął jej dłoń. Zalało go poczucie winy, które dotychczas udawało mu się powstrzymać. Zostawił Selah samą sobie, chociaż wiedział, że dzieje się z nią coś niedobrego. To była jego wina. Powinien był coś zrobić…

– Wszystko będzie dobrze, Christian. – Ruby przysunęła się bliżej. – Pamiętaj, Selah jest dorosła.

– Jest *mei* młodszą *schwester* – wykrztusił.

– Ale jest też dorosła. Jestem pewna, że wkrótce się z tobą skontaktuje.

– A jeśli nie?

– Christian, od jej zniknięcia nie minęło dużo czasu. Może pojechała z wizytą do przyjaciółki w innym dystrykcie czy mieście. I dlatego zabrała ze sobą rzeczy.

– To dlaczego mnie nie uprzedziła?

Ruby nie odpowiedziała. Po dłuższej chwili zaproponowała:

– Pojadę z tobą i zostanę, dopóki się nie odezwie. Dam tylko znać Timothy'emu.

Christiana zalała tak wielka fala ulgi, że o mało nie upadł. Chociaż raz nie chciał być sam. Przytłaczało go poczucie winy.

– Poczekaj w dwukółce – poleciła spokojnym, kojącym głosem. – Zaraz wracam.

Wsiadł do wozu, żeby na nią zaczekać. Ludzie uwijali się przy stołach stojących na zewnątrz, ponieważ było jeszcze dość ciepło. Na szczęście chyba nikt go nie zauważył. Potarł dłońmi twarz, czując ostry zarost na podbródku. Wiedział, że wygląda niechlujnie. Jednak w tym momencie w ogóle go to nie obchodziło.

Po chwili Ruby wsiadła do dwukółki.

– *Geh*.

Gdy wyjechali od Bontragerów, Ruby zapytała:

– Chcesz się jeszcze przejechać i jej poszukać?

– Nie wiem gdzie.

– Rozmawiałeś z Marthą?

Pokiwał głową.

– Zajrzałem do niej wczoraj wieczorem. Zapytałem, czy jest u niej Selah, ale zaprzeczyła. Powiedziała też, że nie widziała jej od kilku tygodni. Podobnie jak z rodzicami ograniczyłem wyjaśnienia do minimum. Nie chciałem jej zdenerwować.

– To miłe z twojej strony – pochwaliła Ruby.

Christian prawie nie patrzył, dokąd jedzie. Na szczęście jego koń znał drogę do domu.

– Nie masz żadnego pomysłu, dokąd mogła pojechać?

– *Nee*. – Chwycił mocniej lejce. – Ona mi się nie zwierza.

– A ja nie poświęcałem jej wystarczająco dużo uwagi, dodał w myślach.

Resztę drogi przejechali w milczeniu. Chociaż nie rozmawiali, obecność Ruby dodawała Christianowi otuchy.

Kiedy wysiedli z dwukółki, powiedziała:

– Zrobię coś do jedzenia.

Kiwnął głową w podziękowaniu i zajął się koniem oraz wozem.

Kiedy po jakimś czasie wszedł do kuchni, na stole czekał już talerz z kanapką i garścią precli.

– Kiedy ostatnio coś jadłeś? – zapytała Ruby.

Christian usiadł.

– Wczoraj lunch. Chyba... – Nie był głodny, ale zdawał sobie sprawę, że powinien coś zjeść. Ugryzł kanapkę. Indyk i ser.

Postawiła przed nim szklankę herbaty oraz jabłko i usiadła obok niego.

– A ty nie zamierzasz jeść? – zapytał.

– Później.

Wziął kanapkę i rozerwał ją na pół. Niezbyt elegancko, ale będzie musiało wystarczyć. Podał połówkę Ruby.

– Proszę, zjedz.

– To *yers*...

– Jedz.

Wzięła kanapkę i odgryzła maleńki kęs. Christian widział, że ona też się martwi, chociaż próbowała to ukryć. Zaskakujące, przecież nie były z Selah przyjaciółkami.

– Sprawdziłeś jeszcze raz jej pokój? – zapytała, gdy skończyła jeść. – Może zostawiła jakąś wskazówkę, dokąd poszła.

– Sprawdziłem. Nic tam nie ma. Wszystko ze sobą zabrała.

Ruby zmarszczyła czoło.

– Chyba nie możemy zrobić nic więcej poza czekaniem. Przynajmniej na razie. Jeśli do jutra nie wróci, będziesz musiał poinformować Freemonta, żeby poprosił mężczyzn o pomoc w poszukiwaniach.

Christian skinął głową. Dobrze wiedział o tym, czego nie powiedziała – być może będą musieli zaangażować policję. Jakby nie wystarczyło, że wciągnął w to Ruby. To była jego sprawa. Jego rodzina. Powinien być w stanie sam się z tym uporać. Ale nie był.

Ruby wzięła go za rękę i powiedziała cicho:

– Pomódlmy się za nią, Christian.

Zamknął oczy i zaczął się modlić żarliwiej niż kiedykolwiek o cokolwiek w życiu.

Rozdział szesnasty

Ruby patrzyła na Christiana, który spał na kanapie. Oddychał spokojnie i głęboko. Westchnęła cicho, zadowolona, że w końcu udało mu się zdrzemnąć. Spędziła z nim ostatnie cztery godziny, starając się oderwać jego myśli od Selah. Próbowali grać w karty, ale żadne z nich nie mogło się skupić. Potem poszli na krótki spacer, jednak Christian nie chciał odchodzić daleko, na wypadek gdyby Selah wróciła. Usiłował czytać, ale nie mógł. I wtedy Ruby zrozumiała, że coś jest nie tak.

Na początku nie mogła pojąć, dlaczego aż tak się martwi. To prawda, Selah zabrała wszystkie swoje rzeczy i nie zostawiła wiadomości. Zachowała się tak, jakby z nikim się nie liczyła. Ale przecież nie była dzieckiem. A Christian reagował tak, jakby zniknęła z powierzchni ziemi. Ruby była prawie pewna, że prędzej czy później zadzwonią jego rodzice i powiedzą, że Selah jest u nich. Lub jedna z jej przyjaciółek.

Wstała, zdjęła koc z oparcia kanapy i okryła nim Christiana. Poruszył się lekko, po czym znów znieruchomiał. Nie mogła się powstrzymać i przykucnęła obok niego. Miała ogromną ochotę odgarnąć kosmyk włosów, który opadł mu na czoło, jednak bała się, że go obudzi. Był wyczerpany brakiem snu i ogromem zmartwień. Jego troska o siostrę do głębi ją poruszyła. Dotąd nie zdawała sobie sprawy, że Christian ma w sobie pokłady tak głębokich uczuć. Czasami wydawał się ich całkowicie pozbawiony. A jednak je miał. Przez co jeszcze bardziej jej się podobał.

Poczuła żar na policzkach i wstała. Och, niedobrze. Jak mogła w takiej chwili myśleć o nim w ten sposób? W ogóle myśleć o nim w ten sposób?

Poszła do kuchni i nalała sobie szklankę wody. Chociaż nakazała sobie o nim nie myśleć, nie mogła przestać, zwłaszcza o ich pocałunku. Wciąż nie wiedziała, dlaczego ją pocałował. Całujesz ludzi, których lubisz. Ludzi, których kochasz. I chociaż Christian darzył głębokim uczuciem swoją siostrę, Ruby była dla niego jedynie przyjaciółką, u której szukał pomocy w kłopotach. Czasami nie była nawet pewna, czy on ją w ogóle lubi.

– Dlaczego pozwoliłaś mi zasnąć?

Obróciła się gwałtownie, aż woda chlupnęła ze szklanki. Odstawiła ją szybko na blat, zanim narobi więcej szkód, i schowała dłonie za plecami.

– Byłeś zmęczony. Nadal jesteś. – Miał cienie pod zaczerwienionymi oczami.

– Co nie znaczy, że powinienem spać. – Powlókł się do stołu, usiadł i popatrzył na nią. – Zawiozę cię do domu.

Nie wyglądał na kogoś, kto powinien być teraz sam.

– Mogę zostać.

– Nie. – Wyprostował się, trochę bardziej przypominając zwykłego Christiana. – Zająłem ci już wystarczająco dużo czasu – dodał po angielsku.

– Nie zająłeś i *nee* ma potrzeby, żebyś zachowywał się tak oficjalnie. Myślałam, że byliśmy... jesteśmy... przyjaciółmi.

Milczał przez chwilę.

– Jesteśmy.

Podeszła do niego i usiadła.

– To właśnie robią przyjaciele: wspierają się nawzajem. I się o siebie troszczą.

Ich spojrzenia się spotkały i Ruby dostrzegła w oczach Christiana coś, od czego poczuła ciepło w sercu.

– *Danki*, że jesteś *mei* przyjaciółką, Ruby.

– Proszę bardzo – odparła z uśmiechem. Może jednak ją lubił, trochę bardziej, niż jej się wydawało.

Gdy rozległo się pukanie do drzwi, Christian poderwał się z krzesła. Oboje natychmiast poszli do drzwi.

Na progu stał ojciec Marthy.

– Chris – przywitał się i skinął głową do Ruby. – Martha mnie przysłała.

– Tak?

– Chciała, żebym powiedział ci osobiście, nie przez telefon. Selah jest w naszym *haus*.

Christian starał się nie chodzić w tę i z powrotem, czekając w salonie Marthy.

Ruby uparła się, że pójdzie do domu na piechotę. Tak wiele pragnął jej powiedzieć, ale chciał też natychmiast zobaczyć Selah, więc bez słowa wsiadł do dwukółki i pojechał za ojcem Marthy.

Teraz czekał na decyzję siostry, czy zgodzi się zejść na dół. Matka Marthy krzątała się w kuchni, uprzejmie schodząc mu z drogi. Ojciec Marthy zszedł po schodach.

– Powiedziałem *mei dochder*, że tu jesteś – oznajmił. Po czym wyszedł.

Dlaczego Selah to robiła? Nie dość, że się przez nią zamartwiał, to jeszcze wciągnęła w ich prywatne sprawy całą rodzinę Marthy. Tak jak on wciągnął Ruby. Ale to było coś innego, prawda?

Podniósł wzrok, słysząc kroki na schodach. Martha, schodząc, spojrzała mu w oczy.

– Cześć, Chris – powiedziała łagodnie.

– Czy ona zejdzie?

Pokręciła głową.

– Mówi, że *nee*, ale myślę, że chciałaby się z tobą zobaczyć.

– Dobrze się czuje?

– Nie jestem pewna. Niewiele mówi o tym, co się stało.

Zalała go kolejna fala paniki, ale starał się jej nie poddać. Musiał rozegrać to z wyczuciem, inaczej straci siostrę na dobre.

– A może ty *geh* na górę? – zaproponowała Martha. – Najgorsze, co może ci zrobić, to kazać wyjść. Mój pokój to ten drugi na prawo.

Jeśli Selah mu każe, wyjdzie. Skinął i poszedł na górę.

Przy drzwiach Marthy przystanął. Co powinien powiedzieć siostrze? Był zły, ale przede wszystkim się martwił. Zamknął oczy, odmówił krótką modlitwę, prosząc o mądrość, i wszedł do środka.

Selah siedziała na łóżku, zwrócona do niego plecami. Miała zwieszone ramiona i Christianowi wydawało się, że pociąga nosem. Zauważył też, że ma na sobie angielskie ubranie. Zdziwiło go to, ale nie odważył się w tym momencie prosić o wyjaśnienia.

– Selah?

– Powiedziałam Marcie, że nie chcę cię widzieć. – Nie odwróciła się. Głos miała zduszony, jakby przed chwilą połknęła pełną łyżkę masła orzechowego.

– Wiem. Ale i tak przyszedłem.

Nie odpowiedziała, więc podszedł bliżej. Zawahał się przy łóżku, ale potem obszedł je i usiadł obok niej. Milczał przez długą chwilę, czując, że słowa mogłyby tylko pogorszyć sytuację.

– Przepraszam – wyszeptała w końcu ochryple.

– Przeprosiny przyjęte.

Odwróciła się do niego. Oczy miała zaczerwienione, w dłoni miętła chusteczkę.

– To wszystko?

Rozłożył ręce.

– Co innego powinienem powiedzieć?

– Przede wszystkim mógłbyś na mnie nakrzyczeć.

– Po co miałbym krzyczeć? To nie zmieniłoby tego, co się stało.

– Bo na to zasługuję! – Zerwała się z łóżka i stanęła twarzą do brata. – Czy ty nigdy niczego nie czujesz, Christian? Czy w ogóle martwiłeś się o mnie, kiedy zniknęłam?

Nie masz bladego pojęcia…

– Oczywiście, że tak.

– To dlaczego nie jesteś zły? Dlaczego nie każesz mi natychmiast wracać do domu? – Łzy spływały jej po policzkach. – Dlaczego jesteś taki spokojny? Taki miły?

Serce mu się ścisnęło. Tak trudno było patrzeć na nią w tym stanie, zapłakaną, wyglądającą, jakby spała niewiele więcej niż on.

– Nie potrzebujesz mojego krzyku – powiedział opanowanym głosem.

– *Ya*, potrzebuję! Potrzebuję... potrzebuję... – Selah zaczęła szlochać.

Christian zupełnie się pogubił. Jak mógł jej pomóc? Pocieszyć ją? Wstał z łóżka i podszedł do siostry. Płakała z twarzą ukrytą w dłoniach. Uniósł ramiona, zastygł na chwilę, po czym wziął ją w objęcia.

– Już dobrze... – wyszeptał, poklepując ją po plecach. – Cokolwiek się stało, już wszystko dobrze.

Wtuliła się w niego, szlochając mu w koszulę. Christian ani drgnął, zamierzał tulić ją tak długo, jak tego potrzebowała.

W końcu uniosła głowę i spojrzała na niego. Wyciągnął dłoń i wyjął chusteczkę z pudełka stojącego na nocnym stoliku.

– Proszę.

Wzięła od niego chustkę i wydmuchała nos.

– Zmoczyłam ci koszulę.

Zerknął na mokrą plamę tuż pod prawym obojczykiem i wzruszył ramionami.

– Ta koszula i tak nie była najczystsza.

Selah znów na niego spojrzała.

– Nie ogoliłeś się – zauważyła. – I jesteś rozczochrany.

Próbował przygładzić włosy, ale zaraz dał sobie spokój.

– Czy wczoraj rano miałeś na sobie to samo ubranie?

Pokiwał głową.

Jej spojrzenie złagodniało.

– Zależy ci na mnie.

Znów poczuł ukłucie w sercu.

– Oczywiście, że tak. Przepraszam, jeśli powiedziałem lub zrobiłem cokolwiek, co sprawiło, że pomyślałaś inaczej. – Zamilkł na chwilę. – Czy to dlatego uciekłaś?

Westchnęła, po czym opadła na łóżko.

Usiadł obok niej.

– Dlaczego wyjechałaś?

– Przez *mann*. – Spojrzała na swoje dżinsy i bluzę. Sięgające pasa włosy miała rozpuszczone i poplątane. – Spotykałam się z kimś – powiedziała, patrząc na brata. – Z angielskim *mann*. Spotkałam go w Barton zaraz po tym, jak się tu przeprowadziliśmy. Był miły, przystojny, *gut* się przy nim czułam. Pełna nadziei. Myślałam, że on jest odpowiedzią na wszystko.

– Co masz na myśli?

– Jestem taka nieszczęśliwa – wyszeptała. – Już od bardzo dawna, na długo przed naszym przyjazdem tutaj. A nie powinnam być. Mam *gut* życie. Myślałam, że kiedy dołączę do Kościoła, wszystko się wyprostuje, że będę czuła to szczęście i spokój, które innym przychodzą z taką łatwością. Ale nie poczułam. – Wbiła wzrok w kolana. – Uznałam, że nowy początek w nowym miejscu pomoże, ale to również nie zadziałało. Wtedy poznałam Olivera. Był zabawny. Wymykałam się wieczorami, żeby się z nim spotkać, chociaż wiedziałam, że postępuję nieodpowiednio. – Wypuściła powietrze z płuc. – Wczoraj pomyślałam, że jeśli pójdę do niego, jeśli opuszczę

Kościół i powiem mu, że chcę, abyśmy byli razem, wreszcie znajdę szczęście. Wiem, że to brzmi głupio i niewłaściwie, ale naprawdę byłam zrozpaczona.

– Co on powiedział?

Selah milczała przez chwilę.

– Nie wiem. Nie spotkałam się z nim. Stałam przed jego *haus*, ale nie mogłam się zmusić, żeby podejść do drzwi. Zamiast tego poszłam do całodobowej restauracji. A potem przyjechałam tutaj. W głębi duszy wiedziałam, że popełniam błąd. Że popełniłam tak wiele błędów. – Popatrzyła na Christiana oczami pełnymi łez. – Co jest ze mną nie tak? – wyszeptała.

Objął ją, a ona wsparła głowę na jego ramieniu. Nie miał pojęcia, że Selah przechodzi aż taki kryzys. Nie do końca też go rozumiał. Wyglądało na to, że ona również nie rozumiała.

– Jakoś sobie z tym poradzimy – zapewnił.

– Jak?

– Wrócimy do Nowego Jorku i porozmawiamy z *mamm* i *daed*.

Uniosła głowę.

– *Nee*. Nie chcę tego robić. Oni nie zrozumieją.

– Może nie, ale zawsze to będzie jakiś początek. Selah, myślę, że możesz mieć depresję.

Odsunęła się od niego.

– Nie zwariowałam.

– Wcale tego nie mówię. Depresja nie jest równoznaczna z szaleństwem. To choroba. – Zabrał ramię i odsunął się nieco. – *Geh* z tobą.

– A *yer* uczniowie?

Uśmiechnął się.

– Tak się składa, że znam wspaniałą nauczycielkę na zastępstwo. Będą w *gut* rękach.

Selah pociągnęła nosem.

– Zostawisz swoją pracę, żeby mi pomóc?

Christian pokiwał głową.

– Oczywiście. Chcę się dowiedzieć, co muszę zrobić, żeby ci pomóc. – Uśmiechnął się półgębkiem. – Wiesz, że zawsze jestem chętny do nauki.

Zarzuciła mu ramiona na szyję.

– *Danki*, Christian. Kocham cię.

Odwzajemnił uścisk.

– Ja też cię kocham.

Ruby siedziała na ganku Timothy'ego w bujanym fotelu z drewna orzesznika i patrzyła na ogród. Wieczór był chłodny, słońce znikało za horyzontem. Zerknęła na książkę na swoich kolanach, której tak naprawdę nie czytała. Nie mogła przestać myśleć o Christianie i Selah. Modliła się, żeby wszystko u nich było w porządku.

Powiał silniejszy wiatr, Ruby zadrżała i otuliła się szczelniej granatową kurtką. Powinna była wziąć szalik. Zamknęła książkę i wstała akurat w chwili, gdy na podjazd wjechała dwukółka. Woźnica zatrzymał gwałtownie konia i wysiadł. Gdy Ruby zobaczyła, że to Christian, odłożyła książkę i wyszła mu na spotkanie.

– Czy Selah dobrze się czuje? – zapytała, stając przed nim.

Skinął głową.

– Na razie tak.

Ruby obserwowała jego twarz w gasnącym świetle. Wyglądał na wyczerpanego. I nie miał kurtki.

– Jest zimno. Chcesz wejść do domu?

Pokręcił głową.

– Przyjechałem tylko prosić cię o przysługę, zanim porozmawiam z sąsiadem o opiece nad Einsteinem. Z samego rana muszę *geh* na trochę do Nowego Jorku. Czy mogłabyś przejąć *mei* klasę co najmniej na tydzień?

Nie wahała się ani chwili.

– Oczywiście.

– Teczka dla zastępcy leży na *mei* biurku. – Zamilkł na moment. – Jedyne, co mogę ci powiedzieć, to że Selah mnie potrzebuje.

– Czyli oboje wracacie.

– *Ya*. Czy mogłabyś powiedzieć Timothy'emu i radzie szkoły, że to sytuacja awaryjna?

– Powiem.

Przez jego twarz przemknął wyraz ulgi.

– A jeśli chodzi o ucieczkę Selah…

– Nikomu nie powiem.

– *Gut*. Rodzina Marthy też zgodziła się dochować tajemnicy. – Spojrzał na nią. – *Danki*, Ruby. Wiedziałem, że mogę ci ufać.

Coś w niej drgnęło. Nie duma czy szczęście, nawet nie satysfakcja. Cieszyła się, że mogła pomóc Christianowi. Że zasłużyła na jego zaufanie.

– Jeśli dasz mi swój numer telefonu, będziemy mogli pozostać w kontakcie i dam ci znać, kiedy będę wracał.

Ruby miała w kieszeni swój kalendarz i ołówek. Wyrwała czystą kartkę.

– Zapiszę ci numer naszej budki i nowego telefonu komórkowego Patience. Dopiero co go dostała na wypadek sytuacji awaryjnych.

– Dziękuję – powiedział, gdy wręczyła mu kartkę. – Być może będziesz musiała przygotować dla uczniów kilka dodatkowych lekcji, jeśli nie będzie mnie dłużej niż tydzień.

Nagle ogarnęły ją wątpliwości.

– Do-dobrze...

– Ruby.

Spojrzała na Christiana. Pod powłoką wyczerpania i stresu dostrzegła spokój.

– *Ya*?

– Jesteś *gut* nauczycielką. Ja w to wierzę. I ty też musisz uwierzyć.

Słysząc te słowa, Ruby poczuła się lekka ze szczęścia.

– *Danki*.

– Muszę już wracać do domu. Podrzuciłem Selah, jadąc tutaj. – Zaczął się cofać. – Kiedy wrócę, będziemy musieli porozmawiać.

Pokiwała głową. Nie była pewna, co miał na myśli, ale nie chciała być wścibska. Teraz priorytetem była dla niego Selah i Ruby podziwiała go za to.

– Bezpiecznej podróży.

Skinął i wsiadł do dwukółki. Odprowadziła go wzrokiem, po czym weszła do domu.

Natychmiast odszukała Timothy'ego i wyjaśniła mu sytuację.

Wysłuchał jej ze zmarszczonym czołem.

– I tak po prostu wyjechał?

Pokiwała głową.

– Tak jak powiedziałam, to awaryjna sytuacja rodzinna. – Taka była prawda.

Brat spojrzał na nią uważnie.

– Czuję, że chodzi o coś więcej.

Ruby przygryzła wargę, ale nic nie powiedziała.

W końcu Timothy skapitulował.

– No dobrze. Jutro poinformuję pozostałych członków rady, że Christian wyjechał i znów go zastępujesz. Tylko musisz mi obiecać jedno.

– Co?

– Żadnych zwierząt!

Roześmiała się.

– Zaufaj mi. Dostałam już nauczkę.

Rozdział siedemnasty

Selah siedziała z dłońmi na kolanach przy stole w kuchni rodziców, podczas gdy jej matka nalewała do szklanki wodę z kranu. Wpatrywała się w dębowy blat, żałując, że posłuchała Christiana, kiedy nalegał, żeby tu przyjechali. Gdy przybyli dziś rano, prawie się do *mamm* nie odzywał, po czym zostawił je same, żeby mogły porozmawiać. Jak zwykle w obecności matki Selah nie wiedziała, co powiedzieć.

Mamm postawiła przed nią szklankę, usiadła i splotła dłonie na stole.

– Nie dawałaś znaku życia przez ponad dwa tygodnie – rzuciła ze wzrokiem wbitym przed siebie.

– Przepraszam.

– Christian również się nie odzywał. Zadzwonił dopiero w sobotę, żeby zapytać, czy cię nie widziałam. – *Mamm* dotknęła białego *kapp*. – Jak rozumiem, co z oczu, to z serca.

Selah westchnęła w duchu. Jej matka potrafiła w ułamku sekundy wzbudzić poczucie winy. Skoro chciała z nimi porozmawiać, to dlaczego sama nie zatelefonowała?

– Wciąż nie wiem, dlaczego chciałaś stąd wyjechać. – *Mamm* w końcu na nią spojrzała. – Rozumiem decyzję Christiana. Ale *yer* dom jest tutaj.

Selah nie czuła się tu jak w domu. Ale w Birch Creek też nie. Wszędzie było źle. Wszystko szło źle. Po jej policzkach spłynęły łzy. Pociągnęła nosem i je otarła.

– Selah?

Podniosła wzrok. Matka zmieniła ton, a w jej oczach odmalowała się troska. Selah jeszcze raz pociągnęła nosem i się wyprostowała.

– Masz rację – przyznała, starając się odzyskać zimną krew, której jej brat wydawał się nie tracić. – Nie powinnam była wyjeżdżać.

– Dlaczego płaczesz?

– Nie płaczę. – Zamrugała i odwróciła wzrok.

– Czy coś ci się przydarzyło w Birch Creek? Czy to dlatego wróciliście?

Selah prawie się roześmiała na myśl o tym, jak podobni do siebie są *mamm* i Christian. Oficjalni, bezpośredni, obojętni. Jednak od przeprowadzki zaczęła dostrzegać inne oblicze swojego brata. Był też współczujący i troskliwy. Jej matka także, na swój sposób. Jednak Selah potrzebowała więcej. Tylko nie wiedziała czego.

– Nie mam pojęcia, co jest ze mną nie tak – wyszeptała.

– Co jest z tobą nie tak? – *Mamm* poprawiła okulary w srebrnych oprawkach. – *Nix*. Jesteś w porządku taka, jaka jesteś.

– Czyli jaka? – Selah odwróciła się do niej.

Mamm zamrugała.

– Jesteś... sobą. – Wstała od stołu. – A teraz przestań opowiadać głupstwa i rozpakuj *yer* rzeczy. Możesz pomóc mi przygotować lunch. Ojciec pracuje dzisiaj z domu.

Ale Selah ani drgnęła. Wpatrywała się w stojącą przed sobą szklankę z wodą. Nie chciała się rozpakowywać ani pomagać przy lunchu, ani nawet wypić łyka wody. Chciała się kurczyć na tym krześle, dopóki nie zmieni się... w nicość.

– Selah, słyszałaś mnie?

Nie odpowiedziała. *Mamm* jej nie zrozumie. Nikt nie mógł jej zrozumieć.

– Selah? – *Mamm* położyła dłoń na jej ramieniu.

Selah nie odrywała wzroku od szklanki z wodą.

Mamm wzięła krzesło, przysunęła je bliżej i usiadła.

– Zaczynasz mnie martwić.

Pełne niepokoju słowa przebiły się przez spowijającą Selah mgłę. Jawne okazywanie obaw nie było w stylu matki. Spojrzała na nią.

– Przepraszam.

– Nic nie szkodzi. – *Mamm* niezręcznie poklepała córkę po dłoni, jednak w jej głosie rozbrzmiały łagodne nuty, przypominając Selah te nieliczne momenty, gdy matka ją pocieszała, zwłaszcza kiedy Selah była małą dziewczynką. Im starsza się stawała, tym mniej było pocieszania, a więcej upominania, by zachowywała swoje emocje dla siebie – tak jak robił to Christian. I jak zwykle robiła *mamm*. Jednak nie w tej chwili, co dodało Selah odrobinę odwagi.

– Christian uważa, że mam depresję – wyznała.

W oczach *mamm* odbiło się zaskoczenie.

– A ty co myślisz?

Po policzkach Selah znów zaczęły spływać łzy.

– Nie wiem.

Po długiej chwili ciszy *mamm* zapytała:

– Czy to dlatego wyjechałaś? Ponieważ masz depresję?

Selah wzruszyła ramionami.

– Może. Nie jestem pewna... już niczego nie jestem pewna.

Matka wyjęła z kieszeni fartucha chusteczkę i podała Selah.

– Czy masz... kłopoty? – spytała, odwracając wzrok.

Wiedząc, co ma na myśli, Selah znów wbiła spojrzenie w blat stołu.

– *Nee.*

Mamm pokiwała głową, ale uwagi Selah nie umknął wyraz ulgi malujący się na jej twarzy.

– Czy zechciałabyś z kimś porozmawiać?

Selah uniosła głowę.

– Co masz na myśli?

– Powinnam była dostrzec symptomy – powiedziała *mamm* cicho, jakby mówiła do siebie. – *Yer aenti* Keturah przechodziła to samo, kiedy była w *yer* wieku. Po prostu nie myślałam... – Potrząsnęła głową. – Nie przypuszczałam, że ciebie też to spotka.

– Co?

– Depresja. Keturah zmaga się z nią przez całe życie.

Selah nie posiadała się ze zdumienia. Jej ciotka była jedną z najmilszych, najweselszych osób, jakie znała.

– Naprawdę?

Mamm potwierdziła.

– Czy zechciałabyś porozmawiać z nią o tym, jak się czujesz? Nie wiem dokładnie, jak ona sobie poradziła, ale wiem, że *gut* ci doradzi... – *Mamm* przerwała. – Poza tym umie słuchać. Nie tak jak ja.

Selah spojrzała na dłonie matki. Znów je zaciskała, aż pobielały jej kłykcie. Kiedy ostatnim razem matka ją pocieszała? Dodawała otuchy? Nie potrafiła sobie przypomnieć. I nagle zdała sobie sprawę, że to nie ma znaczenia. Jej matka była teraz przy niej i to dawało jej nadzieję.

– *Ya* – zgodziła się, wycierając oczy chusteczką. – Porozmawiam z nią.

– A ta rozmowa pozostanie między nami. *Nee* ma potrzeby, aby *yer vatter* czy *bruder* o niej wiedzieli.

Selah pokiwała głową.

– *Danki*.

Mamm rozluźniła dłonie.

– Powinnyśmy natychmiast jechać do Keturah. Nie musisz tłumaczyć jej wszystkiego od razu, jeśli nie chcesz, ale myślę, że wizyta u *familye* dobrze nam zrobi. Mężczyźni mogą sami zatroszczyć się o swój lunch.

To była matka, którą znała – kobieta, która przejmowała kontrolę i planowała następny krok. W przeszłości Selah to irytowało, ale teraz przyjęła jej zachowanie z wdzięcznością.

– *Ya* – powiedziała i zdobyła się na lekki uśmiech. – Ja też tak myślę.

Christian poprawił kapelusz, idąc do stodoły. Chociaż „wlekąc się" byłoby bardziej precyzyjnym określeniem, ponieważ gdyby mógł uniknąć tej wizyty, wcale by tam nie szedł. Jednak matka powiedziała mu, że ojciec ostrzy narzędzia w stodole. Ponieważ Christian chciał mieć pewność, że matka i Selah porozmawiają, nie miał innego wyboru, jak tylko przywitać się z *daed*.

Przystanął kilka kroków od drzwi, rozpamiętując ostatnią rozmowę, którą odbyli – i która przerodziła się w kłótnię. Jak potoczy się ich dzisiejsze spotkanie? Christian nie chciał przysporzyć siostrze dodatkowych kłopotów, więc wziął głęboki wdech, postanawiając, że nie da się ojcu sprowokować – bez względu na to, co powie.

Wszedł do stodoły, która została podzielona na pół – dwa boksy dla koni, z których jeden był pusty, a z tyłu warsztat ojca. Kiedy przyjechali tu z Selah, widział Hanka, konia *daed*, skubiącego trawę na małym pastwisku obok stodoły. Wchodząc do warsztatu, usłyszał cichy zgrzyt ostrzałki.

Przystanął i patrzył, jak ojciec ostrzy nóż rzeźniczy na małej kamiennej osełce leżącej na starym stole, który stał pod ścianą. Ojciec był tradycjonalistą w swoim fachu, używał narzędzi odziedziczonych po dziadku Christiana. Tasak, skrobak i kilka mniejszych noży leżały równo na stole obok kamienia. Ojciec pochylał się nad osełką. Christian czekał, aż skończy, nie chcąc mu przeszkadzać – potrafił tak zagłębić się w pracy, że zapominał, gdzie jest.

Kiedy *daed* podniósł ostrze, by poddać je inspekcji, Christian odchrząknął. *Daed* odwrócił się, unosząc brew.

– A ty co tu robisz? – zapytał, odkładając nóż na stół i biorąc tasak. Przesunął kciukiem po ostrzu, nie zacinając się. Christian tylko raz tego spróbował. Skończył z kilkoma szwami. Ojciec przyłożył ostrze do kamienia. – Nie masz przypadkiem pracy?

– Mam kompetentnego zastępcę, który zajął moje miejsce. – Podczas jazdy autobusem myślał o Ruby i swoich uczniach. Nie martwił się. Ufał Ruby i był wdzięczny, że pozwoliła mu się skupić na problemach Selah.

– Nadal używasz wymyślnej angielszczyzny, jak słyszę. – *Daed* znów przesunął ostrzem po kamieniu.

Christian się wzdrygnął. Ten dźwięk zawsze wywoływał u niego dreszcze.

– Czy tak lepiej? – zapytał, przechodząc na *dietsch*.

Daed wzruszył ramionami.

– Jak *yerself* chcesz.

Zgrzyt.

Postanawiając zignorować zaczepny nastrój ojca, Christian zauważył:

– Widzę, że świetnie ci idzie. – Zgrzyt. – Czy… uch… mogę ci w czymś pomóc? – dodał.

– Sam sobie poradzę.

Zgrzyt.

Christian zacisnął zęby.

– Zostanę przez kilka dni, więc gdybym mógł coś zrobić…

– Pewnie ganianie całymi dniami za małymi *kinner* nie jest jednak tak zabawne, jak ci się wydawało. – *Daed* łypnął na niego.

– Nie ganiam całymi dniami za *kinner* – odparł, czując, jak ogarnia go złość. Jego ojciec dokładnie wiedział, gdzie uderzyć, i czasami Christian podejrzewał, że efekty sprawiały mu przyjemność. Zaczerpnął kolejny haust powietrza. – Jako członek rady wiesz z własnego doświadczenia, jak ważną rolę w sukcesie szkoły odgrywa *gut* nauczyciel.

– A zatem *yer* szkoła nie odnosi sukcesów.

– Tego nie powiedziałem.

Ojciec ponownie skupił się na kamieniu.

– Zapytam jeszcze raz: dlaczego tu jesteś?

Zgrzyt.

Christian miał ochotę chwycić osełkę i cisnąć nią przez okno stodoły. Zamiast tego stłumił narastającą złość.

– Chcieliśmy z Selah sprawdzić, jak sobie z *mamm* radzicie. – Pozwoli zadecydować Selah, czy ojciec ma poznać prawdziwy powód ich wizyty.

Daed obrócił się na krześle i parsknął śmiechem.

– Jak sobie radzimy? Dobrze. Właściwie nawet lepiej niż dobrze. – Zmrużył oczy. – Teraz wreszcie możemy robić to, na co mamy ochotę.

Christian się wzdrygnął, jakby ojciec chciał rzucić w niego tasakiem. Zrozumiał podtekst kryjący się w jego słowach.

– Przykro mi, że nie mogę być *sohn*, jakiego pragnąłeś – powiedział, starając się, by głos mu nie drżał. Zgrzyt. – Jak długo będziesz miał do mnie pretensje o to, że wybrałem własną drogę?

Ostrze zawisło nad kamieniem. *Daed* odłożył nóż.

– Nie mam do ciebie pretensji.

Prawie mnie przekonałeś, pomyślał Christian.

– W takim razie jesteś rozczarowany.

– Nie będę zaprzeczał. – Ojciec wziął nóż rzeźnicki, który przed chwilą ostrzył. – Wiesz, jak stare jest to narzędzie?

Christian wiedział, ale milczał, pewien tego, co powie ojciec.

– Cztery pokolenia. Cztery pokolenia rzeźników, wywodzących się jeszcze z Europy. Fach, który gwarantował jedzenie na stole i ubranie na grzbiecie. – *Daed* obrócił się, wciąż z nożem w dłoni. – Fach, który ty odrzuciłeś, ponieważ nie był dla ciebie wystarczająco *gut*.

– Tak właśnie myślisz? – zapytał zaskoczony Christian.

Daed wzruszył ramionami z nieobecnym wyrazem twarzy. Z obojga rodziców to on był bardziej ekspresyjny, ale w tej chwili wydawał się tak pozbawiony uczuć, że Christian miał ochotę nim potrząsnąć.

– Mężczyźni z rodziny Roppów nie używają wyszukanych słów ani nie czytają wyszukanych książek – ciągnął.

– Jestem więc anomalią.

– Cokolwiek to jest. – *Daed* odłożył nóż i jeszcze raz wziął tasak. – Jak widzisz, mamy się dobrze. Ty i *yer schwester* możecie wracać do waszego Dirt Creek…

– Birch Creek…

– I żyć dalej *yer* życiem. *Mamm* i ja będziemy dalej żyli swoim.

Powinien po prostu odwrócić się i wyjść. Wbrew beznamiętnej minie ojciec był zły. W pewien sposób Christian go rozumiał. Miał wobec syna oczekiwania, których ten nie spełnił. *Daed* pracował ręka w rękę z mężczyznami ze swojej rodziny, dopóki nie odeszli na emeryturę – czy, tak jak dziadek, nie zmarli. Teraz był w warsztacie sam. Spotykał się z klientami i innymi rzeźnikami, ale firma należała tylko do niego. I nie miał nikogo, komu mógłby ją przekazać.

Christian zmagał się z tym już wcześniej, zanim obwieścił ojcu, że zostanie nauczycielem. Po ogłoszeniu tej decyzji poczuł się tak, jakby ktoś zdjął z jego barków ciężar, ale może teraz inny ciężar spoczywał na barkach ojca.

– Przepraszam – powiedział szczerze i zrobił krok do przodu. – Żałuję, że sprawy nie mogły ułożyć się inaczej.

– Sam podjąłeś decyzję.

– Tak jak ty podjąłeś *yers*.

Daed spojrzał na niego, coś przemknęło przez jego twarz.

– Ja nie miałem wyboru. Nie zamierzałem obrócić się plecami do *mei vatter* i *grossvatter*. Nie zamierzałem odrzucić wszystkiego, czego mnie nauczyli.

Poczucie winy rosło w Christianie, ale pozostał niewzruszony.

– A *onkel* David? On odszedł z firmy.

– On nie musiał zostać.

– Ponieważ firma była *yer*. – I miała należeć do mnie. Christian pokręcił głową. Mogą krążyć z ojcem wokół tematu i niczego nie rozwiążą. – Widzę, że *nix* się nie zmieniło – mruknął.

– *Nee*. Nie zmieniło się. – *Daed* znów odwrócił się do osełki i wziął tasak.

Zgrzyt.

Christian wyszedł ze stodoły. Miał ochotę natychmiast wezwać taksówkę, która zawiezie go na dworzec autobusowy, ale to byłoby nie fair wobec Selah. Zostanie tutaj tak długo, jak ona będzie go potrzebowała. Jednak gdy tylko zyska pewność, że siostra sobie poradzi, wróci do Birch Creek – tam, gdzie jego miejsce.

~

W połowie tygodnia Ruby była zmęczona, ale usatysfakcjonowana. Na początku uczniowie pytali, kiedy Christian wróci, ale po drugim dniu jego nieobecności w szkole przestali dociekać. Trzymała się jego planów, a większość czasu po lekcjach poświęcała na przygotowywanie rozpiski na następny tydzień, na wypadek gdyby Christiana coś zatrzymało dłużej. Naprawdę lubiła uczyć, podobały jej się nawet te trudniejsze chwile.

Jedno z większych wyzwań stanowiła dyscyplina. Dziś rano, siadając za biurkiem, znalazła na swoim krześle pinezkę. To było gorsze niż guma – i wcale jej nie rozbawiło. Ponieważ nikt się nie przyznał, wszyscy dostali dodatkowych pięć słów do przeliterowania przed klasówką w najbliższy piątek. Dzieci musiały wiedzieć, że traktuje ich edukację poważnie.

Kiedy weszła do domu, Patience szykowała w kuchni kolację.

– Gdzie są *buwe*? – zapytała Ruby, odkładając książki i papiery na blat przy drzwiach do sieni. Po kolacji musiała ocenić dużo prac i już się na to cieszyła.

– U Beilerów – odpowiedziała bratowa. – Joanna i Naomi zaproponowały, że się nimi zajmą podczas mojej wizyty u Irene. Chłopcy zostaną u nich na noc.

– Jak ona się czuje?

– *Gut*. Dowiedziałam się też, że Emily Beachy jest przy nadziei.

A zatem Fanny, Samuel i Caleb będą mieli kolejnego brata lub siostrę.

– Naprawdę będzie ci potrzebna pomoc.

– *Ya*. I Bóg mi ją ześle w odpowiednim czasie. Zawsze tak robi.

– To prawda. – Ruby zamilkła na chwilę. Ostatnio dużo myślała o swojej przyszłości. – Myślę, że mnie też coś zesłał.

– Och?

– Patience… Chcę zostać nauczycielką.

Bratowa odłożyła marchewkę i obieraczkę i obróciła się do Ruby.

– Myślę, że to doskonała decyzja.

– Naprawdę?

– Widać, że sprawia ci to przyjemność. Powiedziałabym, że uwielbiasz tę pracę. I tak *gut* radzisz sobie z *kinner*. *Buwe* tęsknili za tobą w tym tygodniu.

Ruby poczuła ciepło w sercu.

– Ja też za nimi tęskniłam. I masz rację, uwielbiam uczyć.

Patience oparła się o blat.

– W takim razie jakie masz plany?

– Najpierw – odrzekła Ruby, biorąc papiery i książki – zamierzam skupić się na *mei* uczniach, dopóki nie wróci Chris. W tej chwili są dla mnie priorytetem.

Patience się uśmiechnęła.

– *Gut* cię widzieć tak zadowoloną i pewną siebie.

Pewną siebie? Ruby myślała o tym, idąc na górę, żeby odłożyć rzeczy. Nigdy się za taką nie uważała, ale rzeczywiście teraz tak się czuła. Zaczynała wierzyć w to, co powiedział Christian. Była *gut* nauczycielką, sprawowała kontrolę nad klasą, a przede wszystkim – on jej zaufał. Nic nie mogłoby dodać jej większej pewności siebie. Dziękuję Ci, Panie.

Kiedy sprzątnęła po kolacji, rozłożyła prace na stole i zaczęła je sprawdzać. Nagle w sieni zadzwonił telefon Patience.

– Odbiorę! – zawołała do Timothy'ego i Patience, którzy siedzieli w salonie.

Poszła do sieni i wzięła aparat.

– Halo?

– Cześć, Ruby – usłyszała głęboki, spokojny głos Christiana.

Uśmiechnęła się.

– Cześć. Co słychać?

– Wszystko w porządku. Do soboty powinienem wrócić do Birch Creek. Spotkajmy się przy drzewie, żebyś mogła mnie poinformować o wydarzeniach, które w tym tygodniu miały miejsce w szkole.

– W porządku. – Zamilkła. Mówił tak energicznie i oficjalnie. – Jak się czujesz?

– Dobrze. Dziękuję, że pytasz.

Ramiona jej opadły. W sumie czego oczekiwała? Że powie, iż za nią tęskni? Że zapyta, jak się miewa? To nie było w stylu Christiana.

– Twoi uczniowie również mają się dobrze – odparła, naśladując jego oficjalny ton.

– Nie wątpię. Muszę się rozłączyć. Do zobaczenia w sobotę. O szesnastej?

– Może być. Do widzenia.

Odstawiła aparat na ładowarkę. Przynajmniej mógł wrócić, co oznaczało, że Selah czuła się lepiej. Przez cały tydzień Ruby modliła się za nich oboje i wyglądało na to, że Bóg zesłał jeszcze jeden dar – wysłuchał jej próśb.

~

Christian odwiesił słuchawkę, wyszedł z budki i ruszył z powrotem do domu. Chciał porozmawiać z Ruby dłużej, ale nie bardzo wiedział, co powiedzieć. Przez większość czasu łatwo mu się z nią rozmawiało, jednak bywały chwile – jak wtedy, gdy się jej oświadczył, i potem, kiedy ją pocałował – że czuł się niezręcznie. Teraz również tak się czuł. Ponieważ za nią tęsknił.

Odkąd wrócił do Nowego Jorku, miał dużo czasu na myślenie. Jednak tym razem, zamiast rozmyślać o lekcjach, swoich uczniach albo rozwoju własnego umysłu, skupił się na rodzinie… i na Ruby. Nie chciał z nią rozmawiać tylko o swojej klasie – chociaż bez wątpienia czekał na podsumowanie tygodnia. Jednak nie martwił się o swoich uczniów ani przez chwilę. Był szczery, mówiąc, że jej ufa.

Zastanawiał się też nad swoją relacją z ojcem. Od ostatniej rozmowy unikali się nawzajem, nie odzywali się do siebie, nawet jeśli przebywali w tym samym pomieszczeniu czy podczas posiłków. Ojciec nie miał ochoty wyjść Christianowi naprzeciw, a Christian nie mógł go do tego zmusić. Bez względu na to, jak bardzo pragnął, aby sytuacja wyglądała inaczej, musiał pogodzić się z faktem, że *daed* może nigdy nie zaakceptować jego decyzji i stosunki między nimi już zawsze pozostaną napięte.

Wszedł do domu. Selah i matka rozmawiały przy kuchennym stole.

– Przyjdę później – powiedział i już chciał wyjść, gdy siostra zagaiła:

– Christian?

Odwrócił się.

– *Ya*?

– Czy mogłabym z tobą porozmawiać?

Mamm poklepała Selah po dłoni i wstała.

– *Geh* obudzić *yer vatter*. Jestem pewna, że usnął w fotelu.

Christian się nie odezwał. Kiedy wchodził do domu, widział ojca chrapiącego w swoim starym fotelu. Dlatego postanowił pójść do kuchni.

Mamm przystanęła. Spojrzała na Christiana, a potem na Selah.

– *Gut* mieć was oboje w domu. Nawet jeśli tylko na chwilę. – Dotknęła ramienia Christiana i wyszła.

Usiadł naprzeciwko siostry. Zauważył, że odkąd przyjechali do domu, wyglądała lepiej. Rano, kiedy schodził na dół, była ubrana, a upięte włosy chowała pod *kapp* albo chustką. Jej cera wydawała się odrobinę bardziej promienna, a oczy nie tak matowe jak wcześniej. Właśnie z tego powodu podjął decyzję, że pod koniec tygodnia może wrócić do Birch Creek.

– O czym chciałaś ze mną porozmawiać?

Selah przesunęła palcem po blacie. Christian wiedział, że rozmawiała nie tylko z *mamm*, ale też odwiedziła ich *aenti* Keturah, i to więcej niż raz. Może przebywanie z rodziną miało na nią dobry wpływ.

W końcu Selah się odezwała:

– Byłam dziś u lekarza. *Aenti* Keturah mi to doradziła.

Uniósł brew, ale nic nie powiedział. Zaskakujące, zważywszy na fakt, że rodzice odwiedzali lekarzy tylko w naprawdę awaryjnych sytuacjach. Był również zaskoczony, że ciotka ma tak duży wpływ na decyzję Selah. Z tego, co było mu wiadomo, ona również nie przepadała za lekarzami.

– I co powiedział?

– To lekarka. Myśli, że mam depresję, i zasugerowała terapię. Powiedziała też, że mogłabym zacząć brać leki, ale chciałaby, żebym najpierw spróbowała z kimś porozmawiać. Zna terapeutę, którego z całego serca poleca. – Selah przełknęła. – Nie jestem pewna, czy chcę rozmawiać z kimś obcym, zwłaszcza że nie jest amiszem. – Rozumiał jej obawy. Amisze byli skrytymi ludźmi nawet we własnym gronie. Byłoby trudno rozmawiać z kimś z zewnątrz o szczegółach dotyczących ich kultury. – Ale spróbuję – dodała. – *Aenti* też zasugerowała, żebym porozmawiała z Samuelem.

To również go zaskoczyło. Samuel King, ich biskup, był dobrym człowiekiem, dostępnym zawsze, gdy ktoś go potrzebował.

– Podejrzewam, że zaopatrzy cię w mnóstwo przydatnych cytatów z Biblii – zauważył.

Selah skinęła głową.

– Lubi cytować Pismo. Większość tego lekceważyłam, ale teraz naprawdę potrzebuję tych słów.

– To wszystko brzmi *gut*. – Brzmiało lepiej niż dobrze, ale nie chciał poddawać Selah nadmiernej presji. Wróci do zdrowia w swoim czasie – i w czasie wyznaczonym przez Boga.

– Bardzo cię przepraszam – powiedziała szczerze. – Byłam dla ciebie okropną *schwester* i cieszę się, że jesteś gotowy wrócić do Birch Creek. Ja sobie poradzę.

– Nie musisz przepraszać – odparł. – Rozumiem.

– To jednak wciąż nie naprawia sytuacji. – Westchnęła. – Muszę przeprosić Marthę i jej *familye*. I Ruby. Byłam wobec niej bardzo niesprawiedliwa.

– Ona też rozumie.

Selah spojrzała na niego, unosząc brew, dokładnie tak, jak sam często robił.

– Powiedziałeś jej, co się stało?

– *Nee*. Nigdy nie zawiódłbym twojego zaufania.

– Jesteś *gut* człowiekiem, Christian. I wspaniałym *bruder*. – Selah zrobiła przebiegłą minę. – Ale w kwestii relacji damsko-męskich potrzebujesz pomocy.

– Dałem sobie z tym spokój.

– Dlaczego? Przecież już poprosiłeś Ruby o rękę.

– Błąd z *mei* strony.

– Uch… Nie pozwól, żeby ona to usłyszała.

– Jestem pewien, że z całego serca podziela moją opinię.

Selah spojrzała na niego czujnie.

– Tak ci powiedziała?

– Nie takimi słowami.

– A w ogóle jakimiś słowami?

– Cóż… *nee*.

Siostra wyciągnęła rękę i pacnęła go w głowę.

Christian uniósł dłoń do czoła. Nie zabolało, ale był zaskoczony.

– A to za co?

– Za to, że jak na bystrego *mann* jesteś strasznie tępy. Nie widzisz, że ty i Ruby jesteście dla siebie stworzeni?

Jej słowa coś w nim poruszyły, ale szybko to okiełznał. Jego uczucia – bez względu na to, jakie one były – nie miały znaczenia.

– To dosyć niespodziewane, zważywszy na twoją opinię o Ruby.

– Zmieniłam zdanie. Ona jest dokładnie tym, czego potrzebujesz.

Christian spojrzał na zegar ścienny. Na środku tarczy widniał pulchny kogut, dość frymuśna dekoracja jak na konserwatywnych rodziców.

– Rozumiem, że nie chcesz rozmawiać o Ruby.

Odwrócił się z powrotem do siostry.

– I się nie mylisz.

– No dobrze, zmieńmy temat. Jak wam się układa z *daed*? Mam wrażenie, że odkąd przyjechaliśmy, ledwo możecie znieść swoją obecność w jednym pokoju.

Teraz popatrzył jej prosto w oczy.

– O nim również nie chcę rozmawiać.

Selah skinęła głową.

– Dobrze. Uszanuję to. – Wstała od stołu. – Ale jeśli chodzi o Ruby, musisz się zastanowić nad *yer* przyszłością z nią. I to wszystko, co mam do powiedzenia na ten temat.

– Ale…

Selah wyszła z kuchni, zostawiając Christiana z zamętem w głowie. Popatrzył na stojący na środku stołu talerz z pokrojoną szarlotką. Ciasto było przykryte folią spożywczą, ale to go nie powstrzymało przed wzięciem kawałka. Wgryzając się w wilgotną słodycz, rozmyślał o tym, co powiedziała Selah. Nie miał pojęcia, skąd wyciągnęła takie wnioski, skoro właściwie wcale nie widywała go z Ruby.

Skończył jeść i zebrał z blatu okruchy. Opinia Selah nie miała znaczenia. Ruby odrzuciła jego oświadczyny. Jednak wciąż pozostawała kwestia pocałunku. Chciała z nim o tym porozmawiać, a on musiał się wytłumaczyć. Chciał, aby miała wolną rękę, żeby zająć się Sethem czy jakimkolwiek innym mężczyzną, którego uzna za odpowiedniego kandydata na męża. Fakt, że on porzucił swoje plany matrymonialne, nie oznaczał przecież, że ona zaniechała swoich starań.

Jednak coś skręcało go w środku na myśl o Ruby z innym mężczyzną.

Ruby czekała pod koroną drzewa. Była połowa listopada i prawie wszystkie liście opadły. Na niebie wisiały chmury, było zimno. Otuliła się szalem i schowała ręce w kieszenie. Może powinni byli umówić się na spotkanie w jakimś cieplejszym miejscu. Ukucnęła obok płóciennej torby z napisem „Nauczyciel #1" i rysunkiem czerwonego jabłka. Zobaczyła ją, kiedy wczoraj po szkole poszła do dyskontu w Barton. Była fikuśna, ale idealna dla Christiana. Wątpiła wprawdzie, aby podzielał jej zdanie, ale i tak ją kupiła.

Gdy usłyszała szelest liści, podniosła wzrok. Szedł ku niej, z kapeluszem mocno zatkniętym na głowę i szyją obwiązaną szalikiem. Wstała i splotła palce. Brązowe liście wirowały wokół jej kostek.

Zatrzymał się kilka kroków przed nią.

– Cześć – powiedział.

– Cześć. – Zanim zdążyła wkraść się między nich niezręczna cisza, podniosła torbę. – Proszę – dodała, podając mu ją.

– Co to jest? – Łypnął na napis. – Nauczyciel numer jeden?

Skinęła z uśmiechem.

– Uczniowie mieli wczoraj klasówkę z literowania. Oceniłam prace i schowałam do teczki razem z *yer* planami lekcji i dodatkowymi zadaniami Malachiego.

– Dziękuję.

– Nie bądź zaskoczony dodatkowymi słowami na klasówkach – ostrzegła i opowiedziała mu o pinezce na krześle.

– Z tobą też tego próbowali? Ja znalazłem moją drugiego dnia. Może to jakiś rytuał inicjacyjny dla nauczycieli?

Znów się uśmiechnęła. Podobało się jej, że nazywał ją nauczycielką. Zdała sobie też sprawę, że nadal go lubi, pomimo wszystko. Tęskniła za nim, kiedy wyjechał, i to nie tylko dlatego, że mogłaby go zapytać o radę w kilku trudniejszych sytuacjach, jakie miały miejsce w zeszłym tygodniu w klasie. Jednak jej uczucia wobec niego niczego nie zmieniały. Ona już wybrała swoją drogę.

– Jak się czuje Selah?

– Lepiej. Wyjdzie na prostą.

– Cieszę się. Modliłam się za was oboje.

Spojrzał na nią.

– *Danki.*

Wydawało się jej, że głos lekko mu się załamał, gdy przechodził na *dietsch*, ale to mogła być wina wiatru. Pomimo płaszcza zadrżała.

– Zimno ci? – zapytał.

– *Ya.* Jest zimno, jak to w listopadzie.

– Zaczęliśmy przygotowania do przedstawienia bożonarodzeniowego – poinformował ją.

– Jestem pewna, że będzie udane. – Zakołysała się na piętach.

– Ruby…

– Zamierzam zostać nauczycielką – wyrzuciła z siebie. – Rozmyślałam nad tym i modliłam się. To jest naprawdę to, czym chcę się zająć. Chyba dzięki temu, że dałeś mi drugą szansę, odkryłam *mei* powołanie.

Christian milczał przez długą chwilę. A potem rzucił:

– To… wspaniale.

– Nie martw się, nie będę próbowała odebrać ci pracy – dodała, chcąc go uspokoić. – Skoro już wróciłeś, pojadę na naukę do domu, do Lancaster. Zamierzam też udowodnić ludziom z *mei* społeczności, że jestem *gut* nauczycielką, żeby mnie zatrudnili, jeśli zwolni się miejsce. A jeśli nie, złożę podania do innych dystryktów.

– Wygląda na to, że wszystko sobie przemyślałaś.

– Tak. – Wyszczerzyła zęby w uśmiechu i wypuściła powietrze. – Nareszcie czuję spokój.

– A co z… Sethem?

Machnęła ręką.

– To był niemądry pomysł, żeby szukać w ten sposób męża. – Jej oczy napotkały jego wzrok i z jakiegoś powodu w brzuchu Ruby zaczęły trzepotać motyle. – Nie można brać ślubu na siłę. Związek potrzebuje czasu, żeby się rozwinąć, a małżeństwo potrzebuje miłości.

– Chyba że miłość nie ma znaczenia.

Spojrzała na niego szeroko otwartymi oczami. Jego odpowiedź nie powinna była jej zaskoczyć. A jednak zaskoczyła.

– Jak może nie mieć znaczenia? Mówimy o małżeństwie. O dwojgu ludziach, którzy spędzą ze sobą resztę życia. Będą mieli dzieci, stworzą *familye*, przejdą razem przez *gut* chwile i przez te złe... – Potrząsnęła głową. Motyle w brzuchu zniknęły. – Jak możesz mówić, że miłość jest bez znaczenia?

– Historia pokazuje...

– Nie obchodzi mnie historia. Mówię o sobie. – O nas. Ale jeśli chodziło o nią i Christiana, nie istniało żadne „my". Chociaż chciałaby tego. Pomimo wszystko. – Wyjeżdżam w poniedziałek – dodała, unosząc podbródek i udając, że serce wcale jej nie pęka. – Ponieważ jutro *nee* ma mszy, pożegnam się z tobą teraz.

Czekała na jego odpowiedź z nadzieją, że poprosi ją, by została, zaprosi na lody, na które tym razem pójdą, powie, że potrzebuje jej tutaj, w Birch Creek, że chce, aby z nim była. On jednak spojrzał na nią wzrokiem pozbawionym wyrazu i powiedział:

– Cieszę się, że wszystko sobie poukładałaś w głowie i nakreśliłaś plan potrzebny do osiągnięcia twoich celów. Bezpiecznej podróży do Lancaster.

Ruby opuściła głowę, ukrywając drżący podbródek. Znowu ten angielski.

– *Danki.* – Jeszcze raz na niego spojrzała. Odrzucił ją, ale to nie zmieniło uczuć, jakimi go darzyła. Pewnie była głupia, że wciąż jej na nim zależało. I tak zawsze byłam głupia, pomyślała. – Mam nadzieję, że znajdziesz *yer* szczęśliwe zakończenie, Christian – powiedziała szczerze. – Czy to z Marthą, czy z kimś innym.

Po tych słowach odwróciła się i ruszyła w stronę domu Timothy'ego, zanim kompletnie się załamie.

Tchórz. Oto kim był – tchórzem. Odprowadzał Ruby wzrokiem, ściskając w dłoni tę absurdalną torbę, którą mu dała. Sam nigdy nie kupiłby czegoś tak frywolnego. Jednak trzymał ją mocno, tocząc wewnętrzną walkę, czy powinien za nią pójść.

Ale co mógł powiedzieć? Nie kochał jej. Lubił ją. Zależało mu na jej dobru. Ale nie był w niej zakochany. A z tego, co wiedział, miłość jest dla niej ważna. Określiła swoje oczekiwania wobec małżeństwa, nie wspominając o celach zawodowych – które, jego zdaniem, były wartościowe. Nie mógł zrobić ani powiedzieć nic, żeby ją przekonać, by została.

Powlókł się do domu, próbując przekonać samego siebie, że tak jest najlepiej. Jego umysł to akceptował, ale serce bolało. Wszedł do kuchni i położył torbę na stole. Będzie musiał pozwolić jej odejść. Powinien być wdzięczny, że jej nie kochał – wtedy dopiero byłoby mu trudno. Kłucie w sercu byłoby dwa razy bardziej dotkliwe. Tak, to dobrze, że nie kochał Ruby Glick. W innym razie cierpiałby męki.

~

Od trzech miesięcy Ruby uczyła się w Lancaster wszystkiego, czego potrzebowała, aby zostać nauczycielką. Znalazła też pracę jako pomoc domowa w lokalnym motelu. I udało jej się nabałaganić tylko parę razy. Chlapnęła kilkoma kroplami wybielacza na zabytkową narzutę w jednym z pokoi, ale na szczęście nie było nic widać. Mimo to przyznała się właścicielce, kobiecie po sześćdziesiątce, szorstkiej, ale sprawiedliwej. „Wypadki się zdarzają – podsumowała przełożona. – Skoro narzuta nie jest zniszczona...".

Ruby zaliczyła jeszcze kilka potknięć, ale przez większość czasu dobrze wykonywała swoją pracę. Soboty spędzała w lokalnej bibliotece, czytając wszystko, co wpadło jej w ręce na temat metod edukacji i ich stosowania, zamawiała nawet książki z innych bibliotek. Odkryła też lokalną grupę amiskich nauczycieli z pobliskich dystryktów; spotykali się, by wymieniać się pomysłami i metodologią. Poprosiła o pozwolenie na udział w ich spotkaniach. Poznała tam nowych przyjaciół i zdobyła cenne informacje.

W pierwszy sobotni wieczór lutego Ruby siedziała przy kuchennym stole i studiowała procedury dotyczące zachowania dyscypliny w klasie, gdy do kuchni weszła jej matka.

– Masz ochotę na filiżankę herbaty? – zapytała.

Ruby pokiwała głową, ale nie oderwała wzroku od książki.

– *Danki*.

Mamm wstawiła czajnik i owinęła się ciaśniej granatowym swetrem.

– Ależ wieje.

– Naprawdę? Nie zauważyłam.

Matka usiadła i położyła dłoń na książce.

– Może pogawędzimy chwilę, zanim woda się zagotuje?

Dopiero teraz Ruby zamknęła podręcznik.

– W porządku. O czym chciałabyś porozmawiać?

– O tobie. Zmieniłaś się, moja *dochder*.

– Mam nadzieję, że na lepsze – odparła z uśmiechem.

– Pod pewnymi względami *ya*.

Ruby zmarszczyła brwi.

– A pod innymi?

– Odkąd wróciłaś z Birch Creek, trzymasz się na uboczu. Kiedyś lubiłaś *geh* na śpiewania i spotkania, ale ostatnio nie byłaś na ani jednym.

– Mam mnóstwo zajęć – odpowiedziała. – *Mei* pracę i naukę.

– I to cię uszczęśliwia?

– Tak. – Mówiła prawdę, prawie całą. Była szczęśliwa, miała poczucie satysfakcji i spokoju, jakich wcześniej nie znała. Jednak coś wciąż było nie tak. Sprawy między nią a Christianem nie zostały do końca zamknięte. A może to były tylko jej pobożne życzenia? Od wyjazdu z Birch Creek nie miała z nim kontaktu. Gdyby chciał z nią porozmawiać, mógłby przecież poprosić Timothy'ego o jej adres i numer telefonu. Ona też się z nim nie kontaktowała, pomimo że miała ogromną ochotę. Ale po co? Ich pożegnanie było ostateczne i musiała to zaakceptować, nawet jeśli w głębi duszy nie chciała.

– Jestem w pełni zadowolona z tego, co robię, *mamm*. Zaczęłam szukać posady nauczycielki. Julia nie zamierza na razie odchodzić ze szkoły.

– Odejdzie, kiedy wyjdzie za mąż.

– Ale ona twierdzi, że do tego jeszcze długa droga, a ja nie chcę czekać. *Mamm*, chcę zacząć uczyć. Wierzę, że jestem gotowa.

Mamm się uśmiechnęła, w kącikach jej oczu pojawiły się zmarszczki, jak zawsze, gdy była zadowolona.

– Ja też w to wierzę. Odkąd wróciłaś do domu, zachowujesz się bardzo dojrzale. Będziesz błogosławieństwem dla każdej szkoły, która cię zatrudni.

Ruby oparła się wygodniej i odwzajemniła uśmiech. Komplementy nie przychodziły *mamm* łatwo. Ojcu też nie. Fakt, że zauważyli, jak się zmieniła, i to aprobowali, wiele dla niej znaczył.

– *Danki* – powiedziała ze ściśniętym gardłem.

W tym samym momencie zagwizdał czajnik.

– Woda się zagotowała. – *Mamm* wstała i kilka chwil później postawiła przed Ruby kubek rumiankowej herbaty. – Nie siedź do późna – poprosiła.

– Nie będę. *Gute nacht*.

Ruby pracowała jeszcze przez jakiś czas, kiedy nagle usłyszała pukanie do drzwi łączących kuchnię z gankiem z tyłu domu. Zerknęła na zegarek. Kto to mógł być o tej porze? Gdy otworzyła drzwi, uderzył w nią podmuch lodowatego wiatru.

– Selah? – zapytała, wpatrując się w opatuloną kobietę przed sobą.

– Czy mogę wejść? Jest strasznie zimno.

– *Ya*, oczywiście. – Ruby zaprosiła ją gestem do środka i zamknęła za nią drzwi. – Co ty tu robisz?

Selah trzymała w ręku małą płócienną torbę.

– Przyjechałam się z tobą zobaczyć.

– Skąd wiedziałaś, gdzie mieszkam? Zdajesz sobie sprawę, która jest godzina?

Selah pokiwała głową.

– Poprosiłam Patience o *yer* adres – wyjaśniła. – Wiem, że jest późno, ale autobus miał opóźnienie. Mam szczęście, że udało mi się złapać taksówkę.

Ruby była zdezorientowana, ale nie zapomniała o dobrych manierach.

– Chcesz się czegoś napić? *Kaffee*? Herbaty?

– Herbata byłaby wspaniała.

Ruby wstawiła wodę, a Selah zdjęła płaszcz, czepek, szalik i rękawiczki. Czepek położyła na stole, a Ruby zebrała resztę jej ubrań.

– Siadaj, proszę. Ja to powieszę.

Odwiesiła ubrania Selah i zrobiła jej kubek herbaty, po czym dołączyła do niej przy stole.

– Twój przyjazd bardzo mnie zaskoczył – wyznała.

– Sama jestem trochę zaskoczona. Ale muszę z tobą porozmawiać. – Selah zerknęła na swoje dłonie, którymi otulała mały gorący kubek. – Jestem ci winna przeprosiny. I to nie jedne.

– Nic nie jesteś mi winna.

Selah uśmiechnęła się półgębkiem.

– Wiedziałam, że tak powiesz, ponieważ jesteś bardzo miła. Jednak ja nie byłam dla ciebie miła.

– Było, minęło. – Ruby machnęła ręką.

– Nie dla mnie. – Selah spojrzała na nią. – Przepraszam, że tak cię traktowałam. Nie zasługiwałaś na *mei* opryskliwość. Miałam pewne problemy osobiste i nie powinnam była odreagowywać ich na tobie.

– Przejechałaś całą tę drogę, żeby mi to powiedzieć?

– *Ya*. Myślałam, że dotrę na tyle wcześnie, żeby znaleźć hotel albo motel. Przepraszam, że się wprosiłam...

– Możesz zostać tutaj – zapewniła ją Ruby z uśmiechem. – Jak długo zechcesz.

– Muszę jutro wracać, ale *danki*. – Selah odwzajemniła uśmiech.

Ruby pokiwała głową, wciąż zdziwiona faktem, że Selah przejechała taki szmat drogi z Nowego Jorku, żeby ją przeprosić. Zauważyła też, że w dziewczynie zaszła zmiana. Jej oczy wydawały się patrzeć łagodniej, a ton głosu nie był już tak opryskliwy jak kiedyś. Zmieniła się i na pewno była to zmiana na lepsze.

Selah spojrzała na leżące na stole książki.

– Mam nadzieję, że nie przeszkodziłam ci w niczym ważnym. – Przeczytała tytuł jednej z nich. – *Dyscyplina w klasach podstawowych*. – Popatrzyła na Ruby. – Podręczniki dla nauczycieli?

– *Ya* – odparła Ruby i opowiedziała Selah o swoich planach zawodowych.

– To doskonale! – Selah aż klasnęła w dłonie.

– Dlaczego?

– Ponieważ w Birch Creek szukają właśnie nowego nauczyciela.

Ruby zmarszczyła brwi.

– A co się stało z Christianem?

– *Nix*. Ale zimą sprowadziły się do dystryktu cztery nowe rodziny i szkoła znów pęka w szwach. W zeszłym tygodniu rozmawiałam z Christianem przez telefon i powiedział, że właśnie poinformował radę szkoły, że na przyszły rok muszą zatrudnić drugiego nauczyciela. Mówił, że i tak mieli zamiar rozbudować szkołę. Moim zdaniem już powinni kogoś zatrudnić, ale Christian uważa, że uczniowie mieli w tym roku szkolnym dość zamieszania. Twierdzi, że poradzi sobie do kwietnia – wtedy jest koniec roku szkolnego – ale na jesieni będą potrzebowali drugiego nauczyciela.

Ruby wstała i wzięła swój pusty kubek. Jej dłoń delikatnie zadrżała na wzmiankę o Christianie.

– Jestem pewna, że do tego czasu kogoś znajdą.

– Dlaczego ty się nie zgłosisz?

Odstawiła kubek na blat, ale nie odpowiedziała.

– Bo musiałabyś pracować z Christianem? – dociekała Selah.

Ruby się odwróciła.

– *Nee* – zaprzeczyła, machając ręką tak, że o mało nie zrzuciła kubka na podłogę. – Oczywiście, że nie. Christian i ja jesteśmy…

– Kim? Kim dokładnie dla siebie jesteście?

– *Nix* – powiedziała Ruby miękko. – Jesteśmy dla siebie nikim.

Selah potrząsnęła głową.

– Nie wierzę w to.

Ruby wstawiła kubek do zlewu, rozstrojona zdecydowaną odpowiedzią Selah. Ale Selah nie była świadkiem jej ostatniej rozmowy z Christianem. Nie słyszała, jak uprzejmie i bez emocji się z nią pożegnał. W innym wypadku czułaby to samo, co Ruby – rezygnację. Podniosła czajnik.

– Chcesz jeszcze herbaty?

– *Nee*. Chciałabym, żebyś nie zmieniała tematu. – Selah zawiesiła głos. – Chyba że ten jest dla ciebie zbyt niewygodny.

Ruby odstawiła czajnik i zmusiła się do uśmiechu.

– Dlaczego miałby być niewygodny? I tak *nee* ma o czym dyskutować.

– W takim razie rozumiem, że nie masz nic przeciwko pracy z Christianem w przyszłym roku?

– Tego nie powiedziałam.

Selah westchnęła i wstała od stołu.

– I co ja mam z wami zrobić?

– Słucham? – spytała zdezorientowana Ruby.

– Nie chcę wtykać nosa w sprawy *mei bruder* ani *yers*, ale wygląda na to, że oboje potrzebujecie pomocy, dla waszego własnego dobra.

Ruby mogła się tylko domyślać, co to oznacza, ale i tak nie chciała rozmawiać o Christianie. Podeszła do stołu i wzięła kubek Selah.

– Zwykle jadamy śniadania około szóstej – powiedziała. – Jutro chyba będą naleśniki.

Selah zachichotała.

– Nawet zmieniacie temat w ten sam sposób. – Stanęła przed Ruby. – Widzisz, właśnie dlatego ty i Christian jesteście sobie przeznaczeni. On jest zbyt sztywny, a ty…

– Niezdarna? Lekkomyślna? Niekompetentna? – Może Selah wcale się nie zmieniła, a to był tylko jakiś dziwaczny podstęp, by obrzucić Ruby wyzwiskami?

– *Nee*, Ruby – zaprzeczyła łagodnie i uśmiechnęła się. – Jesteś miła. Jesteś optymistką. Jesteś jak powiew świeżego powietrza, którego *mei bruder* rozpaczliwie potrzebuje.

W brzuchu Ruby znów coś zatrzepotało. Nie! Nie mogła pozwolić, aby jej uczucia zacierały obraz rzeczywistości.

– Jestem pewna, że już całkiem o mnie zapomniał.

– Na pewno nie. Chociaż się do tego nie przyznaje. Mówi, że *nee* ma o czym rozmawiać, zupełnie tak jak ty.

No cóż, to nie dodało jej wiary. Ale czyż nie wiedziała o tym od samego początku? Dlaczego pozwoliła, aby kilka słów Selah wzbudziło w niej promyk nadziei? Ponieważ wciąż mi na nim zależy...

– I ma rację – podsumowała, jednak tym razem nie udało jej się ukryć rozczarowania w głosie.

– Christian ma rację w wielu kwestiach, jednak ta z pewnością nie jest jedną z nich. – Selah dotknęła ramienia Ruby. – Powinnaś ubiegać się o tę posadę. Uczniowie cię uwielbiają i wiem, że za tobą tęsknią. Christian o tym wspominał. Wiem też, że on także za tobą tęskni.

Ruby usiadła przy stole. Wiadomość, że uczniowie za nią tęsknią, bardzo ją ucieszyła, ale radość szybko została przyćmiona przez myśl, że miałaby pracować razem z Christianem w małej przestrzeni klasy. Nie byłaby w stanie. Nie kiedy czuła to, co czuła. Stała przed zbyt ważną szansą, by się okłamywać. Nadal darzyła Christiana uczuciem i nie mogłaby w pełni poświęcić się uczniom, gdyby skupiała się na swoich bezowocnych rozterkach. To nie byłoby fair ani wobec nich, ani wobec siebie samej, ani wobec Christiana. Potrzebował partnera w nauczaniu, który mu pomoże, a nie będzie przeszkadzał.

Podniosła wzrok na Selah.

– Nie mogę – stwierdziła stanowczo. – To nie jest praca dla mnie. I jestem pewna, że Christian by się ze mną zgodził.

– Ale…

– Robi się późno. – Wstała od stołu. – Przyniosę dodatkowe koce do dawnego pokoju Timothy'ego. Czy potrzebujesz czegoś jeszcze?

Selah spuściła wzrok i pokręciła głową.

– To mi wystarczy.

Ruby podeszła do niej.

– Doceniam to, co próbujesz zrobić, Selah. Zależy ci na *yer bruder*. – Poczuła gulę w gardle. Uczucia zwyciężyły nad rozsądkiem. – Mnie też – wyszeptała, nie mogąc dłużej ignorować prawdy.

Wybiegła z kuchni, zanim powiedziałaby coś, czego potem będzie żałowała.

~

Kiedy Ruby wypadła z kuchni, jakby jej sukienka stanęła w ogniu, Selah zmarszczyła czoło i westchnęła. Dlaczego ci dwoje byli tacy uparci? Chociaż w sumie każde z nich było na swój sposób dziwne. Dlaczego więc mieliby nie zachowywać się dziwacznie, jeśli chodziło o ich związek?

Wzięła płócienną torbę, zadowolona, że nie naciskała za bardzo na Ruby. Inaczej pewnie spałaby na dworze. Chociaż nie, Ruby by tego nie zrobiła. Nie miała w sobie krzty okrucieństwa ani małostkowości. Selah nie mogła tego samego powiedzieć o sobie. Chociaż z pomocą *aenti* Keturah i terapeuty oraz dzięki częstym modlitwom i spędzaniu czasu z Bogiem zachodziła w niej zmiana. Smutek i dezorientacja wciąż zasnuwały jej umysł, ale nie były już tak wszechobecne jak wcześniej. Teraz miała nadzieję – po raz pierwszy od długiego czasu.

Między innymi z nadzieją patrzyła na przyszłość Ruby i Christiana, jeśli tylko pomoże im się przemóc. Nie kłamała, mówiąc, że Ruby jest potrzebna w szkole w Birch Creek. Jednak oboje z Christianem byli tak skupieni na zaprzeczaniu własnym uczuciom, że doskonałe okazje przechodziły im koło nosa. A teraz, kiedy uczyła się, że jednym ze sposobów na walkę z depresją jest pomoc innym, zawzięła się, żeby coś zrobić w sprawie tych dwojga. Chociaż wciąż nie była pewna co.

– *Yer* pokój jest gotowy – oznajmiła Ruby, wracając do kuchni. – Chcesz zabrać ze sobą na górę trochę wody albo herbatę?

– *Nee*, ale *danki*.

Ruby pozbierała swoje książki i zgasiła światło. Włączyła małą latarkę i zaprowadziła Selah do pokoju, gdzie zapaliła lampkę stojącą na nocnym stoliku.

– Jestem tuż obok, gdybyś czegoś potrzebowała.

Selah poczuła ucisk w gardle. Ruby była takim dobrym człowiekiem. Jej brat zasługiwał na kogoś takiego jak ona. Zasługiwał na nią.

– *Danki*, Ruby.

– *Gute nacht*.

Ruby uśmiechnęła się i wyszła z pokoju.

Selah położyła swoją torbę na łóżku. Wzięła tylko to, co niezbędne – koszulę nocną, świeżą bieliznę i szczoteczkę do zębów. Naprawdę musiała jutro wracać do Nowego Jorku. Jednak gdy tylko przyjedzie do domu, zaplanuje wycieczkę do Birch Creek.

– Panie, daj mi tylko znać, co mam zrobić, żeby oni byli razem – wyszeptała, zamykając oczy. – Bo mnie już skończyły się pomysły.

Rozdział osiemnasty

Christian wsparł się o framugę drzwi, patrząc, jak ostatni uczniowie wybiegają z klasy. Nareszcie piątek. Czuł się trochę winny, że z takim utęsknieniem wypatrywał weekendu, ale to był długi i trudny tydzień. Przyszedł marzec i dzieci już dostawały wiosennej gorączki. Nie wspominając o tym, że siedziały stłoczone w budynku, który został wzniesiony rok temu, ale już był za mały. Latem mieszkańcy Birch Creek będą musieli go rozbudować. Może nawet wznieść kolejny, co byłoby dobrym rozwiązaniem, skoro zatrudnią drugiego nauczyciela. Ponieważ najprawdopodobniej będzie to kobieta, byłoby łatwiej i bardziej stosownie, gdyby pracowali w oddzielnych budynkach.

Pomachał Malachiemu, Judahowi, Jessemu i Nelsonowi, zanim chłopcy pobiegli drogą. Nie zadał żadnej pracy domowej na weekend w nadziei, że przy zabawie dzieci zużyją całą swoją energię przed poniedziałkiem. Odwrócił się i omiótł spojrzeniem salę. Panował w niej bałagan. Trudno było utrzymać w ryzach trzydzieścioro pięcioro uczniów, zapewnić im zajęcie i jeszcze utrzymywać porządek, zwłaszcza w piątek.

Wszedł do środka, wziął miotłę i zaczął zamiatać ścinki papieru, ziemię i kurz. Zebrał wszystko na szufelkę, opróżnił ją i odłożył wraz ze szczotką na miejsce, po czym usiadł przy biurku. Wziął swoją torbę – torbę nauczyciela numer jeden – i schował do niej stertę prac oraz plany lekcji. Normalnie popracowałby nad nimi tutaj, ale potrzebował świeżego powietrza, a na zewnątrz było ciepło i słonecznie jak na tę porę roku. Chyba on sam miał objawy wiosennej gorączki.

Gdy wrócił do domu, z zaskoczeniem stwierdził, że przy stole siedzi Selah. Uśmiechnął się i podszedł do niej.

– Nie wiedziałem, że przyjeżdżasz z wizytą.

– Chciałam zrobić ci niespodziankę.

Odwzajemniła uśmiech i wstała, żeby go uściskać.

Przyjrzał się jej. Nie widział siostry od Bożego Narodzenia, chociaż kilka razy rozmawiali przez telefon. Wyglądała na ożywioną, uśmiech miała szczery i niewymuszony. Christian uśmiechał się coraz szerzej, widząc, że dobrze sobie radzi.

– Nie mam wiele na kolację – powiedział. – Chyba że lubisz masło orzechowe i dżem.

– A zatem żyjesz jak prawdziwy kawaler – stwierdziła. – Nic nie szkodzi. Nie jadłam masła orzechowego i dżemu, odkąd wyjechałam z Birch Creek. Rano *geh* do sklepu Schrocków i napełnię ci spiżarnię. – Ruszyła do salonu. – Może pójdziemy na ganek? Pogoda jest zbyt piękna, żeby siedzieć w domu.

Christian przyznał jej rację i kilka chwil później siedzieli w fotelach na ganku.

– Jak długo zamierzasz zostać? – zapytał.

– Kilka dni. – Jej wzrok spoczął na karmniku, który zamontował w zeszłym tygodniu. Dwa rudziki walczyły zaciekle o pożywienie z kardynałem. – Chociaż tu jest tak przyjemnie, że kusi mnie, by nieco przedłużyć wizytę.

– Och… – Wpatrywał się w kardynała, którego rudziki w końcu zepchnęły na bok. – Myślałem, że znów się wprowadzisz.

Selah milczała przez chwilę.

– Jeszcze nie jestem gotowa. Ale może kiedyś. – Odwróciła się do brata. – Opowiadaj, co u ciebie. Znaleźli już drugiego nauczyciela?

Christian pokręcił głową.

– Wygląda na to, że chwilowo brakuje chętnych.

– Co za pech. – Westchnęła głęboko.

– Dlaczego tak wzdychasz?

– Znam idealną nauczycielkę. – Znów westchnęła. – Jaka szkoda, że odrzuciła tę propozycję. – Zaczynała brzmieć jak aktorka z szekspirowskiej tragedii.

– Kto? – zapytał krótko.

Spojrzała na niego z przebiegłą miną.

– Jedyna i niepowtarzalna Ruby Glick.

Uniósł brew w nadziei, że nie okazał żadnych emocji na wspomnienie o kobiecie, o której nie mógł przestać myśleć, odkąd wyjechała do Lancaster.

– Zaproponowali jej posadę nauczycielki?

Selah pokręciła głową.

– *Nee*. Ja jej o tym wspomniałam, kiedy odwiedziłam ją w zeszłym miesiącu.

– Pojechałaś się z nią zobaczyć? – Musiał się powstrzymywać, żeby nie zacząć wypytywać o Ruby, chociaż był niezwykle ciekawy. Więcej niż ciekawy – desperacko pragnął dowiedzieć się czegoś na jej temat.

– *Ya*. – Selah wbiła wzrok w podłogę. – Musiałam ją przeprosić za moje zachowanie.

– Zakładam, że przyjęła twoje przeprosiny.

– Oczywiście. Jest zbyt miła, by je odrzucić. Powiedziałam jej przy okazji, że szkoła znów jest przepełniona i rada będzie musiała zatrudnić drugiego nauczyciela.

Christian mówił o tym Selah, kiedy dzwonił do niej w styczniu, ale nigdy by nie pomyślał, że przekaże tę informację Ruby. Do głowy by mu nie przyszło, że one jeszcze kiedykolwiek będą ze sobą rozmawiały.

– Uhm… I co powiedziała?

– Nie chce tej pracy.

– Rozumiem. – Wytarł dłonie o spodnie, zaskoczony, że nagle zrobiły się lekko wilgotne. Jego puls również wydawał się odrobinę szybszy. – Nie jestem zaskoczony. – Chociaż jestem rozczarowany.

– A tak między nami, nie odmówiła dlatego, że posada jest w Birch Creek. Nie odmówiła też z powodu uczniów czy dlatego, że wątpi w swoje umiejętności zawodowe.

– Nie powinna w nie wątpić – mruknął.

– Obawia się pracy z tobą.

Christian przyjął te słowa z pokorą. Nie był zaskoczony. On i Ruby nie rozstali się w najlepszych stosunkach.

– W takim razie chyba sprawa załatwiona – stwierdził.

– Chyba tak. – Selah zabębniła palcami w podłokietnik. – Wielka szkoda, że ktoś nie może jej przekonać do zmiany zdania. Wiesz, że byłaby idealną kandydatką.

– Wiem.

– I szkoda, że musi odrzucić taką wspaniałą propozycję pracy z powodu… – Spojrzała na brata znacząco. – Z powodu potencjalnego współpracownika.

Christian potarł kark.

– Nie będzie chciała mnie słuchać. – Wstał i zaczął chodzić po ganku w tę i z powrotem. – A nawet gdyby wysłuchała, to pewnie tylko pogorszyłbym sytuację. Wygląda na to, że mam do tego dar.

– Jestem zdumiona, Christian.

Zatrzymał się na tyle długo, by dostrzec ironiczny uśmieszek siostry.

– Co masz na myśli?

– Nigdy wcześniej nie unikałeś wyzwań.

– Zapomniałaś o Marcie?

Selah machnęła ręką.

– Udałoby ci się, gdyby naprawdę ci na niej zależało. – Spojrzała mu prosto w oczy. – Nie możesz mi jednak powiedzieć, że nie zależy ci na Ruby.

Otworzył usta, ale zaraz je zamknął. Znów zaczął chodzić.

– Moje uczucia są nieistotne.

– *Yer* uczucia są ważne. I jej też. – Selah wstała i przeciągnęła się. – To była długa podróż. Chyba na chwilę się położę. Po kolacji idę do Marthy. – Dotknęła jego ramienia. – Obiecuję, że wrócę.

Skinął głową.

– Wiem, że wrócisz.

Gdy Selah poszła do domu, Christian zaczął się zastanawiać nad tym, co powiedziała. Abstrahując od jego osobistych uczuć, naprawdę wierzył, że Ruby byłaby najlepszą kandydatką na posadę drugiego nauczyciela. Nie miał co do tego wątpliwości. Dręczyła go świadomość, że zrezygnowała z takiej szansy, ponieważ nie chciała pracować z nim. Musiał przyznać, że lekko go to ubodło, ale nie mógł mieć jej tego za złe.

Nie mógł również pozwolić, żeby z jego powodu odrzuciła idealną posadę.

Zapatrzył się na pusty teraz karmnik. Przyszły tydzień nauki był krótszy, ponieważ uczniowie mieli wolny piątek. Mógłby wybrać się w krótką weekendową podróż, żeby zobaczyć się z Ruby i namówić ją do przyjęcia tej pracy. Mogliby przedyskutować kwestie techniczne. Nie podejmował tej decyzji ze względu na Selah, chociaż wiedział, że siostra nie da mu spokoju. Robił to dla Ruby i dla dobra uczniów. I zignoruje to irytujące łomotanie serca, które wydawało się wyrywać z piersi za każdym razem, gdy przebywał w jej towarzystwie.

~

Ruby popijała mrożoną herbatę, patrząc na zachód słońca. Tuż po kolacji wyszła na ganek za domem, by się pomodlić i rozkoszować wczesnowiosennym wieczorem, choć był dość chłodny. Wprawdzie to nie to samo, co siedzenie pod ogromnym dębem w Birch Creek, ale tu także ogarniał ją spokój, za który była wdzięczna.

Gdy otworzyły się kuchenne drzwi, zerknęła przez ramię. Na ganek wszedł ojciec ze szklanką mrożonej herbaty i usiadł obok niej.

– Ładny zachód słońca – zagaił, wyciągając nogi przed siebie.

– To prawda.

– Myślałem, że znajdę cię przy kuchennym stole, znów z nosem w *yer* książkach.

Ruby wzruszyła ramionami.

– Potrzebowałam przerwy.

Pokiwał głową.

– *Gut* co jakiś czas sobie odpocząć. Bardzo pilnie studiujesz.

Była zaskoczona, że to zauważył.

– Lubię się uczyć.

Wcześniej nie zdawała sobie z tego sprawy. W szkole była przeciętną uczennicą i czasami się nudziła, przez co wpadała w kłopoty częściej, niż powinna. Jednak studiowanie tego, co ją interesowało, przyniosło jej satysfakcję. I za to powinna podziękować Christianowi.

Christian. Często o nim myślała. Zbyt często. Uznała, że to dlatego, iż kojarzył się jej z pracą nauczyciela. Jednak to nie tłumaczyło, dlaczego przychodził jej na myśl nawet wtedy, kiedy nie zajmowała się studiami. Albo dlaczego zastanawiała się, czy wszystko u niego w porządku. Czy dobrze się odżywia? Czy porozumiał się z Selah, czy też znów się kłócą? Czy nadal siaduje pod pięknym dębem, żeby się modlić?

– Ruby?

Spojrzała na ojca.

– *Ya*?

– Wszystko w porządku? Tak nagle ucichłaś.

Zachichotała.

– To do mnie niepodobne, co?

– Och, miewałaś swoje ciche momenty.

– Zwykle jak coś narozrabiałam.

Ojciec wpadł w zadumę.

– Nie byłaś jedynym *kinn*, które pakowało się w kabały – powiedział.

– Timothy'emu na pewno się to nie zdarzało.

– *Nee*, ale on jest podobny do *yer mudder*. – Posłał jej tajemniczy uśmiech. – Obawiam się, że ty odziedziczyłaś to po mnie.

– Pakowałeś się w kłopoty, kiedy byłeś młodszy? – Ruby była zdumiona.

– Oczywiście. Właściwie dopóki nie ożeniłem się z *yer mamm*. – Ojciec zamilkł na chwilę. – Jednak jest między nami różnica. Ty zawsze miałaś *gut* intencje. A ja rzadko. Byłem złośliwym *bu*. Czasami doprowadzałem *mei* rodziców do szału.

Dlaczego wcześniej jej o tym nie powiedział?

– Przepraszam za wszystkie kłopoty, jakie wam sprawiłam – szepnęła.

Ojciec machnął ręką.

– To wszystko należy już do przeszłości, Ruby. Wybaczyliśmy ci. Uznaj to za zapomniane. – Uśmiechnął się jeszcze szerzej. – Podejrzewam, że teraz, kiedy znalazłaś *yer* powołanie, wszystko stanie się odrobinę łatwiejsze.

– Mam taką nadzieję. – Wciąż nie znalazła pracy, a zbliżał się kwiecień. Już postanowiła, że nawet jeśli nikt jej nie zatrudni, zacznie oferować korepetycje dla wszystkich uczniów ze społeczności, którzy będą ich potrzebowali. Miała plan B, co było cudem, zważywszy na fakt, że nigdy wcześniej nie zadała sobie trudu, by ułożyć plan A.

Drzwi kuchenne ponownie się otworzyły i na ganek wyszła matka.

– Ruby, masz gościa – oznajmiła.

Ruby się obróciła.

– Ja? – Nikogo nie oczekiwała.

I wtedy niespodziewanie za *mamm* pojawił się Christian.

Ruby wbiła w niego spojrzenie, zupełnie osłupiała.

– To chyba sygnał dla mnie, że pora *geh*. – *Daed* wstał, ziewnął i podszedł do drzwi. – Nazywasz się Christian Ropp, *ya*?

Christian uniósł brew.

– *Ya*.

– Domyśliłem się.

Rodzice weszli do domu, a Christian wkroczył na ganek. Stanął tuż przy drzwiach, lecz Ruby ani drgnęła. Była zbyt zaskoczona, by cokolwiek powiedzieć. Poza tym nie mogła oderwać od niego wzroku.

– Witaj. – Odchrząknął. – Przepraszam, że przybyłem bez uprzedzenia.

Oficjalny jak zawsze. Co uznałaby za urocze, gdyby sama siebie nie upominała, że nie powinna już uważać go za uroczego. Uniosła podbródek, ignorując łomotanie serca.

– Macie rodzinny talent do robienia niespodzianek. Kilka tygodni temu Selah też przyjechała tu bez uprzedzenia.

– Wiem.

Zrobił krok w przód. Był bez kapelusza i zauważyła, że ma nieco przydługie włosy. Widziała też cień zarostu na jego twarzy. Zdziwiło ją to, ponieważ Christian zawsze był pedantyczny w kwestii swojego wyglądu – i we wszystkich innych kwestiach. Widziała go zaniedbanego tylko raz, gdy martwił się o siostrę.

– Czy coś się stało z Selah? – spytała nagle zaniepokojona.

Potrząsnął głową, marszcząc czoło.

– *Nee*. Nic jej nie jest.

– Och. *Gut*. – Wypuściła powietrze. – Myślałam, że może to dlatego jesteś odrobinę... uch... rozchełstany.

– Imponujący dobór słownictwa. – Przesunął dłonią po nieogolonym podbródku. – I precyzyjny. Chociaż mogłaś po prostu powiedzieć „niechlujny".

– Uczyłam się. – Chociaż starała się zachować emocjonalny dystans, nie mogła powstrzymać uśmiechu. – Mam na *mei* biurku listę słówek. I słownik.

– Ten, w którym słowa „mogą" oznaczać?

Zachichotała.

– Rety, Christian, czy ty właśnie zażartowałeś?

Uśmiechnął się.

– Chyba tak. – Jego uśmiech zniknął. – Ale żarty na bok. Przyjechałem tu, aby poruszyć z tobą ważną kwestię.

Jej dobry nastrój prysł.

– Posada nauczyciela – zgadła.

Pokiwał głową.

– Selah powiedziała mi, że nie chcesz aplikować. Byłem zaskoczony twoją decyzją.

– Dlaczego?

– Ponieważ chcesz zostać nauczycielką. Jest wolna posada. Logiczne byłoby...

– Nie interesuje mnie logika! – Nagle przypomniała sobie, dlaczego jest na niego zła. – Christian, nie zawsze możemy podejmować logiczne decyzje.

– Dlaczego nie?

– Ponieważ serce nie zawsze jest logiczne.

Zacisnął wargi.

– A *yer* serce każe ci się trzymać z dala od Birch Creek.

Skinęła głową.

– *Nee* mam powodu, żeby wracać.

– Wręcz przeciwnie. Mieszka tam *yer bruder z familye*. Wydaje mi się, że zaprzyjaźniłaś się z Marthą. Nawet Selah za tobą tęskni, chociaż obecnie mieszka w Nowym Jorku.

– A ty?

Jabłko Adama przesunęło mu się w górę i w dół.

– Co ja?

– Czy ty za mną tęsknisz? – Od razu pożałowała, że zadała to pytanie. Ale skoro już opuściło jej usta, musiała poznać odpowiedź.

– Pewnie są momenty, ulotne chwile, kiedy…

– Zapomnij o tym.

Oczy ją piekły. Powinna być mądrzejsza i nie pytać o jego uczucia. Wiedziała, że je ma, po prostu nie dla niej. Przyjechał tu tylko po to, by ją przekonać do ubiegania się o to stanowisko, ponieważ to byłoby rozsądne. I racjonalnie rzecz biorąc, miał rację. To był jedyny wakat na stanowisko nauczyciela. A ona jak ta idiotka pozwoliła sobie mieć nadzieję, że przyjechał tu z powodów, które nie miały nic wspólnego z pracą, ale z nimi dwojgiem. Głupia, głupia. Opadła na fotel i skrzyżowała ramiona.

– Dąsasz się. – Christian stanął nad nią.

– Wciąż miewam fochy. – Rozłożyła ręce, czując się dziecinnie. Nie chciała nabierać złych nawyków. – Doceniam, że próbujesz mi pomóc w znalezieniu pracy – dodała. – Jednak i tak się nie zgłoszę.

– Czy to z powodu... Czy to przeze mnie?

Podniosła na niego wzrok. Widząc, z jaką siłą pociera kark, pomyślała, że zaraz zacznie mu schodzić skóra. Wzrok miał wbity w podłogę. Nigdy nie widziała go tak niepewnego. Nawet kiedy grali w podkowy, gdy placek z malinami uderzył ją w twarz ani kiedy ją pocałował. Teraz tupał jedną nogą, a jego dłonie przefrunęły z karku na szelki. Wiercił się. Zaraz, Christian nigdy się nie wiercił... Ta myśl skłoniła ją do działania.

Poderwała się z fotela i stanęła z nim twarzą w twarz.

– Dlaczego mnie pocałowałeś?

Cofnął się o krok i unosząc brew, odwrócił spojrzenie.

– Dlaczego poruszasz teraz ten temat?

– Ponieważ nie odpowiedziałeś mi, kiedy zadałam ci to pytanie kilka miesięcy temu. – Przysunęła się do niego bliżej, zdecydowana tym razem uzyskać odpowiedź. – Christianie Ropp, dlaczego mnie pocałowałeś?

Christian miał wrażenie, że serce wyskoczy mu z piersi. Od rana, jeszcze przed wyjazdem z Birch Creek, był kłębkiem nerwów i dlatego nie tylko zapomniał się ogolić, ale też zostawił kapelusz na kuchennym stole. Był gotów zmienić zdanie aż do chwili, gdy zapukał do drzwi domu Ruby. Jednak kiedy zobaczył ją siedzącą z ojcem na ganku... gdy odwróciła się i spojrzała na niego... w jego myśli wkradł się chaos.

Nadal galopowały w przeróżnych kierunkach, nawet kiedy próbował oprzeć się na tym, czemu zawsze mógł ufać – na logice. Ale jego uczucia nie były logiczne. Wywoływały w nim niepokój. I lekki strach. I z jakiegoś kompletnie niezrozumiałego powodu wydawały się tak bardzo na miejscu.

Dopóki nie zapytała go o tamten pocałunek. Rzeczywiście zasługiwała na odpowiedź. Otworzył nawet usta, ale nie wydobył się z nich żaden dźwięk.

– Nie pozwolę ci wyjść, dopóki nie usłyszę odpowiedzi. – Znów skrzyżowała ramiona. Tym razem jednak nie wyglądała na nadąsaną. Wyglądała uroczo. Uroczo. Nigdy w życiu nie użył tego słowa, a przecież idealnie opisywało Ruby. Znów spróbował coś powiedzieć i znowu nie wydusił z siebie ani słowa. Co się ze mną dzieje?

Ruby tymczasem wyrzuciła ręce w powietrze.

– To nas donikąd nie doprowadzi – powiedziała.

A potem wspięła się na palce i pocałowała go. Szybko, przelotnie. Ale na tyle mocno, by ugięły się pod nim kolana.

– Dlaczego to zrobiłaś? – zapytał zdumiony, że udało mu się sformułować zdanie, zwłaszcza że nadal czuł smak jej ust.

– Żeby odświeżyć ci pamięć. – Uśmiechnęła się krzywo. Wyglądała na całkiem zadowoloną z siebie. – No dobrze, a dlaczego ty pocałowałeś mnie?

– Ponieważ... ponieważ...

Jej śliczne oczy nagle straciły blask.

– Nieważne. – Odwróciła się od niego. – *Geh* do domu, Christian.

Miała rację. Do niczego nie uda mu się jej przekonać. Sytuacja była beznadziejna, ponieważ ona nie chciała słuchać głosu rozsądku. Cały czas grała w jakieś gierki, zadawała te osobiste pytania, poruszała jakieś nieistotne kwestie. Po co w ogóle tutaj przyjeżdżał? Natychmiast wezwie taksówkę i będzie czekał na dworcu na następny autobus tak długo, jak to będzie konieczne. Nie ponosił odpowiedzialności za zatrudnienie Ruby Glick. Przecież mu na niej nie zależało.

Znieruchomiał. Serce zaczęło mu walić jeszcze mocniej, jakby całą drogę ze swojego domu do domu Ruby przebiegł. Zależy mi na niej, pomyślał. I nagle poczuł się wyzwolony. Dokładnie na odwrót, niż czuł się wtedy, gdy zaprzeczał swoim uczuciom do niej. Przełknął i uniósł dłoń. Na chwilę zawisła w powietrzu, tuż nad jej ramieniem, zanim delikatnie dotknął jej swetra.

Odwróciła się z szeroko otwartymi oczami.

– Christian?

– Ja... – Znowu głośno przełknął. Wszystkie uczucia, które go zalewały, były mu obce i ledwo mógł się w nich rozeznać. Ale jedno było jasne: nie mógł stąd odejść, nie mówiąc jej, co czuje. – Pocałowałem cię, ponieważ... ponieważ tego chciałem.

Jej rysy złagodniały.

– Chciałeś?

– *Ya*. – I teraz chciał to zrobić ponownie. Ale się nie ośmielił. Cofnął dłoń, ręce opuścił wzdłuż boków. – Przepraszam, jeśli posunąłem się wtedy za daleko.

– Nie posunąłeś się – szepnęła, zbliżając się do niego o krok. – Ale, Christian, ludzie się całują, jeśli się lubią.

Pokiwał głową.

– Wiem.

– I chodzi mi o coś więcej niż przyjaźń.

– Ruby, nie jestem dzieckiem. Rozumiem, na czym polegają ludzkie rytuały godowe.

– W twoich ustach to brzmi tak romantycznie. – Westchnęła. – Chcę się tylko upewnić, że wiesz, co mówisz. Co czujesz.

Milczał przez chwilę. A potem ujął jej rękę. Miała taką miękką ciepłą skórę. Jej dłoń idealnie pasowała do jego dłoni.

– Wiem, co czuję – powiedział, patrząc jej w oczy. – Zupełnie tego nie rozumiem. Jeszcze nie jestem pewien, jak to wyrazić, ale wiem, że mi na tobie zależy. Bardzo. I nie chcę, żebyś z mojego powodu nie przyjęła posady w Birch Creek.

– Chciałeś powiedzieć „nie aplikowała".

– To tylko formalność. – Potarł kciukiem wierzch jej dłoni, ledwo zdając sobie sprawę, że to robi, ale nie mógł się powstrzymać. – Kiedy tylko powiesz radzie, że chcesz tę pracę, natychmiast cię zatrudnią.

– *Danki*, że to mówisz, Christian.

– Nie rzucam słów na wiatr. – Puścił jej rękę. – Jeśli nie możesz pracować ze mną, znajdę posadę gdzie indziej.

– *Nee*. – Teraz to ona chwyciła go za rękę. – Kochasz *yer* pracę i *yer* uczniów.

– Zostawię ich, jeśli dzięki temu ty przyjmiesz tę posadę.

~

Ruby nie mogła uwierzyć w to, co mówił Christian. Nie mógł dla niej rzucić pracy. To było bez sensu.

– Wiesz, że zachowujesz się nielogicznie.

– Być może. – Jego spojrzenie złagodniało. – Jednak jak przed chwilą powiedział mi ktoś mądry, nie zawsze można podejmować decyzje oparte na logice.

Puściła jego rękę i z wahaniem położyła dłoń na jego sercu.

– Musisz słuchać tego.

Przełknął.

– *Ya*. Muszę.

Cofnęła rękę. Jej własne serce przepełniło uczucie do tego mężczyzny. Nie, nie jakiekolwiek uczucie. Miłość. I chociaż Christian nie powiedział jej, że ją kocha, poświęcenie, na jakie był dla niej gotów, mówiło wszystko.

– Zatrzymaj *yer* pracę, Christian.

– Ale…

– A ja zgłoszę się na tę posadę.

Jego ciało prawie zwiotczało.

– Naprawdę?

Pokiwała głową.

– Naprawdę.

Przez jego twarz przemknął cień ulgi. Był taki przystojny, jeszcze bardziej, kiedy pozwolił sobie na okazywanie uczuć.

– Cieszę się, że zmieniłaś zdanie – rzekł. – To było…

– Logiczne?

Potrząsnął głową.

– Właściwe.

W tej kwestii się zgadzali.

– Mam tylko jedno pytanie – dodała.

– Jakie?

– Czy moglibyśmy jeszcze raz przećwiczyć ten pocałunek? Myślę, że oboje potrzebujemy powtórki.

– W pełni się z tobą zgadzam.

– Będziesz musiał podejść trochę bliżej – powiedziała z szerokim uśmiechem.

Zbliżył się do niej. Po czym zaskoczył ją, ujmując w dłoń jej policzek.

– Czy tak lepiej?

Skinęła.

– Zdecydowanie. Poza tym niezła technika. Ćwiczyłeś?

– Nie musiałem. Coś w tobie sprawia, że wszystko przychodzi mi naturalnie.

Pochylił się i ją pocałował. Serce Ruby stopniało. A jednak był romantykiem.

Osiem miesięcy później

– Nie mogę tak *geh* na dół…

Czknięcie!

Ruby zaczęła chodzić w tę i z powrotem. Co za katastrofa! A już myślała, że ma to za sobą.

Tak jak powiedział Christian, po zaledwie pięciominutowej rozmowie kwalifikacyjnej dostała posadę nauczycielki. Latem społeczność rozbudowała po raz kolejny budynek szkoły, wydzielając dwie duże klasy. W jednej Ruby uczyła młodszych uczniów, a w drugiej Christian pracował ze starszymi. Przez dwa ostatnie miesiące traktowali swoje sale jak odrębne szkoły, co przynosiło korzyści im obojgu, ponieważ nie byli małżeństwem – a Christian bardzo rozpraszał uwagę Ruby.

Potem się jej oświadczył – tym razem z właściwych pobudek – a ona ochoczo się zgodziła. Teraz była połowa listopada… i dzień ich ślubu.

Czknięcie.

– Nie mogę w to uwierzyć! – Odwróciła się do Marthy i Selah, która podczas ostatnich miesięcy często przyjeżdżała z wizytą. Wszystkie trzy się zaprzyjaźniły, a tego dnia dziewczęta miały być jej druhnami. Oczywiście żadna z nich nie dostała gwałtownego ataku czkawki. – Nawet się nie denerwuję!

– Jesteś pewna?

– *Ya*.

Nie denerwowała się, tylko czuła kilka motyli w brzuchu. No dobrze, całą chmarę motyli. Ale przecież to nie miało sensu. Kochała Christiana, a i jemu udało się w końcu powiedzieć, że kocha ją – i tylko odrobinę się przy tym jąkał. Teraz natomiast powtarzał to bez przerwy. Jak na sztywniaka był całkiem romantyczny. Kto by przypuszczał? Uśmiechnęła się na wspomnienie ich pocałunku z wczorajszego wieczoru. Słodki, ale niespieszny i pełen obietnic.

Czknięcie.

– Chcesz szklankę wody? – zapytała Martha. – Woda z cukrem zawsze mi pomaga.

– Możesz zatkać nos. – Zademonstrowała Selah. – Czytałam też gdzieś, że stanie na głowie pomaga na czkawkę.

Ruby zatrzymała się, rozważając tę ostatnią propozycję. Nie, co za absurdalny pomysł. Opadła na łóżko.

Czknięcie.

– Wszyscy czekają – jęknęła.

Martha położyła jej dłoń na ramieniu.

– Nie martw się tym, Ruby. Każdy miewa czkawkę.

– Nie – czknięcie – aż – czknięcie – taką.

Czknięcie.

Selah klasnęła jej przed twarzą tak gwałtownie, że Ruby podskoczyła.

– Po co to zrobiłaś?

– Próbuję cię przestraszyć. – Druhna spojrzała na nią wyczekująco. – Zadziałało?

Ruby znieruchomiała, nasłuchując. Wstała i przeszła się po pokoju.

– Chyba tak! – Klasnęła w dłonie. – Zniknęła. – Uściskała Selah i Marthę. – *Danki*!

– A teraz zejdź na dół i wyjdź za mąż – poleciła Selah.

Gdy przyjaciółki wyszły, Ruby podeszła do lustra nad toaletką w pokoju gościnnym Timothy'ego i Patience. Mieszkała tu od maja. Jutro przeprowadzi się do małego domku Christiana. Już rozmawiali o jego rozbudowie, kiedy pojawią się dzieci, o ile Bóg ich nimi pobłogosławi. Był to nie tylko logiczny krok po ślubie, ale i właściwy. Postanowili też odłożyć miesiąc miodowy do wiosny, kiedy w szkole zaczną się wakacje.

Uśmiechnęła się do swojego odbicia. Nie mogła pozwolić, aby Christian i wszyscy inni dłużej czekali.

Wyszła z pokoju i ruszyła w dół – do salonu, gdzie w oczekiwaniu na ceremonię tłoczyli się już goście. Dotarła do połowy schodów i nagle…

Czknięcie!

Jej dłoń pofrunęła do ust. Och *nee*!

Rozległy się pojedyncze chichoty. Ruby zerknęła na brata, na którego twarzy politowanie mieszało się z rozbawieniem. Była przyzwyczajona do takiej jego miny, gdy na nią patrzył. Martha i Selah krzywiły się, wyraźnie powstrzymując śmiech.

I wtedy zobaczyła Christiana. Nie śmiał się. Wpatrywał się w nią z miłością.

Pospieszyła ku niemu, zapominając o czkawce.

Była jego oblubienicą i nie zamierzała kazać mu czekać ani chwili dłużej.

EPILOG

Seth Yoder otworzył drzwi szopy, którą zbudował ponad rok temu. Znalazł drzewo porozrzucane na leśnej polanie mniej więcej kilometr stąd i myślał, czy nie zbudować by jej właśnie tam. A jednak coś w tamtym miejscu mu nie odpowiadało. Nie potrafił powiedzieć co, wiedział tylko, że musi postawić swoją szopę gdzie indziej, chociaż wciąż na tyle daleko od domu, żeby nikt jej nie znalazł. I nie znalazł, dopóki nie pojawił się Christian Ropp.

Potrząsnął głową i z szerokim uśmiechem wszedł do szopy, w której zapaliły się lampki z czujnikami na baterie. W zeszłym tygodniu był gościem na ślubie Christiana i Ruby. Musiał przyznać, że to była dziwaczna para. Christian miał z Ruby ręce pełne roboty – tak jak ona z nim.

Rozejrzał się po swojej stolarni i ogarnęło go znajome poczucie winy, jak zawsze, kiedy tu przychodził. Zwykle zaglądał tu w niedzielę. Dzisiejsza wizyta nie stanowiła wyjątku. Nie był cieślą i budynek nie miał najsolidniejszej konstrukcji, jednak jemu wystarczał. Spojrzał na zestaw narzędzi snycerskich wiszących na tablicy przed nim, a potem na zapas świeżego drewna leżący na stole poniżej. Na podłodze piętrzyły się trociny i wiedział, że wkrótce będzie musiał się ich pozbyć. Wyniesie je na wielki stos, który usypał w głębi lasu. Nikt nigdy tędy nie chodził i nawet Christian, chociaż taki bystry, nie zorientował się, co Seth tu robi. I tak miało pozostać.

Wziął do ręki dłuto. Narzędzie wydawało się stanowić część jego ciała, jak wszystkie, których używał do tworzenia rzeźb. Rzeźb, które trzymał w tajemnicy i nad którymi pracował tylko w niedziele, kiedy mógł swobodnie wyjść z domu. Jak na razie rodzina nie miała nic przeciwko tym jego niedzielnym spacerom. Ale to nie podobało się Bogu. Seth nie powinien pracować w niedzielę. Nie powinien oszukiwać rodziny ani nikogo innego. Był winien Bogu, społeczności, a zwłaszcza ojcu przeprosiny i wyznanie winy – do czego jednak nie mógł się zmusić.

Westchnął i zabrał się do pracy nad wiejskim krajobrazem, który rzeźbił od ponad dwóch miesięcy. Kiedy skończy, dołączy płaskorzeźbę do swoich pozostałych prac, które nigdy nie opuściły warsztatu i których nikt nie widział na oczy. Nie miał pojęcia, co robić ze swoimi dziełami, wiedział tylko, że musi tworzyć. Gdyby tego nie robił, coś by w nim umarło.

Najbardziej na świecie pragnął zarabiać rzeźbieniem na życie, ale wiedział, że to niepraktyczne. Musiał myśleć o przyszłości, zabezpieczyć ją. Razem z rodziną przetrwali ciężkie czasy, o mało nie poumierali z głodu. Nie zamierzał tego powtarzać ani narażać kogokolwiek innego na podobne ryzyko. Chociaż nie spotykał się z żadną dziewczyną i na razie związki go nie interesowały, kiedyś zamierzał się ożenić.

Bóg będzie musiał się tym zająć, ponieważ wybór kandydatek w Birch Creek był nad wyraz skromny.

Przerwał pracę i wziął do ręki dłuto. Dlaczego Bóg miałby chcieć coś dla niego zrobić, skoro on świadomie łamał prawa szabasu? Czy zasługiwał na jakiekolwiek błogosławieństwa, będąc aż tak samolubnym?

Jego palce zacisnęły się na rękojeści narzędzia. Nie mógł go odłożyć. Nie mógł porzucić jedynej rzeczy, którą kochał ponad wszystko.

Wrócił do rzeźbienia.

PODZIĘKOWANIA

Kiedy pisałam tę książkę, poprosiłam znajomych z Facebooka, by opisali swoje szkolne psoty. Dostałam mnóstwo wspaniałych opowieści, ale najbardziej zapadła mi w pamięć historia ucznia, który przyniósł do szkoły kurę. Tym sposobem pojawił się Dzień Zwierzaka. Dziękuję wszystkim przyjaciołom, którzy podzielili się ze mną swoimi szkolnymi wpadkami. Do dzisiaj to moja ulubiona dyskusja w mediach społecznościowych.

Dziękuję także Becky Monds i Jean Bloom, najlepszej drużynie redakcyjnej na świecie. Ogromne podziękowania kieruję do kumpelek od burzy mózgów, Eddie Columbii i Kelly Long, za wysłuchiwanie przez telefon moich luźnych skojarzeń.

I oczywiście dziękuję Tobie, Drogi Czytelniku. Historia Ruby i Chrisa jest bliska memu sercu – i mam nadzieję, że stanie się bliska również Tobie.

PYTANIA DO DYSKUSJI

1. Kiedy Ruby przyjeżdża do Birch Creek, ma raczej niskie poczucie własnej wartości. Pod koniec książki zyskuje pewność siebie. Jak myślisz, co spowodowało w niej tę zmianę?
2. Czy gdy chodziłaś do szkoły, robiłaś jakąś prezentację? Co przyniosłaś, aby pokazać nauczycielowi i kolegom?
3. Zarówno Ruby, jak i Christian mają ten sam plan – wziąć ślub. Gdybyś miała coś doradzić każdemu z nich w tej kwestii, co byś powiedziała?
4. Kto jest Twoim ulubionym bohaterem *Oblubienicy nauczyciela*? Uzasadnij swój wybór.
5. Ruby odnalazła swoje powołanie w nauczaniu. Jak myślisz, jakie jest Twoje powołanie i jak Bóg pomógł Ci je odnaleźć?
6. Christian ma problemy w interakcjach z ludźmi. Jak sądzisz, czego nauczy się od Ruby w kwestii komunikacji społecznej?
7. Selah walczy z depresją. Jeśli masz w rodzinie lub wśród przyjaciół kogoś cierpiącego na tę chorobę, jak mu pomagasz?
8. Ruby i Christian mają zupełnie odmienne charaktery, a mimo to Bóg złączył ich ze sobą. Jakie znasz inne przykłady sytuacji, w których Bóg wykorzystuje sprzeczne lub niezwykłe okoliczności, by stworzyć coś dobrego?